KB239650

연인이
되기까지

연인이 되기까지 1

초판 1쇄 찍은 날 § 2008년 7월 18일
초판 1쇄 펴낸 날 § 2008년 7월 28일

지은이 § 서연
펴낸이 § 서경석

편집장 § 문혜영
편집책임 § 이종민
편집 § 한지윤

펴낸곳 § 도서출판 청어람
등록번호 § 제1081-1-89호
등록일자 § 1999. 5. 31
어람번호 § 제5-0204호

주소 § 경기도 부천시 원미구 심곡1동 350-1 남성B/D 3F (우) 420-011
전화 § 032-656-4452 팩스 § 032-656-4453
http://www.chungeoram.com
E-mail § eoram99@chollian.net

ⓒ 서연, 2008

ISBN 978-89-251-1405-7 04810
ISBN 978-89-251-1404-0 (SET)

연인이
되기까지

1 서연 지음

도서출판
청어람

1 외로워서 그러는 거래

1 외로워서 그러는 거래

찬연한 별빛을 쫓아 원행(遠行)한 동방박사 세 사람이, 갓 태어난 아기 예수의 발 아래 무릎을 꿇었다는 성탄의 밤. 거리엔 이천 년 전 이 땅에 임한 아기 예수의 탄일(誕日)을 기념하는 캐럴이 울려 퍼지고 있다.

성탄(聖誕)을 성탄(性歎)으로 곡해한 발칙한 청춘들의 작업이 절정에 이르는 바로 그날. 서진대학교 미술대학원 건물 안의 유니버설 디자인 연구실은, 떠들썩한 세상과는 달리 무거운 정적이 감돌았다.

"휴대폰 때려봐!"

끝이 날렵한 은테 안경을 삼십대 후반의 여자가 대리석 바닥에 시선을 둔 남학생에게 말했다.

"전원이 꺼져 있습니다."

"민주는?"

"민주 휴대폰은 책상 위에 있습니다."

"애들이 정말!"

손돌이바람처럼 싸한 여자의 목소리가 정적에 휩싸인 연구실 안에 울려 퍼졌다.

주섬주섬 집어 입은 점퍼의 지퍼를 올리며 동근이 말했다.

"교수님, 제가 나가서 찾아볼게요."

"또 정윤하 짓이지? 걔, 졸업하기 싫다니?"

"죄송합니다."

한 번 동기는 영원한 동기요, 동기사랑은 곧 나라사랑이라 했다.

동기 둘을 잘못 만난 탓에 지난 일 년이 억울하기 그지없던 동근은, 오늘도 그녀들을 대신해 교수에게 사죄를 해야만 했다.

"동근이 네가 지켰어야지!"

사안이 사안인만큼 진준희 교수의 책망이 자신을 향하는 것도 무리는 아니다. 하지만 그럼에도 불구하고 억울한 마음에 가슴이 떨리는 건 어쩔 수 없는 일이었다.

'이것들을 그냥!'

돌이켜 보면 지난 일 년 동안 연구와 학업보다는 두 동기를 지키는 일에 더 많은 시간과 심혈을 기울였다.

"다녀오겠습니다."

"꼭 찾아와."

"네, 교수님."

"형, 저도 같이 가요!"

싸늘한 연구실 안에 있기 싫었는지 점퍼를 걸친 태빈이 그를 따라나섰다.

막상 교문 밖을 나서니 내려앉은 저녁만큼이나 마음이 어둑했다. 대체 어딜 가서 찾는단 말인가.

"담배 있냐?"

"네, 여기요!"

그의 말을 기다리고 있기라도 한 듯 태빈이 담배와 라이터를 내밀었다.

"후우……."

텁텁한 연기 속에 답답한 가슴을 토해보지만, 그런 식으로 게워질 답답함이 아니었다.

정윤하.

계속되는 기행(奇行)의 주범은 그녀였다. 공범 취급을 받는 그의 여자 친구 민주는 기행을 일삼는 그녀의 희생양이었다.

"형, 어디 가서 찾죠?"

"근처에 새로 생긴 카페 없냐?"

"돈 주고 카페를 가본 적이 없어서 잘 모르겠는데요. 제 생각엔 카페보다는 조용한 곳에 있을 것 같아요. 윤하 선배, 오늘 아침부터 내내 심각했었잖아요."

"덩치나 작아야 주머니에 넣고 다니지, 젠장."

담당 교수님이 그렇게나 신신당부한 메일을 나 몰라라 하고, 행선지도 밝히지 않은 채 잠적한 윤하를 떠올리자 입술이 쓰디썼다.

팀워크를 국가안보보다 더 중요하게 여기는 교수님이, 이런 날 일찌감치 집에 들어가는 걸 허락해 줄 리가 없었다.

일 년에 두 번도 아니고 딱 한 번 있는 크리스마스이브이다.

이런 날 여자 친구와 오붓한 시간을 보내기는커녕, 밤이 늦도록 교수님으로부터 팀워크에 대한 엄중한(?) 강의를 들어야 하다니, 끔찍하기 그지없었다.

학교 정문 근처에 있는 간이 휴지통에다가 담배꽁초를 버리는 그에게 태빈이 말했다.

"형, 김삿갓 놀이 시작하죠."

도솔 다방.

어둑한 조명은 상당히 효율적인 가치를 지닌다.

십 수 년 전에 인테리어를 하고 그 뒤론 전혀 손을 안 댄 것 같은 허름한 다방. 이곳에 그런대로 손님이 찾아드는 건 먼지가 뽀얗게 쌓인 전구 때문이라고 윤하는 생각했다.

게다가 한 잔에 이천 원인 맥심커피는 리필까지 해준다. 위장이 순간 쪼그라들었다가 펴질 만큼 진하다는 게 흠이지만, 물을 듬뿍 붓고 설탕 두 봉지를 넣어 휘휘 저으면 양(量)적으로 아주 훌륭한 커피가 되곤 한다.

이천 원을 내고 커피 두 잔에 따뜻한 물 두 잔을 마셔가며 오붓하게 수다를 떨기엔, 이곳 이상의 장소가 없었다.

게다가 집 나간 어미 개 찾는 강아지처럼 수시로 찾아대는, 적(?)의 레이더망을 피하기에도 안성맞춤인 장소였다.

여자 나이 스물일곱.

1월 15일에 태어나 애먼 나이를 한 살 더 먹었으니, 스물여섯이라고 우길 수도 있으나 굳기 그러고 싶은 마음은 없다. 어쨌거나 그즈음의 여자는 이래저래 생각이 너무나도 많다.

학부를 졸업하고 남들처럼 취업을 했어야 했다. 아니, 애당초 삼수를 하는 게 아니었다. 무슨 부귀영화를 누리겠다고 삼수씩 해가면서 대학에 갔는지, 이제 와 후회막심이었다.

"윤하, 널 보면 뒤늦게 사춘기 온 애 같아."

넓적한 잔에 희석한 커피를 홀짝이며 민주가 말했다.

"내가 별난 건지, 네가 별난 건지 그건 아무도 모르지."

세상엔 비슷한 운명 내지는 숙명을 타고난 사람이 있는 것 같다.

윤하가 보기엔 같은 나이에, 똑같이 삼수를 하고, 대학원까지 같이 입학한 민주가 그랬다. 다른 점이 있다면 박사과정 일 년을 남겨둔 자신이 갈래갈래 나뉘는 생각에 치이는 데 반해, 민주는 별다른 감정의 동요가 없다는 데 있었다.

"단순하게 생각해. 지금껏 들인 공이 얼마고, 돈이 얼만데 이
제 와서 갈등을 해? 불필요한 후회는 시간 낭비야."

"박사 마치고 나도 앞날이 불투명하니까 그러지."

"내일은 내일이 염려하게 놔두라고 그랬어. 오지도 않은 일까
지 신경을 쓰니? 그럴 시간 있으면 연애할 대상을 찾아봐."

"나도 같이 구리구리해지자고?"

"너!"

동갑내기 남자 친구를 놀리는 그녀의 말에 민주가 대번 도끼
눈을 했다.

양동근이라는 배우와 이름만 같을 뿐 닮은 구석이라곤 전혀
없는 민주의 남자 친구는, 연구실 안에서 온통 '구리구리'로 통
했다.

"동근이가 그렇게 좋아?"

"당연한 걸 그렇게 진지하게 물어보면 내가 무슨 대답을 해?"

"난 매일 봐도 모르겠더라."

"내 남자거든!"

꿈도 꾸지 말라는 듯 딱 잘라 말하는 친구를 보며 윤하는 어
깨를 으쓱 들었다 내렸다.

십여 년 가까이 등록금에 생활비를 꼬박꼬박 보내주시는 부
모님이 들으면 기함을 할 소리지만, 지금이라도 대학원 공부를
그만두고 구체적인 진로를 찾아야 하는 건 아닐까 하는 생각이

들었다.

학점을 위해, 학점에 의해 살아온 삶에 대해 총체적인 회의가 들었다고나 할까.

"연말이 가까우니까 네가 심란한 거야. 네 말대로 앞날은 불투명하지, 며칠 지나면 나이는 한 살 더 먹지, 당연히 심란한 타이밍이잖아."

"그래서 그런가, 요즘처럼 우울한 때가 또 있었나 싶긴 해. 다시 애벌레가 되고 싶은 기분이야."

"너 혹시 나이에 치이니?"

"나이?"

"멀쩡하던 사람이 갑자기 이러는 건, 발작적인 우울증이라고 볼 수도 있다, 너. 왜 여자들 스물아홉에서 서른으로 넘어갈 즈음에, 심각하게 우울증 앓는다잖아."

"그래서 그런가."

영 모르겠다는 표정으로 윤하는 커피를 홀짝였다.

"윤하야, 왜 사람이 나이가 들면 짝이 있어야 하는지 알아?"

"왜?"

식은 커피는 들이붓다시피 한 설탕 맛과 특유의 쌉싸래한 맛을 상실한다. 원두가 됐든 인스턴트가 됐든 식은 커피는 하나같이 시큼한 맛을 동반한다.

"사람이 외롭다 보면 진짜 별거 아닌 일도 굉장히 크게 느껴진대."

"난 외롭다고 한 적 없어. 외로워 본 적도 없고."

"네가 의식을 못하는 거지."

"그러니까 잔말 그만 하고 연애를 해라?"

"내가 볼 땐 그게 최상의 방법이고 최선의 선택이야."

연애라, 멀게만 느껴지는 이야기이다. 학부 시절 딱 한 번 남자 친구를 사귀어본 적은 있지만, 그걸로는 연애를 했다고 말할 수는 없었다.

한 번도 가보지 못한 길…….

밀린 숙제처럼 언젠가는 하고야 말리라, 언젠가는 하게 되리라, 그렇게 생각했었다.

식은 커피를 홀짝거리며 한참 동안 골똘하던 윤하가 심각한 눈빛으로 그녀를 쳐다보았다. 조언을 구하는 그녀의 목소리는 나직하고 조심스러웠다.

"민주야, 나 조언 하나만 해주라."

"뭔데?"

"주관적으로 태빈이가 나아, 무진이가 나아?"

"쿨럭!"

마시던 커피를 뿜은 민주가 허겁지겁 냅킨으로 입가와 테이블을 닦았다.

인스턴트 메신저로 유학 가 있는 여자 친구와 쉴 새 없이 그리움을 나누는 태빈이 들으면, 휴학계를 낼지도 모를 이야기였다. 게다가 군대 대신 석사과정을 밟으며 연구실에서 온갖 허드

렛일을 도맡아 하는 스물세 살배기 무진이 들으면, 제 발로 병무청을 찾아가 입대 지원을 할지도 모를 이야기였다.

"호들갑은."

그런 민주의 속을 다 안다는 듯 소파에 깊숙이 등을 기댄 윤하가 지나가는 종업원을 향해 손을 들었다.

"여기요! 코코아 두 잔만 주세요."

"네!"

따뜻한 물 한 잔을 부탁하려던 생각을 바꾸고 윤하는 코코아를 주문했다. 땅으로 꺼져 들고 싶을 만큼 우울한 날, 의지할 곳 없는 자신을 위해 코코아 두 잔 정도의 사치는 부려도 좋을 것 같았다.

"너 진짜 심각하구나. 돈을 다 쓰네."

"휴학하고 확 잠수를 타면……."

그 생각까지 하다 보니 있는 줄 없는 줄 죄다 동원해 군 병력을 투입해서라도, 자신을 찾아낼 아버지의 얼굴이 눈앞에 아른거렸다.

"그 친구는 어때?"

"그 친구가 누구야?"

"네 동거인 말이야."

윤하가 피식 웃음을 터뜨렸다.

동거인이 아니라고, 엄연히 벽 하나를 사이에 둔 이웃사촌이라고 그렇게 말을 해줬건만, 도무지 교육이 안 되고 있었다.

"걔하고 연애할 것 같았으면 열여섯 살에 했다."

"도무지 진전이 안 돼?"

"걔보다는 구리구리가 더 남자로 느껴지지."

"야!"

"그 정도란 뜻이야. 긴장하긴. 안 가져, 안 가져."

민주는 악의없는 농담을 툭툭 내뱉는 친구를 밉지 않은 눈으로 흘겨보는 시늉을 했다.

석사과정을 밟으면서부터 같은 연구실 생활을 했으니, 꼬박 삼 년이었다.

아무리 예쁜 얼굴이라도 계속 보면 질린다는데, 이상하게도 윤하는 그렇지가 않았다. 그녀는 봐도 봐도 예쁜 얼굴, 아니, 보면 볼수록 예쁜 얼굴을 가지고 있었다.

조금만 애살스러운 성격을 가졌더라면 연애를 해도 수십 번은 했을 텐데…….

대학원 입학 이후 한동안 연구실 건물 현관은 윤하를 쫓아다니는 남학생들로 북새통을 이루었었다.

주관적 객관적으로 봤을 때 썩 괜찮은 남학생이 잠깐 시간을 내달라고 할 때나, 구색 맞추듯 영 아닌 남학생이 차 한 잔을 하자고 할 때나 윤하의 반응은 똑같았다.

"싫은데요."

"시간 없어요."

그런 그녀의 질리도록 무덤덤한 반응은, 언젠가 민주와 함께 신촌로터리를 지나갈 때도 여지없이 제 실력을 발휘했다.

안 그래도 주말이면 쏟아져 나온 사람들로 북적거리는 길이, 그날은 즐비하게 늘어선 촬영 차량들과 연예인 아무개를 구경하려는 사람들로 그야말로 난리 직전이었다.

"잠깐만요!"

야구 모자를 깊숙이 눌러쓰고 한 손에 메가폰을 든 남자가 헐레벌떡 달려오더니, 뜬금없이 윤하에게 명함을 내밀었다.

그는 무서운 신예라는 명성에 걸맞게 나날이 섬광 같은 빛을 발하고 있는 심태홍 감독이었다.

그런 심태홍 감독이 상기된 목소리로 윤하에게 묻던 찰나, 민주는 세상이 녹아내리는 기분이었다.

"오디션 한번 받아볼 마음 없어요?"

"싫은데요."

예의 그 덤덤한 눈빛과 말투를 잊지 않은 채 그녀는, 심태홍 감독에게 도로 명함을 건네고 있었다.

"카메라 테스트라도 한 번만 해보면 안 될까요?"

아쉬움을 접지 못하는 그에게 윤하는 말했다.

"이 동네 지금 아저씨 때문에 이렇게 막히는 거예요? 민폐다, 민폐."

그리고는 세상을 등지고 초야로 떠나는 방랑객처럼 유유히 제 갈 길을 가버렸었다. 황망함에 어쩔 줄 몰라 하는 민주를 그 자리에 둔 채.

그렇다고 해서 윤하가 독신주의자냐 하면 그것도 아니었다. 오는 남자를 죄다 마다하면서, 나름대로 언젠가 만나게 될 '운명의 그 남자'를 목이 빠져라 기다리는 스물일곱 살의 평범한 처자였다.

　　"윤하야, 그러지 말고 소개팅 한번 해보는 건 어때?"

　　"뻘쭘하게 소개팅은 무슨."

　　"죄 없는 태빈이나 무진이 괴롭히는 것보다는 그게 낫지. 안 그래?"

　　"아무래도 내가 이렇게 의미없이 살다가 내년 봄쯤 선보라는 소리 듣지 싶어. 끔찍해."

　　"남들이 들으면 너더러 배불러서 헛소리한다고 그럴 거야. 인물이 빠져, 키가 빠져, 그렇다고 공부를 못해. 하여간 있는 것들이 헛소리는 더 잘해요."

　　"넌 졸업하고 나면 뭐 할 건데?"

　　"취직하겠지."

　　"생각해 둔 데는 있어?"

　　"아직 일 년이나 남은 일을 벌써부터 걱정해야겠니? 그리고 너처럼 학부 때부터 꼬박꼬박 재단 장학금 받는 애가 무슨 걱정이야?"

　　"이제 와서 전공을 잘못 선택한 것 같다는 말을 하면, 내가 이상한 건가?"

　　"교수님한테 한소리 들었어?"

"아니."

김이 모락모락 나는 코코아 잔을 두 손으로 거머쥔 윤하가 고개를 저었다.

지구 밖에 거(居)하는 생물체와 교신이라도 시작한 듯, 그녀는 아침나절부터 멍하니 정신 나간 표정을 하고 있었다. 그런 윤하의 표정이 마음에 걸려 크리스마스이브라는 사실을 잠시 잊고, 휴대폰까지 연구실에 놔둔 채 그녀를 따라나설 수밖에 없었다.

"오늘 약속 없어?"

"무슨 날이야, 오늘?"

"야, 오늘 크리스마스이브잖아."

"그런데?"

"관두자, 관둬. 이런 날은 친구도 만나고 남자 친구도 만나고…… 왜 그래?"

멍하니 허공을 바라보던 윤하가 갑자기 벌떡 자리에서 일어났다.

"변민주, 오늘 무슨 요일이야? 월요일 아니지?"

"오늘 월요일이잖아, 갑자기 그건 왜?"

"미쳐!"

못 들을 소리라도 들은 양 윤하가 두 손으로 귀를 막은 채 눈을 질끈 감았다. 그런 그녀를 멍한 눈으로 바라보는 민주의 귀에, 익숙하다 못해 무서운 목소리가 들려왔다.

"징그럽다, 징그러워, 이젠 다방이냐?"

*

동방그룹 칠층 이벤트 홀.

백화점이라고 하기엔 규모가 작고, 바자회장이라고 하기엔 진열된 상품들의 색깔이 너무나도 선명하다.

깔끔하게 정장을 한 이십대와 삼십대의 젊은 사람들이, 삼삼오오 짝을 지어 옷이니 소품 따위를 세심하게 고르고 있었다.

"수고 많으십니다."

나무로 된 문이 열리고 조심스럽게 안으로 들어선 남자가, 입구에 서 있는 직원에게 웃는 얼굴로 인사를 했다.

나직하기 그지없는 목소리였건만 그의 등장은 이벤트 홀 안에 있던 모든 사람들의 시선을 잡아끌었다.

박준후.

여직원회에서 '21세기 최고의 훈남'으로 불리는 그는, 일순 자신에게 쏠린 시선이 익숙지 않은 듯 머쓱한 미소를 지었다.

경쾌한 하이힐 소리를 내며 한 여자가 그를 향해 다가섰다. 볼륨을 넣은 커트머리와 검은색 펜슬스커트 아래로 드러난 날씬한 다리가 위화감마저 일으키게 만드는 여자였다.

"이제 끝난 거야?"

"어, 조금 늦어졌어."

준후는 다가선 혜란에게 웃는 얼굴로 대답했다.

세 시간에 걸쳐 마지막 분기의 판매 및 매출 분석에 대한 회의를 하느라 피곤이 극에 달했지만, 분기별로 한 번씩 열리는 '방출'을 지나칠 수는 없었다.

"뭐 좀 골랐어?"

"둘러보고 있는데 썩 내키는 게 없네. 넌 뭐 살 거야?"

"일단 둘러보고."

준후는 연말을 목전에 둔 방출이라 그런지 여느 때보다 훨씬 방대한 상품들이 진열된 홀 안을 둘러보았고, 혜란은 그와 함께 있는 자신을 부러운 눈으로 바라보는 이들의 시선을 즐겼다.

준후는 일단 정장류가 걸린 곳으로 향했다. 업무상 워낙 많은 사람들을 만나다 보니 여러 벌의 정장이 있어도 늘 부족한 감이 있었다.

대개가 매장에 진열이 됐던 옷들이거나 판매지수의 기준에 못 미친 제품들이지만, 입는 데에는 하등의 문제가 없는 것들이었다. 게다가 정상적인 자사(自社)의 제품을 구입할 때는 30%의 직원 할인율이 적용되지만, 오늘처럼 방출을 하는 날은 80%나 할인된 가격에 옷을 구입할 수 있었다.

일테면 회사 측에서 직원들을 위해 준비한 '고르는 재미가 있는 보너스'인 셈이었다.

그레이 계통의 무난한 정장 한 벌과 스트라이프 무늬가 들어간 은은한 감색 정장을 고른 그에게, 혜란이 진한 쥐색 정장을 들어 보였다.

"이건 어때? 은은한 펄 감이 있어서 세련돼 보일 것 같은데."

"색깔 괜찮네. 어때, 어울려?"

준후는 그녀가 건네준 슈트를 몸에 대보았다.

"생동감 있어 보여."

"그럼 이것도 하나 해야겠다."

"그 옷에 어울리는 와이셔츠도 하나 마련해. 내가 큰 마음먹고 선물해 줄게."

"저렴한 선물, 사양이야."

그의 농담에 손등으로 입을 가린 혜란이 낮은 웃음소리를 냈다. 덕분에 어깨 위로 흘러내린 파마머리가 우아한 곡선을 그리며 흔들렸다.

세기의 훈남이라는 별명이 결코 과하지 않은 그이다. 그보다 더한 수식어도 깔끔히 수용할 남자였다.

한 남자를 지극히 매력적이게 하는 건 비단 준수한 외모만은 아니었다.

운동선수 못지않게 건장한 어깨는 185㎝라는 그의 키를 한참이나 더 커 보이게 했다.

하지만 그런 준후에게서 미더움이란 감정을 자아내는 건, 탄탄한 어깨와 가슴이 아니었다. 쌍꺼풀이 없는 홑겹의 눈매에 담긴 선한 미소는, 남성적인 그의 매력에 부드러움을 더해주었고, 탁함이라곤 찾아볼 수 없는 자상한 목소리는 절로 듣는 이의 마음을 편안하게 해주었다.

"와이셔츠 몇 벌 골라야겠다."

고른 슈트를 손에 든 그가 걸음을 옮기며 말했다.

"셔츠 지난번에 매장에서 많이 샀잖아."

"그럴 일이 좀 있었어."

세 벌의 정장을 손에 든 준후는 얼마 전 자신의 와이셔츠 여
덟 장을 단번에 해치운 범인의 얼굴을 떠올렸다.

포장된 와이셔츠가 수북이 쌓인 곳으로 걸어가던 준후는 걸
음을 멈추었다.

그는 디스플레이용 헹거(Hanger)에 걸린 보랏빛 머플러와 모
자 세트를 만져 보았다. 손바닥에 느껴지는 포근한 감촉이 색상
만큼이나 마음에 들었다.

윤하에게 잘 어울릴 것 같은 빛깔의 머플러와 모자였다. 워낙
살빛이 하얗다 보니 보라색이 근사하게 어울릴 것 같았다.

오늘 아침에도 윤하는 자신이 입사 첫해에 크리스마스 선물
로 사준 머플러를 하고 학교에 갔다.

"그건 뭐 하게?"

곁에 서 있던 혜란이 물었다.

"누구 선물해 줄 사람이 있어서."

혜란은 '윤하?'라고 물으려다 그만두었다.

그가 윤하를 챙기는 게 어제오늘의 일은 아니다. 대학에 다닐
때에는 준후가 그녀를 사랑하는 게 아닐까 하는 생각을 하기도
했었다. 지나치다 싶게 윤하를 챙기는 그에게 잘해보라며 넌지

시 응원을 하기도 했었다.

하지만 준후가 친구가 아닌 남자로 여겨지는 지금엔, 그런 그의 행동이 지긋지긋하기까지 했다. 하지만 더 지긋지긋한 건 머플러를 집어 들던 순간 그가 지은 표정이었다.

그녀는 준후와 함께 셔츠가 쌓인 곳으로 걸음을 옮기며 물었다.

"퇴근하고 뭐 할 거야?"

"오늘?"

혜란의 눈동자가 '크리스마스이브잖아'라고 말하고 있었다.

"응, 약속 있니?"

"오늘은 일찍 들어가려고. 어제오늘 연달아 회의를 계속했더니 몸이 파김치야."

혜란은 아무것도 모르는 듯 미소를 짓는 그가 야속하기 그지없었다. 언제나 저런 식으로 무마하는 준후의 미소 때문에, 어느 선 이상 단 한 걸음도 나아갈 수가 없었다.

혜란은 모르지 않았다.

그의 그런 미소가 상대로 하여금 스스로 선을 지킬 수밖에 없게 만드는 '거절'의 언어라는 것을. 준후의 미소가 무엇을 의미하는지를 알기에, 오늘도 그에게 저녁을 함께하자는 말을 하지 못하리라는 것을.

"박 차장님, 상무님이 찾으시던데요."

"날?"

방출 현장에서 기대했던 것 이상의 성과를 거두고 사무실로 돌아온 준후는, 옆자리 직원의 말에 의아한 듯 고개를 갸웃거렸다.

"괜히 차장이겠어?"

"자꾸 놀리기 없기. 무슨 일로 찾으시는 거지?"

같은 해에 입사한 은하의 장난에 미소로 대꾸한 그는 일단 수화기를 집어 들었다.

"제품기획실 박준후 대리입니다, 찾으셨다고 들었습니다…… 지금이요? ……예, 알겠습니다."

짧막한 통화를 끝낸 그에게 은하가 물었다.

"올라오래?"

"이상하네, 날 찾을 일이 없는데."

"차장급 대리가 그렇지 뭐. 나 먼저 퇴근할게, 그럼."

"모처럼 일찍 들어가 보나 했는데, 갑자기 무슨 일이지."

머천다이저로 입사한 지 사 년 만에 PM(Product Manager)라는 굵직한 업무를 맡기는 했지만, 상무이사의 방에 출입을 할 정도는 아니었다. 게다가 이미 퇴근 시간을 한참이나 지나 있었다.

근래 들어 자주 우울해하는 윤하를 위해, 오늘은 케이크나 하나 사들고 들어가 조촐한 크리스마스이브를 보내려 했는데……

'설마 크리스마스이브에 특근을 시키지는 않겠지.'

괜한 부담감을 떨쳐 내며 그는 상무이사의 방으로 향했다.

"원, 녀석. 그렇게 좋아?"

긴장된 표정을 감추지 않는 준후와 달리 상무이사의 얼굴에
서는 미소가 떠나지 않았다.

"아빠, 아빠는 죽었다 깨어나도 내 기분 모를걸."

"허허. 인석아, 아비 앞에서 그렇게 좋은 척하는 거 아니야."

"솔직하고 얼마나 좋아. 안 그래요, 오빠?"

준후는 자신을 올려다보는 정은과 눈을 맞추지 않으려 애를
썼다.

어둑한 밤길을 걸어가다 난데없이 날아온 주먹에 뒤통수를
맞았을 때의 기분이 이런 것일까.

그저 착한 후배로만 알았던 정은이 상무이사의 딸이라는 사
실을 알게 된 순간에도, 동생처럼 친하게 지냈던 그녀가 상무이
사의 앞에서 난데없이 '친밀한 척'을 해오던 순간에도, 준후는
배신감에 턱이 떨렸다.

그가 이제껏 알아온 정은은 수줍음이 많은 후배였다. 하지만
상무이사가 보는 앞에서 그녀는 마치 자신이 남자 친구라도 되
는 양, 돌변한 모습을 보이고 있었다.

과 후배인 정은이 자신에게 각별한 감정을 갖고 있다는 건 오
래전부터 알고 있었다. 하지만 지금껏 단 한 번도 무리하게 감

정을 표현한 적 없는 순수한 아이였다. 바람처럼 스쳐 지나갈 감정에 얼굴을 붉힐 줄 아는, 그러면서도 제 스스로 감정을 제어할 줄 아는 아이였다. 그런 까닭에 여느 후배들보다 더 아끼던 아이였다.

"우리 정은이가 자네 이야길 입에 침이 마르도록 하더군. 벌써 몇 년째인지 모르겠네."

"아이, 아빠, 그런 얘길 하면 어떻게 해."

"허허, 부끄러운 게야?"

"아빠도 참."

정은이 달아오른 뺨에 손바닥을 가져다 대며 수줍은 미소를 지었다.

"정은이가 비서실에 들어오기로 한 건 알고 있나?"

"처음 듣는 이야기입니다."

준후는 일부러 사무적인 말투를 고수했다.

오 년 남짓 알아온 정은이 낯선 타인처럼 느껴졌다.

"오빠 놀라게 해주려고 내가 일부러 얘기 안 했어."

"그랬구나."

"자, 이러고 있지 말고 날도 날인데, 둘이 어디 가서 저녁이라도 해."

그는 정은의 대답이 나올세라 얼른 상무에게 대답했다.

"죄송합니다, 상무님. 선약이 있습니다."

"선약?"

그다지 곱지 않은 눈으로 자신을 바라보는 상무이사에게서, 딸에 대한 애틋한 사랑이 느껴졌다.

"예, 중요한 약속이라 미룰 수가 없습니다. 죄송합니다."

"그렇다면 하는 수 없지. 앞으로 우리 정은이, 잘 부탁하네."

준후는 내키지 않는 마음으로 상무이사가 내민 손을 잡았다 놓았다.

"뭐라고 했었는지 기억 안 나나?"

석필경 교수는 소파에 앉은 채 미동조차 하지 못하는 윤하에게 거듭 물었다.

한참 동안 얼어붙어 있던 그녀가 나직한 목소리로 대답했다.

"모두를 위한 디자인이라는 명제가, 또 하나의 배리어(Barrier)를 낳아서는 안 된다고 했습니다."

연구실 생활을 처음 하던 무렵, 유니버설디자인의 정의를 묻는 석 교수에게 가와우치 교수의 말을 차용해 그렇게 대답했었다.

"자네가 배리어야."

"죄송합니다."

"질풍노도의 시기야, 뭐야? 방학 중에 나와서 일한답시고 이런 식으로 반항하나?"

"교수님, 그건 절대 아닙니다. 정말 깜박했어요."

"내 선에선 수습할 수도 없고, 도와줄 마음도 없으니 자네가 알아서 수습하게."

"교수님!"

사람 좋기로 소문난 석 교수이다. 특히나 애제자들에 대한 끔찍한 사랑은 타의 추종을 불허할 정도이지만, 그토록 중요한 메일을 보내지 않고 무단으로 연구실을 벗어난 윤하를 무조건 품을 수는 없었다.

"자네 때문에 다른 학생들이 세 시간씩이나 피해를 봤어. 비단 메일에 국한된 문제가 아니야. 자네, 연구실 생활에 불만있나?"

"절대 아닙니다."

윤하는 손까지 저어가며 그의 말을 극구 부인했다.

두 주 전의 일이었다. 석 교수가 산학 협동 차원에서 연계된 벤처 기업체에 메일을 보내라고 한 건. 늦어도 12월 24일 퇴근 시간 전에는 보내야 한다고 했다.

지난밤 진준희 부교수에게 내일이 기한이라는 말을 들을 때까지만 해도 분명 기억하고 있었는데, 어쩌자고 그 중요한 일을 까맣게 잊고 만 것일까.

"이유가 뭔가?"

"죄송합니다, 교수님."

윤하는 평소와는 다르게 낯빛을 굳힌 석 교수를 애절한 눈으로 바라보았다.

석, 박사과정을 합해 스물다섯 명의 학생들이 모인 연구실에서, 크고 작은 일이 생길 때마다 모든 것이 릴레이션십의 문제라며 사비를 털어 회식을 열어주던 석 교수였다.

그런 그가 다른 모든 학생들을 집으로 돌려보내고 교수 연구실에서 이렇게 면담을 하고 있는 것만 봐도, 상황의 심각성은 충분히 깨달아졌다.

"툭하면 없어지긴 해도 실수를 하는 사람이 아니라는 건 알아. 무슨 이유로 그 중요한 메일마저 잊은 건지, 그 이유를 말해보게."

"실은……."

피할 수 없는 상황 앞에선 정직과 진실이 최선의 방책이었다.

윤하는 더듬더듬 지난 11월부터 갑작스럽게 현실에 대해 회의가 들기 시작했다는 말을 털어놨다. 길어지는 그녀의 이야기를 찬찬히 듣던 석 교수가 물었다.

"외로운가?"

"네?, 그, 그건 아닌데요."

"아니긴 뭐가 아니야, 박사과정 밟으면 그러는 사람 여럿 봤는데. 자네가 올해 스물여덟……."

"교수님, 저 스물일곱이에요. 생일이 빠른 데다가 졸속 행정의 수혜로 일 년 더 빠르게 입학했다고 여러 번 말씀드렸잖아요."

"이보게."

"네."

"나이 한 살에 예민하게 구는 거, 그게 나이 든 증거야. 외롭
다는 몸부림이고."

"……."

"그저 남자고 여자고 나이 들면 제 짝을 만나야 생활이 유지
가 되지."

"그런 거 아니란 말이에요."

"아니긴 뭐가 아니야? 내일은 빨간 글씨니까 하루 쉬고 모레
는 하늘이 두 쪽이 나도 메일 꼭 보내도록."

"감사합니다, 교수님."

"두 번 다시 이런 일 생길 땐, 용서 안 할 테니 그리 알아."

"네."

"일어나지, 내 태워다 줄게."

"아니에요, 친구가 와 있을 거예요."

"친구? 남자 친구?"

"아니요!"

슬며시 자신을 용서해 준 석 교수를 바라보며 윤하가 고개를
가로저었다.

구리구리와 그의 심복 태빈이 도솔 다방 안으로 들어선 순간,
휴대폰의 전원을 켜고 다짜고짜 준후에게 전화를 걸었었다.

"연구실에서 쫓겨났어, 짐 가지러 와."

달랑 그 말만을 하고 전화를 끊었으니, 보나마나 준후는 지금쯤 정문 앞에 차를 세운 채 나오지 않는 자신을 기다리고 있을 것이었다.

"어지간하면 남자 친구 하나 만들어."

"그만 가볼게요, 교수님."

"잠깐."

"네?"

슬그머니 교수실을 빠져나오려던 윤하는 자신을 부르는 석 교수의 목소리에 고개를 돌렸다. 희미한 미소를 띤 석 교수가 한쪽 손을 들며 말했다.

"메리 크리스마스!"

2 메리 크리스마스

2 메리 크리스마스

오지 않는 사람을 기다리는 기분은 초조하다.

혹 양손 가득 가방을 든 여자는 없는지, 수북한 박스를 껴안은 채 뒤뚱거리며 걸어오는 여자는 없는지, 아무리 쳐다봐도 을씨년스러운 교문 근처엔 그런 사람은 보이지 않았다.

"휴우, 오늘은 또 무슨 사고를 치고 이러는 건지."

초조한 마음에 손가락으로 핸들을 두드리며 준후는 교문 쪽에 시선을 두었다.

짙은 어둠을 뒤로한 채 씩씩하게 걸어오는 윤하의 모습이 보이자, 그는 운전석의 문을 열고 차에서 내렸다.

"빈손으로 쫓겨났어?"

"시끄러워."

잔뜩 인상을 쓴 그녀는 준후와 눈도 마주치지 않고 조수석으로 향했다.

운전석에 앉은 그는 그런 윤하를 보며 재미있다는 듯 키득거렸다.

단순하기 이를 데 없는 녀석은 자신을 불러낸 일을 땅이 꺼져라 후회하고 있는 게 분명했다.

"오늘은 또 무슨 사고를 친 거야?"

"살맛이 안 난다, 살맛이."

"일 년만 버텨."

무사히 졸업은 해야 하지 않느냐는 그의 말에 윤하가 '후우!' 소리를 내며 한숨을 쉬었다.

"저녁은?"

"욕을 무더기로 먹어서 배가 터지려고 해."

"소화제 사줘?"

눈을 흘기는 윤하를 보며 키득거린 준후는 차에 시동을 걸었다.

성탄을 축하하는 유려한 불빛들이 즐비한 도로를 달리던 그가 윤하에게 물었다.

"저녁 안 먹어도 돼?"

"생각 없어. 입맛도 없고. 넌 저녁 먹었어?"

"회의가 늦게 끝나서 때를 놓쳤어. 집에 가서 라면 먹을까?

입맛 없을 땐 라면도 괜찮잖아."

"네가 끓이는 거지? 달걀 넣고, 땡초 넣고, 콩나물도 넣어줘."

"하!"

입맛이 없다는 녀석이 웬 주문이 그리도 까다로운지.

"싫어?"

"내가 너한테 시달릴 일 있어? 잠자코 끓이고 말지."

"자식!"

고른 치열을 드러낸 윤하가 그를 보며 씨익 미소를 지었다.

교문 앞에 서 있는 준후의 차를 보는 순간 와락 부끄러움이 밀려들었었다. 배꼽이 떨어지기 전부터 알아온 막역한 사이이지만, 까닭 모를 쪽팔림이 느껴졌다.

"크리스마스이브야."

"알아. 하지만 나하곤 거리가 먼 일이야."

"그러게 착하게 살라고 했잖아."

"무슨 소리야?"

"못된 짓만 골라 하니까 예수님 생일도 싫고, 부처님 생일도 싫고 그런 거잖아."

"나만큼만 착하게 살라고 해."

"남의 와이셔츠를 여덟 장이나 해먹으면서?"

"야! 내가 알고 그랬어?"

모든 것이 돈에서 비롯된 일이었다.

샌드위치 속의 햄 조각처럼 산업디자인과 조형디자인의 중간에 끼어, 점점 그 정체성이 불투명해져 가는 전공에 대한 불안에서 비롯된 일이었다.

경험 삼아 자그마한 규모의 인터넷 디자인 연구소를 차리느라, 전세를 월세로 바꿔가며 돈이란 돈은 다 끌어모았었다.

아무리 안 돼도 적자야 면하겠지 하는 소박한 마음으로 시작한 사업(?)은, 팔 개월 만에 윤하를 빚더미에 올려놓았다.

사업은 쫄딱 망했어도 웹마스터와 디자이너의 월급은 꼬박꼬박 나갔고, 사이트 유지비 또한 만만치 않게 들어갔다.

그러던 중 원룸의 월세가 부족해 신용 카드 서비스를 받기 시작한 게 화근이었다.

교제비 명목으로, 특강 명목으로, 듣지도 않는 영어학원 수강비 명목으로 부모님에게 적지 않은 돈을 받아냈지만 카드 빚을 해결하기엔 턱없이 부족했다.

이렇게 저렇게 막고 또 막고 난 지금에도 그녀에겐 삼백삼십만 원이라는 거액의 부채가 남아 있었다.

자존심 때문에 어느 누구에게도 말은 안 했지만, 윤하는 자신이 느끼는 절절한 갈등의 근원에 '빚'이 한몫하고 있다는 사실을 모르지 않았다.

꼬박꼬박 와이셔츠를 세탁소에 맡기는 준후에게 세탁 아르바이트를 할 테니 벌당 이천 원을 달라는 제안을 한 것도, 그 빌어먹을 빚 때문이었다.

세제를 푼 물에 담그기 무섭게 쪼글쪼글하게 변해 버린 와이셔츠가 장장 여덟 벌. 상대가 준후였기 망정이지 독한(?) 고객을 만났으면, 여지없이 와이셔츠 값을 물어주어야 할 상황이었다.

"자기가 실수해 놓고 큰소리는."

윤하는 피식 웃음을 터뜨리는 그를 힐끔 쳐다보고는 이내 창밖을 향해 고개를 돌렸다.

생각이 많아진다는 건 그다지 좋은 징조가 아니었다.

봄날 돋아나는 개나리처럼 이런저런 생각들이 널을 뛸 때는, 사람을 만나는 게 최고였다. 문제는 만날 만한 사람이 그다지 많지 않다는 데 있지만…….

대학교 2학년 때까지만 해도 제법 많은 친구들이 있었다. 정확히 준후가 제대를 하기 전까지는 그랬다.

초등학교로 치면 준후가 일 년 선배지만 대학에 들어오면서 그 격차가 심하게 벌어졌다. 한 큐에 철커덕 대학에 합격한 그와 달리 윤하가 삼수를 한 때문이었다.

장장 세 학번의 차이…….

1학년을 마치고 군에 입대한 준후는 그녀가 2학년이 되던 해 가을 학기에 복학을 했다. 학번에는 차이가 있었지만, 어쨌든 같은 2학년이었다.

배꼽을 떼기 전부터 그를 보아온 윤하로서는, 준후를 두고 서진대학교 최고의 킹카니 훈남이니 하며 소란을 떠는 여학생들의 말이 그다지 믿기지가 않았다.

남들보다 살짝 키가 크고 윤기 나는 피부를 지닌 건 사실이지만, 그래 봐야 눈 두 개에 코 하나, 그리고 입 하나가 달린 평범한 인물이었다.

굳이 인심을 쓰자면 피아노나 악기를 배웠으면 썩 잘 어울렸을 것 같은 손가락과 심야 시간의 라디오 프로그램 DJ를 해도 어울릴 것 같은 잔잔한 목소리 정도랄까.

그해 가을, 제법 가깝던 친구와 선배들은 약속이나 한 것처럼 윤하에게 물어왔었다.

"둘이 사귀는 거 아니야?"

"정말 사귀는 거 아니지?"

일단 직선적인 확인 작업을 완수한 그녀들은, 그 다음엔 개별적인 질문을 던져 왔다.

"준후, 취미가 뭐야?"

"준후는 어떤 스타일의 여자를 좋아해?"

"준후, 장남이야, 차남이야?"

"혹, 준후 사귀는 여자 없어?"

얼굴 생김이 다르고 목소리가 다르듯 각자 다른 질문을 던져 왔지만, 종국에는 똑같은 결론을 윤하에게 선물(?)했다.

"윤하야, 준후 나한테 소개시켜 주면 안 돼?"

그렇게 해서 준후와 그녀들을 소개시켜 준 건수가, 대략 손가락과 발가락을 합한 수만큼 됐었다.

괘씸한 건 그렇게 준후를 소개 받은 '친구'들이 하나둘 자신에게서 멀어져 갔다는 사실이었다.

그나마 연진이하고 유경이는 의리를 배신하지 않았지만, 하나는 작년에 결혼을 했고 다른 하나는 유학을 떠난 탓에 만날 사람이 없었다.

모든 문제의 근원이 자신이 연애를 안 하는 까닭이라던 민주와 석 교수의 말을 떠올리며 윤하는 쓸쓸한 미소를 지었다.

'다들 아무것도 모르면서!'

"걱정 있어?"

조리대 앞에 서서 라면을 끓이던 준후가, 소파에 앉아 리모컨으로 텔레비전 채널을 돌리고 있는 그녀에게 물었다.

"없어."

"다른 사람 와이셔츠도 그래 놓은 거 아니고?"

휙 고개를 돌린 윤하가 그를 흘겨보았다.

"돈 생기면 하나 사줄게."

"하하, 됐다. 그거 얻어 입고 무슨 봉변을 당하려고."

"콩나물 넣었어?"

"예, 한 주먹 넣었습니다."

준후는 흡족한 듯 미소를 짓는 그녀를 편안한 얼굴로 바라보았다.

사흘 이상 심각할 애가 절대 아닌데, 근래 들어 계속 저런 눈빛을 하고 있는 걸 보면, 무슨 일이 있기는 있는 모양이었다.

그는 알맞게 익은 라면 위에 달걀 두 개를 넣었다.

"방학 며칠이야?"

"일주일."

"공대보다 더 하네."

"월급이 박해서 그렇지, 엄연한 샐러리맨이라고."

"연봉 삼백만 원?"

"그 입 다물지!"

산학 협동이라는 미명 하에 논문 준비 외에도 엄청난 업무(?)에 시달리는 윤하였다.

가스레인지의 불을 끈 준후가 그녀에게 물었다.

"진짜 입 다물어?"

"응."

왼손 검지를 입술 위에 얹은 그가 오른손으로 어딘가를 가리켰다.

"뭐?"

"ㅇ ㅇ ㅇ ㅇ ㅇ……."

"어쩌라고?"

소파에서 일어선 윤하가 그가 손가락으로 가리키는 곳을 쳐다보며 말했다.

"ㅇ ㅇ ㅇ ㅇ ㅇ ㅇ(밥상 펴라고)."

"뭐라는 거야, 말로 해!"

"밥상 펴라고."

"이런!"

준후는 투덜거리며 방 한 편에 세워진 밥상을 향해 다가가는 그녀를 보며 미소를 지었다.

두 사람이 마주 보고 앉기에 딱 맞는 자그마한 밥상 위에, 막 끓인 라면과 자그마한 모카 케이크, 그리고 두 개의 맥주 캔이 놓여졌다.

준후는 흰색 남방의 소매를 걷어 올리는 그녀에게 쇼핑백을 내밀었다.

"받아."

"뭐야?"

"크리스마스 선물."

"진짜?"

칠흑 같은 눈동자가 기쁨으로 반짝였다.

"비싼 건 아니야."

"기분 되게 좋네. 열어봐도 되지?"

"당연하지."

부스럭 소리를 내며 봉해져 있던 쇼핑백 입구를 연 윤하가 보랏빛 머플러와 모자를 꺼냈다.

"와우! 색깔 진짜 예쁘다. 네가 고른 거야?"

"오늘 회사에서 방출 있었거든."

"아! 어울리지?"

모자를 뒤집어쓴 그녀가 머플러를 목에 두른 채 준후에게 물었다.

"진짜 잘 어울린다."

준후가 엄지를 들어 보였다.

"고마워, 박준후. 난 내년에 줄게."

"기대할게. 라면 붙겠다, 라면부터 먹자."

벗은 모자와 머플러를 쇼핑백에 넣은 윤하가 대접 위에 놓인 달걀 덩어리를 젓가락으로 집어, 그의 대접에 올려놓았다.

"지금은 줄 게 이거밖에 없어."

한입 가득 라면을 넣은 준후가 미소를 지었다.

매콤한 라면 한 그릇을 뚝딱 비운 두 사람은 케이크와 맥주로 입가심을 했다.

준후가 케이크 위에 촛불을 켜자고 했지만 윤하의 고집은 한결같았다.

"촛농 떨어져. 그냥 먹자. 참, 현수한테 메일 왔지?"

"아니."

"그래?"

"너한텐 메일 왔어?"

"어. 난 너한테도 보낸 줄 알았는데."

"뭐야, 강현수 사람 차별하는 거야? 뭐라고 보냈어?"

맛있게 케이크를 먹던 윤하가 포크를 내려놓고는 맥주 캔을 집어 들었다.

"귀국한다고 하던데."

"언제?"

"몰라, '축, 귀국!' 그렇게 써서 보냈더라."

"으, 또 시끄러워지겠군."

"그래도 재미는 있잖아."

절대 아니라는 듯 윤하가 고개를 절레절레 저었다.

강현수.

준후의 서른 해 된 친구이자, 윤하에게 있어선 하도 어려서부터 봐와서 가족인지 친구인지 관계가 애매한 인물이었다.

"메일, 오늘 온 거야?"

"아침에 봤어."

"내가 답 메일을 안 보내서 삐쳤나."

윤하는 툭하면 쓸데없는 얘기들을 써서 보내는 현수의 메일을 다섯 통 정도 그냥 패스해 버렸었다.

"그러니 안 보내지."

"헛소리만 잔뜩 써서 보내니까 그러지."

"현수가 뒤끝 있잖아."

"쓸데없는 얘길 주저리주저리 늘어놓으니까 할 말이 있어야 말이지. 강현수 철드는 날 세계 평화가 완성될 거야."

"넌 아니고?"

"난 너무 일찍 철이 들었어."

말도 안 되는 윤하의 말에 케이크를 먹던 그가 키득거리며 웃기 시작했다. 무언가 생각났다는 듯 윤하가 그에게 물었다.

"가만…… 현수 오면 우리 셋이 같이 내려가야 하는 거야?"

"어딜?"

"신정에 말이야. 셋이 같이 김해에 내려가야 하는 거야?"

고향은 아니지만, 더는 아무런 연고도 없는 곳이 되고 말았지만, 현수는 명절 때면 늘 김해를 찾곤 했다.

"아무래도 그렇게 되지 않을까?"

"아, 좀 더 있다 오지 그새를 못 참고 오냐."

"사 년이야. 짧은 시간 아니지."

"십 년 채우면 어디가 덧나나."

윤하는 현수의 귀국이 영 못마땅한 표정이었다.

하긴, 윤하를 곯려먹는 재미로 세상을 산다는 녀석이니, 그러는 게 당연하기도 했다.

"참, 너 정은이 알지?"

"정은이?"

"주정은이라고 우리 과에…….."

"아, 그 얼굴 요따만한 애?"

윤하가 주먹을 들어 보이며 대답했다.

"오늘 걔 만났다."

"어디서?"

"후후…… 우리 상무님 딸이더라."

"진짜?"

씁쓸한 미소를 띤 그가 고개를 끄덕였다.

"상무님이 불러서 갔더니 방에 그 애가 있더라."

"아버지 회사에 놀러온 거야, 아니면 입사한 거야?"

"입사했나 봐."

"세상 되게 좁네. 가만…… 동방그룹 상무면 엄청 부자겠네?"

"그게 나하고 무슨 상관이야."

"주정은이 너 쫓아다닌 건 아는 사람은 다 알잖아. 이야, 나 지금부터 너한테 잘 보여야 하는 거야?"

"꿈 깨라, 그런 일은 없을 거니까."

"상무님이 직접 방으로 부른 걸 보면, 정은이란 애가 너에 대해서 무슨 소릴 했다는 거잖아."

가끔, 아주 가끔 윤하의 눈치가 최고조에 이를 때가 있다. 평소엔 전혀 그렇지 않은데.

"쓸데없는 소리 할래?"

"그만하면 얼굴 예쁘겠다, 집안도 빵빵하겠다, 뭐가 싫은데?"

"뒤통수 맞은 기분이었어."

"뒤통수?"

약속이라도 한 것처럼 두 사람은 동시에 맥주를 몇 모금 마셨다.

"상무님 방에서 그 앨 보는데 배신감이 들더라."

"왜?"

"모르겠어. 아무튼 기분이 썩 좋지는 않았어."

"제 아버지가 너희 회사 상무님이라고 말 안 해서?"

"그것도 그렇고……."

"너희 회사에 입사한 것도 몰랐어?"

"응, 감쪽같이."

"쩝. 그래도 주정은이만 그런 건 아니잖아. 네 동기 혜란이 아줌마도 너하고 같은 회사잖아."

"걘 공채잖아."

경력직 사원 공개채용으로 입사한 혜란과 정은의 일은 경우가 달라도 아주 많이 달랐다.

"그런 걸 갖고 뒤통수 맞았다고 하는 건 좀 그렇다."

"아 다르고 어 다르잖아."

"너한테 전화 한 통 정도는 미리 해줄 수도 있었다, 그거야?"

"응."

"하긴, 당황스럽긴 했겠다. 제 딴엔 깜짝 이벤트 같은 걸 한다고 생각했겠지 뭐."

"그런데 혜란이가 왜 아줌마야?"

준후는 무척이나 궁금하단 얼굴로 물었다.

"아! 그냥."

몰라도 된다는 듯 윤하가 미소를 지었다. 덕분에 뽀얀 뺨에 하트 모양의 보조개가 오목해졌다.

준후는 무슨 일이든 대단치 않게 받아들이는 윤하의 성격이 부러울 때가 있었다. 그런 까닭에 그녀에게 이런저런 일에 대해 말하게 되는 건지도 몰랐다. 심드렁한 표정을 보면 자신도 모르는 사이 덩달아 동화(同化)되어지는 까닭에.

"넌 오늘 무슨 사고 친 거야?"

"나?"

말도 말라는 듯 윤하가 키득거리며 웃음을 터뜨렸다.

크림이 듬뿍 묻은 모카 케이크 한 조각을 먹고 난 뒤에야, 그녀는 오늘 자신이 저지른 만행에 대해 준후에게 털어났다.

"진짜 어처구니가 없다, 어떻게 그런 실수를 하냐?"

"내 말이. 정말 오늘 연구실에서 책상 빼는 날인 줄 알았어."

"그러고도 웃는 네가 존경스럽다, 존경스러워."

"이미 저지른 일인데 어떻게 해, 웃어야지."

"너 요즘 무슨 고민 있지?"

"그냥……."

"무슨 일인데 그래, 말을 해봐."

"이래저래 조금 심란해."

"논문 때문에?"

"그건 아니고…… 왜, 그런 거 있잖아. 갑자기 길을 잃어버린 기분 말이야."

"누구나 그럴 때가 있지."

"근데 조금 오래간다."

"나침반 하나 사줘?"

"응!"

"자, 나침반!"

윤하는 그가 내미는 맥주 캔에 가볍게 캔을 부딪쳤다.

비록 간절한 나침반을 선물해 준 건 아니지만, 오래된 친구와 맥주 캔을 부딪치며 이런저런 얘기를 할 수 있어 참으로 다행이란 생각이 들었다.

"내일 보드 타러 갈까?"

"좋지."

"아침에 일찍 출발하자."

"일곱 시쯤?"

"그래, 가서 실컷 타고 오는 길에 너 좋아하는 매운탕 먹고 오자."

"예수님 생일이 아니라 내 생일 같다."

"대신 갔다 와서는 우울한 기분 다 털어내."

"알았어."

윤하는 캔에 남은 맥주를 마시는 그를 바라보며 빙긋 미소를 지었다.

원룸이라고는 해도 13평이 넘는 곳이어서 어지간한 가구를 들여놓고도 지내기에 부족함이 없었다.

윤하가 제 방으로 돌아가고 난 뒤, 준후는 침대에 누워 음악을 들었다.

이상하게도 휴일 전날 밤은 일찍 잠자리에 들기가 싫었다. 손해를 보는 기분이랄까. 평소엔 바빠서 자주 읽지 못하던 책을 보기도 하고, 오늘처럼 포터블 오디오에서 흘러나오는 음악을 듣기도 하고, 영화를 보기도 하고, 그러고 있다 보면 그 자체가 휴식이 되어주곤 했다.

침대 머리에 놓인 포터블 오디오에선 김동률의 나직한 목소리가 흘러나오고 있었다. 언젠가 윤하가 한번 들어보라며 주고 간 CD였다.

휴대폰의 벨이 울린 건 머리맡으로 손을 내민 그가 CD 케이스를 찾던 순간이었다.

자정이 가까운 시간, 준후는 누굴까 하는 생각을 하며 침대에서 일어났다.

〈주정은.〉

액정 위에 뜬 발신자의 이름을 확인함과 동시에, 잔잔한 음악을 들으며 쉬고 있던 준후의 휴식은 끝이 났다.

'부담'이라는 말의 사전적 정의까지는 모른다. 하지만 오랫동안 알아온 후배의 전화가 불편해졌다는 것만큼은 분명했다.

"네, 강준후입니다."

그는 불편하다는 것과 부자연스럽다는 것이, 실은 이음동의어(異音同義語)라는 사실을 인정했다.

[오빠, 바빠요?]

"아니, 괜찮아."

[약속 있다고 하더니…….]

"무슨 일이지?"

[오늘 기분 나빴어요?]

"뭐가?"

이런 식의 대화를 한다는 것이 익숙하지 않은 후배였다. A는 B이다, 그런 명확한 대화를 주고받는 것이 옳은 정은이, 계속해서 자신의 감정을 건드리고 있다는 사실에 준후는 못내 마음이 상했다.

[오빠, 말투 이상해요.]

"피곤해서 그래."

[미리 말 안 해서 화난 거예요, 그런 거죠?]

"그런 거 없어."

[난 오빠가 되게 반가워할 줄 알았어요. 솔직히 저 선배한테 서운하려고 해요.]

전혀 그렇지 않은 걸 반갑다고 말할 수는 없었다. 그렇다고 해서 방심한 순간 뒤통수를 세게 얻어맞은 것 같은 기분에 대해, 이야기할 생각은 없었다.

딱히 싫어하는 사람과 좋아하는 사람의 구분이 명확하지 않은 그에게 있어, 정은은 제법 친한 후배 중 하나였다.

대학이라는 곳 역시 엄연히 하나의 '사회'였고, 그 안에서 가족공동체 비슷한 냄새가 묻어나는 인연을 몇몇 사람 정도는 만날 수 있었다.

형 같고 누나 같고 동생 같은 사람들…….

정은이 자신에게 선배 이상의 감정을 갖고 있다는 사실을 알면서도 편안히 웃어줄 수 있었던 건, 그녀가 동생 이상으로는 느껴지지 않았기 때문이다.

[오빠, 내일 시간 있어요?]

"약속 있어."

[무슨 약속이요?]

"친구하고 선약."

[오빠, 이러지 말아요. 난 정말 놀라게 해주려고 그런 것뿐이란 말이에요.]

"충분히 놀랐으니까 됐어."

[오빠!]

"사회생활 시작하게 된 거 축하한다. 나중에 회사에서 보자. 먼저 끊는다."

차분하고도 냉정한 목소리가 과연 자신의 것인가 싶었다.

벨소리를 진동으로 전환시킨 뒤 휴대폰을 책상 위에 올려둔 그는 오디오의 볼륨을 조금 더 올렸다.

얼마 전까지만 해도 연수 중이던 시드니에서 곧잘 전화를 걸어오던 정은의 맑은 목소리가, 잔잔한 음악에 묻혀 점점 희미해지고 있었다.

사람이 넘지 못할 산은 없다고 하지 않았던가. 제아무리 막막

해 보여도 산은 산이요, 물은 물일 뿐이었다.

준후와 조촐한 크리스마스 파티를 하는 동안 스스로를 추스른 윤하는, 난제(難題)들로 가득 찬 가계부를 펼쳤다.

이번 달 월세는 어렵사리 해결을 했으니 다음 달 카드 날짜와 월세 날짜를 무사히 넘기는 게 관건이었다.

침대에 배를 깔고 누운 그녀는 가계부 공란에, 부모님에게 받을 용돈의 내역을 미리 기입했다.

신정을 맞아 내려가는 딸을 빈손으로 올려보낼 부모님이 아니었다. 게다가 나이를 훌쩍 먹기는 했어도 엄연히 학생의 신분인데, 친척들 또한 용돈 삼아 몇 푼씩은 쥐어주실 터였다.

"아주 수금을 하러 가는구나, 수금을 하러 가."

평소 그다지 좋아하지 않던 외숙모까지 리스트에 적어 넣으며, 윤하는 그런 자신이 처연해 낄낄 소리를 내어 웃었다.

하지만 잠시 구차한 것쯤은 아무것도 아니었다. 엄청난 산처럼 느껴지는 빚에 비하면.

부모님을 포함해 친척들에게 받을(?) 용돈이 대략 사십만 원 정도, 거기에다가 어머니에게 학원비와 책값 명목으로 오십만 원을 받아내고, 통이 큰 올케에게 받을 용돈을 보태면……

"잘하면 2월까지는 해결이 되겠네……. 월세하고 이자가 장난이 아니네."

백만 원씩 세 번을 갚고 나면 삼십만 원이 남는 빚인데, 다달이 흔적도 없이 나가는 돈 때문에 원금이 줄어들 생각을 안 하고 있었다. 학원비 명목으로 어머니에게 뜯어낸 돈만 해도 원금의 절반은 됐다.

로또 열 장을 사자니 복권 값이 아깝고, 대박날 일을 찾아 헤매자니 그 시간에 연구실 일이나 잘하는 게 낫지 싶었다.

진주에 사는 친오빠에게 넌지시 이야기를 해볼까 싶기도 했다. 한데 돈은커녕 올케의 입을 통해 부모님의 귀에 들어가게 되는 날이면, 모든 것이 도루묵이었다.

특히 여자는 조신해야 한다는 사고가 대못처럼 박힌 아버지는, 당장 서울로 올라와 자신을 데리고 고향으로 내려갈 게 뻔했다.

플러스 내지는 마이너스 알파가 작용하겠지만, 어쨌든 가계부 작성을 끝낸 윤하는 천장을 올려다보며 반듯하게 누웠다.

연애라는 두 글자가 흐릿한 형광등 불빛 아래 구름처럼 둥둥 떠다니고 있었다.

"진짜 연애를 안 해서 더 심란한 건가?"

신빙성 제로의 가능성 앞에 윤하는 씨익 미소를 지었다.

연애를 해서 행복할 것 같으면, 세상에는 전쟁과 기근과 다툼이 없어야 마땅했다.

"잠이나 자자, 잠이나 자."

그녀는 머리맡에 놓인 탁상시계를 집어 들고 알람을 맞추었다.

준후의 말처럼 다리가 후들거릴 정도로 보드를 타고 나면, 한결 기분이 나아질지도 모른다는 생각을 하며.

불을 끄려던 윤하는 무언가 생각났다는 듯 휴대폰의 플립을 열었다.

휴대폰 사용 인구의 99%가 슬라이드를 사용한다지만, 그녀는 유독 플립을 고집했다. 다른 이유는 없었다. 슬라이드보다는 플립형이 더 잘 들린다는 것 외엔.

한 번, 두 번, 세 번…….

[뭐 놓고 갔는데?]

수화기에서 준후의 목소리가 들려왔다.

"누굴 칠칠이로 아시나. 아까 깜박하고……."

[뭘 또 깜박하셨는데?]

"얘가 왜 오밤중에 이렇게 비협조적으로 나오실까나. 라면 먹은 거 체했어?"

[그냥 기분이 좀 그래.]

"내일 보드 타면서 너도 털어버려."

[그래야지. 뭐 깜박했는데?]

"메리크리스마스!"

[하! 그 말 하려고 전화한 거야?]

"할 말 했으니까 끊는다, 잘 자!"

휴대폰의 플립을 닫은 윤하는 손을 위로 내밀어 형광등 스위치를 내렸다.

3   기억 속의 크리스마스

3 기억 속의 크리스마스

다음날 아침.

일찌감치 보드를 타러 가기로 했던 윤하는, 알람시계가 울리기도 전에 커다란 짐 가방 세 개를 들고 등장한 현수를 어리둥절한 눈으로 바라볼 수밖에 없었다.

"야, 왔으면 준후한테 가지, 여긴 왜 와!"

졸음이 덜 깬 눈으로 현관문을 연 윤하가 짜증스러운 목소리로 말했다.

유독 윤기가 도는 구릿빛 피부 때문에 어려서부터 혼혈 소리를 곧잘 듣던 현수가 고른 치열을 드러내며 미소를 지었다.

"안 그래도 벨 눌렀어. 나올 거야."

그의 말이 끝나기 무섭게 옆집 문이 열리고, 부스스한 머리를 한 준후가 얼굴을 내밀었다.

"하이, 친구!"

윤하는 잠결에 몽롱해하는 준후를 와락 끌어안는 그를 어처구니없는 눈으로 바라보았다.

고개를 돌려 시계를 보니 아직 다섯 시도 되지 않은 시간이었다. 윤하는 저도 모르게 깊은 한숨을 내쉬었다. 드디어 올 것이 온 모양이다. 사 년 남짓 자리를 비웠던 강현수의 컴백과 함께……

"한 잔 더 마실래?"

"응."

준후의 물음에 대답한 윤하는 들고 있던 커피 잔을 내밀었다.

털퍼덕 바닥에 주저앉은 현수가 석 달 열흘 굶은 사람처럼 라면 두 개를 해치우는 동안, 두 사람은 졸음을 털어내기 위해 커피를 마셨다.

"준후야, 밥 없냐?"

"있어, 줄게. 배가 많이 고팠구나?"

가스레인지에 물을 담은 주전자를 올린 준후는, 밤새 전원을 꽂아둔 밥통 뚜껑을 열었다.

기름기가 동동 떠 있는 라면국물에 밥을 만 현수가, 소파에 앉은 윤하에게 물었다.

"어째 조용하다?"

"시끄러, 졸려 죽겠단 말이야."

"눈에 주먹만한 눈곱 붙었다."

검지로 눈가를 문지른 윤하가 그를 흘겨보았다.

어려서부터 징글징글하게 자신을 골려먹던 강현수가, 사 년 남짓 한국을 떠나 있었다고 해서 박현수가 될 리 없었다. 만나자마자 다시 자신을 놀리는 현수는 그때나 지금이나 여전했다.

"현수야, 천천히 먹어. 그러다 체하겠다."

커피가 담긴 두 개의 머그잔을 손에 든 준후가 그에게 말했다.

윤하는 그가 내민 머그잔을 받아 들었다. 향긋한 커피 냄새가 덜 달아난 졸음을 부추기고 있었다.

마음 같아서는 머그잔을 머리맡에 두고 커피 향을 자장가 삼아 푹 자고 싶었다.

바닥에 앉은 준후가 오랜만에 돌아온 친구에게 물었다.

"공항에서 메일 보낸 거야?"

"어, 잠깐 시간이 나더라고."

"자식, 갈 땐 연락도 없이 가버리고."

"그렇게 됐어. 근데 잰 왜 하나도 안 컸냐? 교복 입혀서 내보내면 영락없이 고삐리 소리 듣겠는걸."

윤하는 장난기 진한 그의 말을 못 들은 척 커피를 홀짝거렸다.

그리고 보니 현수가 한국을 떠날 때 간단 말도 없이 떠난 기억이 났다.

일주일 남짓 소식이 없던 그가 전화를 걸어온 곳은 영국의 히드로 공항이었다. 아니, 히드로 공항이라고 했다.

[답답해서 바람 쐬러 나왔다.]

수화기 너머의 현수가 낄낄대며 그렇게 말하던 순간에도 윤하는 그의 말을 믿지 않았다. 툭하면 자신을 골려먹기 일쑤인 그가 장난을 하는 거라 생각했었다.

하지만 얼마 지나지 않아 날아든 한 장의 엽서는 그가 한국을 떠난 게 사실이라는 걸 증명해 주었다. 한 마디 말도 없이 훌쩍 떠난 현수가 조금 당황스럽긴 했었다. 하지만 다시 생각해 보면 그건 지극히 강현수다운 짓이었다.

"아주 온 거야?"

뜨거운 커피를 후후 불어가며 마시던 윤하가 생각났다는 듯 그에게 물었다.

"자식이 반갑다는 소리는 못할망정, 오자마자 구박이네."

"휴우!"

힐끔 현수를 쳐다본 그녀가 바닥이 꺼져라 한숨을 쉬었다.

강현수가 없던 지난 사 년간의 시간이 벌써부터 그리워지고 있었다. 덕분에 보드를 타러 가기로 했던 계획이 수포로 돌아간 데 대한 서운함은 느낄 여유가 없었다.

"나 몇 시간만 더 자고 일어날래."

커피 두 잔을 마신 윤하가 도저히 안 되겠다며 제 집으로 돌아가고 나자, 준후는 그제야 현수에게 물었다.

"어떻게 된 거야?"

긴 여행을 마치고 제 집으로 돌아온 사람처럼 편안하게 침대에 누워 있던 현수가, 씨익 미소를 지었다.

언제 뚫었는지 구릿빛 귓불 끝에 반짝이는 작은 이어링이 매달려 있었다.

"영감탱이가 아프다네."

"뭐?"

그가 영감탱이라는 말을 서슴지 않는 이가 누구인지 모르지 않는다. 그 이에 대한 현수의 감정이 어떠한지도 알고 있다.

적어도 그분 때문에 서둘러 한국으로 돌아올 현수가 아니라는 건 더더욱 잘 알고 있다.

"심장에 기계를 달았다고 하더라. 자기가 무슨 로보캅도 아니고…… 좌우지간 골 때리는 영감탱이야."

"들어오라고 하시던?"

"생판 남 같은 영감탱이가 다 죽어가는 목소리로 훌쩍거리는데, 기분 묘하더라. 연락 안 닿는 곳으로 튈까 하다가 나 때문에 영감탱이 죽었다는 소리 듣기 싫어서 들어왔어."

준후는 그런데 왜 생부(生父)의 집으로 가지 않고, 이곳으로 왔느냐고 묻지 않았다. 본래 제가 하고 싶은 말 외에는 잘 하지 않는 친구였다. 특히 가족 문제에 대해선.

걱정 같은 건 나 몰라라 할 것 같은 현수의 뼈아픈 가족사에 대해선, 아는 사람이 거의 없었다. 적어도 준후가 아는 한은 그랬다.

어머니와 단둘이 김해(金海)에 살던 현수가, 고등학교 2학년이 되던 해부터 하숙생활을 하게 된 이유도, 그의 어머니가 훌쩍 이사를 가게 된 이유도 아는 사람보다는 모르는 이가 더 많았다.

"밖에선 뭐 하고 지냈어?"

"공부."

"공부?"

"이것저것 자격증도 몇 개 따고, 수료증도 몇 개 땄어. 세상 공부도 좀 하고."

"아주 온 거지?"

"영감탱이 죽는 거 봐서. 목소리 들으니까 오래가진 못할 것 같아."

제 자신도 인연의 끈을 아주 놓지 못하면서, 독한 사람인 듯 구느라 천연덕스럽게 웃는 그를 준후는 안타까운 눈으로 바라봤다.

"거처 애매하면 당분간은 여기서 지내. 둘이 지내기에 크게 불편한 거 없을 거야."

"윤하한테 같이 지내자고 하면 몇 대 맞겠지?"

"하!"

현수의 뜬금없는 말에 어처구니없는 표정을 한 준후가 웃음을 터뜨렸다.

"애가 발달이 안 되는지 여전히 밋밋하더라. 하긴, 그게 정윤하의 매력이긴 하지만. 넌 어때?"

"월급 꼬박꼬박 받으면서 회사 열심히 다니고 있지."

"여자는?"

베개를 등에 대고 비스듬히 누운 현수가 새끼손가락을 들어 보였다.

"여자? 사귈 시간이 없다."

"눈이 더 높아진 건 아니고?"

"나 눈 안 높아. 그러는 넌?"

"오는 여자 오케이에, 가는 여자 바이 바이인 내가 한 여자한테 정착을 하겠냐. 그래도 눈요기는 실컷 하고 왔다. 쇼트타임 연애도 몇 건 해보고."

"자식, 공부하러 간 게 아니라 연애하러 갔었구나."

"인생 얼마나 산다고 한 가지 일에 매달려서 사냐, 즐길 건 즐기면서 살아야지. 유미라고 일본에서 유학 온 애가 하나 있었는데, 진짜 끝장이었어."

여자 얘기만 나오면 눈에 빛을 띠는 건 고등학교 무렵이나 지금이나 매한가지이다. 준후는 엄지를 치켜드는 그를 보며 미소를 지었다.

"데리고 오지 그랬냐?"

"다 좋은데 애가 좀 매달리는 편이더라고. 나 또 그런 거 질색하잖아. 잘 알아듣게 타일러서 보냈지."

"재주도 좋아."

"한국의 정서가 그렇다는데 제가 어쩔 거야?"

"……?"

"한국은 옛날부터 부모들이 정해놓은 정혼자가 있어서, 결혼은 그 사람하고 해야 하는 거라고 제대로 교육을 시켜줬지."

"네가 정혼자가 어디 있어?"

"일생 개한테 매여 사느니 한 번 거짓말하는 게 낫지. 보내놓고 나니까 잘한 거란 생각이 들더라. 사실 처음엔 조금 미련 같은 게 생기지 않을까 걱정스러웠거든."

"그런 말을 하는 걸 보니 여자가 아주 괜찮았나 보다?"

"진짜 인형 같은 애였어. 그런데 걔 떨쳐 내고 바로 캐나다 애하나를 사귀었는데, 나한텐 역시 쿨한 애가 맞더라."

"쉬엄쉬엄 하지."

"미쳤다고 기회를 놓쳐. 그래도 돌아왔다고 마음은 편하네."

애완견 머리 쓰다듬듯 베개 모서리를 쓰다듬으며 현수가 말했다.

대학을 졸업하기 무섭게 그가 한국을 떠난 이유가 무엇보다 궁금했지만, 준후는 끝내 묻지 않았다.

이 나라 저 나라를 돌아다니며 세상을 배운 그가 무사히 돌아왔으니, 그것만으로 충분했다.

　보드를 타러 가기로 했던 계획이 수포로 돌아가고, 윤하는 오
전 내내 방에서 무료한 크리스마스를 보내고 있었다.
　읽어야 할 책도 수북하고 미리미리 정리를 해두어야 할 논문
자료도 산적한데, 이상하게도 법정 공휴일에는 하릴없이 뒹굴
거려야 할 것 같은 사명감이 느껴졌다.
　그러던 차에 밖에 나가서 점심식사를 하자는 현수의 제안을
그녀는 흔쾌히 받아들였다.
　세 사람은 아파트형 원룸 타운을 빠져나와 옥외 주차장으로
향했다.
　지난밤 준후가 선물해 준 머플러를 두르고 모자를 쓴 그녀는,
병아리 오줌처럼 살금살금 뿌리는 눈발을 느끼느라 손바닥을
쭉 폈다.
　그때였다.
　영화 속에나 나옴직한 시커먼 롱 코트를 입은 두 명의 남자가
그들을 향해 다가섰다.
　움찔한 윤하는 반사적으로 준후의 등 뒤로 몸을 감추었다.
　"기다리고 있었습니다."
　가죽 장갑을 벗은 남자가 정중하게 고개를 숙여가며 현수에
게 말했다. 순간 그의 얼굴에 짜증이 스쳐 지나갔다.
　"어지간히 합시다."

낮게 가라앉은 현수의 목소리에 순간 그녀의 눈이 휘둥그레졌다. 윤하가 아는 그는 결코 이런 식의 심각한(?) 표정을 짓는 법을 모르는 사람이었다.

"기다리고 계십니다."

"나, 새벽에 왔어요. 겨우 눈 붙이고 이제 친구들하고 점심 먹으러 가는 길이라고요. 꼭 이렇게까지 해야겠어요?"

"회장님 마음도 헤아려 주십시오."

"가서 전해요, 제발 내 마음 좀 헤아려 달라고. 친구들 앞에서 이게 뭡니까? 아, 쪽팔려 죽겠네."

잔뜩 인상을 구긴 현수가 한쪽 손바닥으로 얼굴을 가렸다.

"그럼 시간을 말씀해 주십시오."

"무슨 시간!"

관자놀이에 핏대를 세운 현수가 버럭 소리를 지르자, 남자의 얼굴에 난색이 깃들며 당황하는 눈치였다.

그런 모습을 보던 준후가 흥분한 친구의 어깨를 다독인 뒤 남자에게 말했다.

"말씀 중에 죄송하지만, 현수에게 시간을 조금 주십시오."

무언가를 생각하는 듯하던 남자가 현수에게 키홀더를 내밀었다.

"차 두고 가겠습니다. 그리고 오늘 안에 돌아오시는 걸로 전하겠습니다."

"알았으니 그만 가요."

남자가 내민 키홀더를 홱 낚아챈 현수가 귀찮기 그지없다는 말투로 대답했다.

"그럼, 도련님만 믿겠습니다."

두 남자가 동시에 목례를 하고 멀어져 가자, 두 눈이 휘둥그레진 윤하가 현수를 향해 고개를 돌렸다.

"이게……."

아무 소리 말라는 듯 준수가 가만히 그녀의 팔목을 잡았다 놓았다.

궁금해 죽을 것 같은데, 어느 누구도 주차장에서 있었던 일을 입에 올리지 않았다. 접시 가득 담은 호텔 뷔페 요리도, 윤하의 궁금증을 잊게 해주지는 못했다.

'건장한 두 남자는 누구고, 도련님이라는 말은 뭐지? 강현수가 왜 도련님이야?'

분위기 파악 능력이 조금만 떨어져도 미친 척 물어보기라도 하련만, 눈치라는 것이 그래서는 안 되는 상황이라고 말해주고 있었다.

"날이면 날마다 오는 기회 아니다, 많이 먹어."

단단한 껍질을 발라낸 게 다리를 건네며 현수가 말했다.

"너도 많이 먹어."

"그런데 너 대놓고 맞먹는다? 너? 하, 어이가 없네. 박준후, 얘 어떻게 된 거야?"

"같이 나이 들어가는 처지에 오빠는 무슨."

"하!"

그가 말하는 '오빠' 소리를 일축하며, 윤하는 담백한 게살을 입 안으로 밀어 넣었다.

"윤하야, 그냥 먹지 말고 여기 찍어 먹어봐."

준후가 그녀의 앞으로 소스가 담긴 작은 접시를 밀어주곤, 껍질을 바른 게 다리를 하나씩 접시에 놓아주었다.

"네가 얘를 아주 상전으로 만들었구나? 뭐가 예쁘다고."

힐끔 현수를 쳐다본 그녀는 이내 먹는 데 집중하기 시작했다. 하지만 윤하의 마음은 전혀 다른 곳에 가 있었다.

'궁금해 죽겠네, 정말!'

준후가 입을 꾹 다물고 있는 것도 마음에 걸렸다.

예감이 맞는다면 자신이 모르는 무언가를 그는 알고 있는 게 분명했다. 아니, 현수와 그 사이에 무언가 비밀이 있는 게 분명했다. 그것도 아주 크고 굵직한 비밀이……

둘 사이에 모종의 비밀이 있다는 사실이 언짢지는 않았다. 하지만 그 비밀의 내용이 궁금해 속이 타 들어갈 지경이었다.

아무리 추리를 해도 현수와 도련님 사이에는 어떤 상관관계도 성립하지 않았다. 차라리 현수보다는 준후가 도련님에 더 가까웠다.

'아, 답답하다, 답답해!'

현수가 빼어난 미모의 어머니와 단둘이 살았던 건 동네가 다 아는 일이었다. 워낙 빼어난 미모를 지니신 분이라, 그의 어머니를 두고 항간에서는 한때 연예인이었다는 소문마저 떠돌곤 했었다.

게다가 도무지 그 또래 아들을 둔 어머니답지 않게 젊기까지 해서, 이런저런 소문들이 많기도 했었다. 명확하게 기억나는 건 별로 없지만 그다지 좋지 않은 소문들이었다.

윤하가 아는 건 그런 현수의 어머니가 재혼을 하고 미국으로 이민을 갔다는 게 전부였다. 어머니를 따라가지 못한 현수는, 김해 시내에서 하숙을 하며 고등학교를 졸업했다.

가끔 서울에서 이모라는 분들이 내려왔는데, 그분들 역시 눈에 띄게 아름다운 외모를 지니고 있었다.

답답함이 체증처럼 명치 중앙을 누르고 있으니, 담백한 게살을 먹는데도 속이 더부룩했다.

단도직입적으로 물을 수 없다면 우회적인 방법을 택하는 수밖에.

윤하는 냅킨으로 손을 닦으며 그에게 물었다.

"어디 어디 갔다 온 거야?"

"런던, 멜버른, 브릿지번, 엘에이, 동경."

"원없이 돌아다녔네. 공부한 거야, 논 거야?"

"네 생각엔 내가 뭘 했을 것 같냐?"

"보나마나 놀았겠지."

"빙고!"

윤하는 해물을 듬뿍 얹은 리조또를 포크로 뒤적거리는 그에게 다시 물었다.

"뭐 하고 놀았는데?"

"뭐?"

어처구니없다는 듯 현수가 되물어왔다. 윤하는 무안해하는 대신 오히려 그를 빤히 쳐다봤다.

"사 년 내내 놀기만 한 건 아닐 거 아니야. 너 심심하면 한 번씩 공부하잖아."

"하!"

당최 적응이 되지 않는 현수가 포크를 내려놓고 고개를 갸웃거렸다.

예전에도 자신에게 똑 부러지게 '오빠' 소리를 한 건 아니지만, 그렇다고 해서 지금처럼 '너'라는 소리를 천연덕스럽게 해대지는 않았다.

"네가 그렇게 만든 거야."

손잡이가 달린 자기에 담긴 달걀 노른자 빛깔의 죽을 저으며 준후가 말했다.

"내가? 내가 뭘?"

"진실게임."

"진실게임?"

도무지 기억이 나지 않는 현수의 눈이 가늘어졌다.

하긴, 심심하면 해대는 진실게임이니, 상대를 일일이 다 기억

할 수는 없는 일이었다.

"전에 네 생일날 윤하 방에서 진실게임 했었잖아, 기억 안나? 그날 네가 윤하한테 오빠는 무슨 오빠냐고, 친구 먹자고 했잖아."

"아……! 그거야 그날 일이지."

"얘가 학습능력이 좀 좋으냐."

"좌우지간 배우라는 건 안 배우고 꼭 이런 것만 배우지. 정윤하, 너 나이가 몇 개냐?"

포크 위에 얹은 리조토를 입 안에 넣으며 현수가 물었다.

"그건 왜 물어?"

"여자 나이 스물일곱에 이 치렁치렁한 생머리는 뭐고 로션 한방울 안 찍어 바른 그 얼굴은 뭐야? 일찍이 네가 미숙한 건 알고 있지만, 그래도 나이가 그 정도 됐으면 개념 정도는 탑재해야지."

"또 시작이군. 그리고! 한 번만 더 나한테 미숙이라고 그러면 이번엔 절대 용서 안 할 거야."

"킥킥, 미숙이한테 미숙이라고 그러는 게 뭐가 잘못이야?"

게 다리를 손에 든 윤하가 그를 흘겨보았다. 박현수의 뛰어난 기억력 위에 머스터드 소스를 한 병 가득 뿌려주고 싶은 충동이 일었다.

초등학교에 들어가기 전의 일이니 한없이 미숙했던 때의 일이었다. 정말 미숙한 건 윤하의 오빠와 준후였다. 여섯 살이나 된 자신을 데리고 남자 목욕탕에 다녔으니……. 곧 죽어도 오빠들과 함께 목욕을 가겠다고 우기는 철없는 여섯 살배기를, 초등학교 1학년 학생인 그들이 말렸어야 했지만 그들은 그러지 않았다.

아무튼 윤하는 그녀가 마지막으로 남자 목욕탕에 갔던 날을 아직도 기억하고 있었다.

자신을 보자마자 벌떡 자리에서 일어선 현수가 목욕탕 바가지로 두 다리 사이를 가린 채, 커다란 소리로 말했었다.

"야, 너 뭐야! 계집애가 창피한 것도 모르고!"

현수는 툭하면 그날의 일을 끄집어내며 미숙아라는 말을 해대곤 했다. 진즉 잊었을 일인데 강현수의 기억력 덕분에 도무지 잊지 못할 날이 되어버렸다.

윤하는 느물거리는 현수의 눈빛을 외면하고 열심히 게살을 발라댔다. 그런 그녀에게 준후가 물었다.

"게 더 갖다줄까?"

"응."

고개를 끄덕인 준후가 자리에서 일어섰다.

"어지간히 챙겨라, 애 버릇 나빠진다."

등 뒤에서 들려오는 현수의 농담에 그는 피식 웃음을 터뜨렸다.

접시가 수북하게 쌓인 곳을 향해 다가선 준후는, 바지주머니에서 진동음을 울리는 휴대폰을 꺼냈다.

둥그렇게 끝이 말려 올라갔던 그의 입매가 일자로 굳게 다물어졌다.

정은이었다.

생각이 파생시키는 또 다른 생각들은 대개가 쓸모없는 것들이었다.

상무이사의 방에서 정은을 보던 찰나, 혹 자신이 동방그룹에 입사한 일이 그녀와 관계가 있는 건 아닐까 하는 의구심이 들었었다. 의구심이라기보다는 불안에 가까운 생각이었다.

그런 기우에 불과한 생각을 털어낼 만하면 전화를 걸어오는 정은이, 조금은 서운하기까지 했다.

친한 후배답게 그는 동방의 입사를 자신에게 먼저 알렸어야 했다. 아무런 사실도 알지 못하는 자신을 상무의 방으로 불러, 당황케 만드는 일 같은 건 하지 말았어야 했다.

준후는 휴대폰의 슬라이드를 밀어 올리며 실내를 빠져나왔다.

"네, 박준후입니다."

[오빠, 저 정은이요.]

"그래."

[밖에 있어요?]

"친구들하고 식사하는 중."

[친구 누구요?]

"넌 모르는 친구."

x

x

[아무리 생각해도 마음에 걸려서요.]

"뭐가?"

[어제 일 말이에요. 밤새 한숨도 못 잤어요.]

정은의 말 한 마디 한 마디가 송곳처럼 신경을 찔러댔다.

오래도록 이어져 온 관계가 어느 '한순간' 불편해질 수 있다는 사실이 그의 가슴을 헛헛하게 했다.

"무슨 일?"

[……]

"친구들이 기다려서 이만 들어가 봐야겠다. 나중에 회사에서 보자."

[오빠……! 나한테 화 많이 난 거죠?]

"그런 거 없어. 정말 들어가 봐야 하니까 나중에 이야기하자. 먼저 끊는다."

휴대폰을 주머니에 넣은 준후는 답답한 표정으로 허공을 향해 길게 한숨을 뱉어냈다.

"그럼 여태 뭐 하고 살았냐?"

준후가 자리를 뜨기 무섭게 짓궂은 질문을 던져 대는 현수를, 그녀는 뜨악한 눈으로 바라보았다.

외할머니가 곧잘 입에 올리시던 말이 생각이 났다.

"개꼬리 삼 년 묻어봐, 소꼬리 되나!"

한참 동안 그를 바라보던 윤하가 대답했다.

"신경 꺼줄래?"

"그럴 거 같았으면 묻지도 않았지. 정말 사 년 동안 키스 한 번 못해본 거야?"

능청스러운 표정을 한 현수의 시선이 입술에 닿자, 포크를 내려놓은 윤하가 한쪽으로 고개를 돌렸다.

민망해서가 아니다. 까맣게 잊고 있던 기억이 섬광처럼 떠오른 까닭이었다.

빌 · 어 · 먹 · 을 · 첫 · 키 · 스 · 의 · 기 · 억······.

1997년의 그날 역시 크리스마스이브였다.

고향 친구인 선혜와 영주, 오빠 윤호와 규민, 현수, 준후, 준후의 누나와 여동생인 수림과 수연, 또 한 사람 수림의 후배인 진미까지 그렇게 여럿이 현수의 자취방에서 조촐한 크리스마스 파티를 했었다.

별 매력 없는 오빠를 지극정성으로 짝사랑하던 선혜의 부탁을 받고, 두 사람 사이에 모종의 불씨(?)를 선물할 것을 약속했던 날이기도 했다.

지금 생각해 보면 유치하기 그지없는 마피아게임을 세 시간이 넘도록 하면서, 어떻게 해서든 오빠와 선혜가 벌칙을 받게 하려고 혈안이 돼 있었다.

지극정성에 하늘이 감동했는지 결국 두 사람은 벌칙을 받게 됐고, 신이 난 윤하는 '뽀뽀해!'를 외쳤다.

다들 왁자하니 좋아할 줄 알았는데 웬걸, 찬물을 끼얹은 듯 분위기가 싸해지고 말았다.

동조를 얻기 위해 윤하는 양옆에 앉은 준후와 현수의 옆구리를 팔꿈치로 쿡 찔렀다.

"걸린 사람이 무슨 말이 그렇게 많아? 시키면 시키는 대로 하는 거지. 뽀뽀해, 뽀뽀해! 정윤호, 뭐 하냐, 뽀뽀 안 하고?"

현수가 신이 난 목소리로 바람을 잡는데도 오빠는 얼굴만 벌게졌을 뿐 웃지도 않았다.

더 심각했던 건 삽시간에 가라앉은 분위기였다.

오빠야 그렇다고 해도 왜 다른 사람들마저 굳은 표정을 하는 건지 알 수가 없었다. 무안해서 어쩔 줄 몰라 하는 선혜를 보니 오빠가 밉살스럽기까지 했다.

"진짜 촌스럽다."

"네 오빠지?"

통명스럽게 던진 윤하의 말을 받아친 사람은 현수였다.

"왜 이래? 난 저런 오빠 없어. 현수 오빠 친구잖아."

"무슨 소리, 난 저렇게 촌스러운 친구 둔 적 없다."

"키스도 아니고 뽀뽀도 못하냐."

"그러게, 유치원 애들도 뽀뽀를 얼마나 잘하는데."

분위기를 살리겠다고 주거니 받거니 하니 시작한 만담(漫談)이 화근이었다.

"그카믄 안 촌스러운 너거 둘이 해봐라!"

침묵을 지키던 수림이 턱까지 치켜든 채 두 사람을 바라보며 말한 것까지는 좋았다. 문제는 그때까지 싸하게 가라앉아 있던 분위기가 물살을 타듯 요동치기 시작했다는 데 있었다.

"뽀뽀해! 뽀뽀해!"

"뽀뽀를 못하면 대학을 못 가요, 아 미운 사람. 그래도 못하면 시집도 못 가요. 아 미운 사람~"

유치하기 그지없는 노래가 수림의 선창을 따라 방 안에 울려 퍼졌다.

오빠와 잘되게만 해주면 리바이스 청바지를 사주겠던 선혜의 약속에 혹했던 윤하는 당황해서 벌떡 자리에서 일어났다.

"윤하 니가 현수하고 시범을 보여봐라. 또 아나, 니들 하는 거 보고 윤호가 선혜하고 뽀뽀할지. 부끄러우면 불 꺼줄까?"

덩달아 자리에서 일어선 규민이 문가에 달린 형광등 스위치를 만지작거리며 물었다.

"됐거든! 내가 왜 현수 오빠하고 뽀뽀를 해?"

고등학교 2학년의 윤하는 빽하고 소리를 질렀다.

난생 첫 뽀뽀를 현수와 하느니, 거의 제 것이 되다시피 한 리바이스 청바지를 포기하는 게 훨씬 나았다.

하지만 한 번 일기 시작한 민중의 소요는 윤하가 무사히 방을 빠져나가는 것을 허락하지 않았다.

"가시나야, 시작을 했으면 끝을 맺어야제! 가긴 어델 가노?"

"맞다, 언니야. 그러지 말고 현수 오빠하고 뽀뽀 한번 해봐라."

수림과 수연.

용감한 두 자매에게 한쪽 다리와 팔을 잡힌 윤하가 절절매는 사이, 규민은 현수를 채근했다.

"현수야, 선수인 니가 시범을 보이야 윤호가 따라하재. 안 그러나? 뭐 하노, 퍼뜩 일나지 않고."

산 너머 산이라고 했던가.

벌떡 자리에서 일어선 현수가 목석처럼 굳은 윤호를 바라보며 말했다.

"명석을 깔아줘도 못하지. 잘 봐라, 샌님. 뽀뽀는 말이야, 이렇게 하는 거다."

현수가 그녀를 향해 다가서는 찰나 좁은 방 안엔 환호가 들어찼고, 일행들이 하나둘 일어서기 시작했다.

아연한 윤하는 천연덕스러운 현수를 쳐다보다, 이내 준후를 향해 고개를 돌렸다. 온 얼굴이 홍당무가 된 선혜는 어쩔 수 없다지만, 뭐가 그리 좋은지 제대로 신이 난 영주에겐 지원을 요청하는 게 무리이지 싶었다.

학교는 물론 시내의 다른 학교에까지 바람둥이라는 명성이 자자한 현수였다.

그런 그에겐 뽀뽀가 볼에 난 여드름을 짜는 것처럼 사소한 일일지 모르지만, 윤하에겐 절대 아니었다.

열일곱 살이 되기까지 고이(?) 지켜온 순결을 이런 우습지도 않은 상황으로 인해 상실할 수는 없었다.

선혜처럼 지독하게 짝사랑하는 상대와의 뽀뽀라면 모를까.

슬금슬금 다가서는 현수를 찡그린 낯으로 바라보던 그녀는 준후에게 도움을 요청했다.

"준후 오빠……."

낮은 목소리로 그를 부르던 윤하의 눈이 휘둥그레졌다.

당연 도와주어야 마땅한 준후가 못 들은 척 외면하는 게 아닌가. 게다가 다른 사람들처럼 자리에서 일어서며 피식 웃음을 터뜨리는 모습이라니.

놀란 송아지 같은 윤하의 눈이 이번엔 친오빠인 윤호를 향했다. 씀바귀를 씹은 표정을 한 친오빠의 눈이 이렇게 말하고 있었다.

'싸다, 싸!'

윤하는 어느새 바짝 다가선 현수를 피해 뒷걸음질을 쳤다. 하지만 원을 그리듯 빙 둘러선 구경꾼(?)들 때문에 그조차 마음대로 되지 않았다.

무알코올 샴페인을 한 잔씩 마신 일행들의 얼굴이 취객의 그것처럼 벌겋게 보였다. 장난기로 번들거리는 눈동자에 드리운 짓궂음은 윤하를 아뜩하게 만들었다.

"자, 그럼 시작해 볼까?"

묵직한 현수의 팔이 어깨에 닿는 찰나, 윤하는 사력을 다해 선혜의 팔목을 잡아당겼다.

따지고 보면 모든 것이 선혜의 짝사랑에서 비롯된 일이었다.

"선혜야, 리바이스 두 벌……."

순간 딸각하는 소리와 함께 찾아든 칠흑 같은 어둠은 윤하의 뒷말을 앗아갔다.

따끈따끈한 온기가 느껴지는 손바닥이 두 뺨을 감싸 쥐는가 싶더니, 혹 하는 숨소리가 고이고이 간직해 온 열일곱 소녀의 입술을 빼앗아갔다.

숨 쉬는 걸 잊은 사람은 비단 윤하만이 아니었다. 불이 꺼짐과 동시에 좁은 방 안에 들어찬 고요는, '쪼옥!' 하는 선명하고도 민망한 소리를 그대로 공명시켜 주었다.

얼마 지나지 않아 방 안엔 불이 들어왔고, 윤하는 그대로 방을 뛰쳐나왔다.

첫 입맞춤, 아니, 살아오는 동안 유일무이했던 입맞춤이었다. 잊고 싶은 그날의 기억을 떠올리게 만든 현수가 윤하는 얄밉기 그지없었다.

그런 마음을 아는지 모르는지 그가 느물느물한 목소리로 물어왔다.

"넌 인생을 무슨 재미로 사냐?"

"남이사!"

"걱정된다, 정말. 설마 전에 그 사귀던 녀석하고 키스한 게 마지막 키스는 아니겠지?"

"강현수!"

정말 화가 난 듯 윤하가 나직한 목소리로 그의 이름을 불렀다.

대학 시절, 석 달 남짓 사귀다 헤어진 남자 친구하고는 손 한 번 잡아보지 못했다. 변명 같지만 그 친구와 헤어지게 된 배경에는 현수의 공로가 컸다.

오락실 문 앞에 있는 두더지 게임기도 아니고, 시도 때도 없이 불쑥불쑥 나타나는 바람에 진도를 나갈 틈이 없었다.

지금은 목소리조차 희미해졌지만 그땐 의예대생이던 그를 진짜 좋아했었다. 중간 정도의 키에 평범하다 싶은 얼굴을 가진 그는 목소리와 손가락만큼은 예술을 능가했다.

이름이 뭐였지……

희미해진 건 목소리만이 아니었다.

소개팅에서 만난 그에게 이별을 통보 받은 건 정확히 99일이 되던 날이었다.

"난 여자하고 남자 사이에 우정이 가능하다고 생각하지 않아. 무엇보다 이성 친구가 많은 여자, 이해할 자신이 없어. 미안하다."

이성 친구라고 해야 달랑 두 명. 아니, 친구라고 할 것도 없었다. 둘 다 친오빠의 친구들이라니.

어쨌거나 어처구니없는 첫 번째 실연은 윤하를 멍하게 만들었다.

"여자 나이 스물일곱이면 슬슬 바겐세일 준비해야 할 때야."

"휴우."

화를 다스리듯 짧게 한숨을 내뱉은 윤하는 물을 마셨다.

진상덩어리 강현수와 길게 말을 섞어봐야 돌아오는 건 짜증과 화밖에 없었다. 컵에 담긴 물을 절반 이상 비운 그녀가 현수에게 물었다.

"그러는 넌 언제 철들 건데?"

"나야 진즉 들었지."

"그러니 네가 발전이 없는 거야."

"그런데 너 왜 꼬박꼬박 말을 놓냐?"

"내 마음이야."

윤하는 떨떠름한 얼굴로 그를 바라보며 내려놓았던 포크를 집어 들었다.

"밖에 눈 오나 봐."

모양새 있게 음식을 담은 두 개의 접시를 내려놓으며 준후가 말했다.

"봐라, 이 형님이 한국에 오니까 하나님이 화이트 크리스마스까지 선물해 주시잖냐."

"그래, 잘 왔다, 인마."

준후는 짧은 통화로 인해 흐트러진 마음을 다스리며 자리에 앉았다. 잔뜩 볼을 내민 윤하를 보니, 자리를 비운 사이 현수가 또 장난을 한 모양이었다.

접시만큼이나 뽀얀 볼을 씰룩거리는 윤하를 보며 그는 피식 웃음을 터뜨렸다.

할 말이 잔뜩한데 현수를 이길 자신이 없어 꾹 참고 있는 표정이, 꼬집어주고 싶을 정도로 귀여웠다.

그는 토라진 윤하의 편을 들어주듯 현수에게 말했다.

"윤하, 내년이면 박사 된다."

"밤인지 낮인지 모르고 졸졸 쫓아다니던 때가 엊그제 같은데, 많이 컸다. 박사면 뭐 해, 몇 년째 키스도 못해본 바보가. 준후야, 얘 전에 사귀었던 남자 친구 있지, 개랑 키스한 게 마지막인 모양이야. 너무하지 않냐?"

낄낄거리는 현수에게서 고개를 돌린 그가 어깨가 들썩일 정도로 한숨을 쉬는 윤하를 바라보았다.

"그래도 첫 키스 상대가 나여서 다행이지. 정윤하 일생에 그런 달콤한 추억을 어디서 만들겠어. 안 그래?"

"야, 그게 왜 키스야? 뽀뽀지!"

탁 소리가 나게 포크를 내려놓은 윤하가 따지듯 대답했다.

"어쨌든, 첫 경험이잖아."

"아우, 밥맛 떨어져."

"윤하야, 그러지 말고 더 먹어."

준후는 씩씩거리는 그녀의 손에 포크를 쥐어주었다.

고집불통에 마이페이스형인 윤하를 꼼짝 못하게 하는 유일한 사람이 현수였다. 하긴, 능청스럽고 유들유들한 그의 언변 앞에 선 어지간한 남자들도 그저 웃어넘기기 일쑤였다.

"그래도 아니라고 잡아떼진 않네. 아, 그날 사진을 찍어뒀어야 했는데."

쥐가 지나가도 안 보일 만큼 캄캄했는데 사진은 무슨…….

하지만 말을 해봐야 본전도 못 건질 게 뻔하다는 걸 알기에, 윤하는 묵묵히(?) 드레싱이 뿌려진 양상추 한 조각을 입 안으로 밀어 넣었다.

"참, 현수야, 김해 내려갈 거지?"

"가야지."

할 말을 꾹 참고 있던 윤하가 나무라듯 물었다.

"연고도 없으면서 뭐 하러 가?"

"내가 연고가 왜 없어? 너희 부모님, 준후 부모님을 비롯해서 시내에 쫙 깔린 게 인맥인데. 게다가 사 년 만에 귀국했는데 어떻게 안 가냐. 당장이라도 내려가야지."

재가한 어머니에 대해서 그는 지금껏 단 한 번도 입을 연 적이 없었다. 하지만 현수의 친척들이 서울에 살고 있다는 건 들어서 알고 있었다.

그런 그가 왜 명절이면 일가친척 하나 없는 김해에 꾸역꾸역 내려가는지, 윤하는 솔직히 그 이유를 알 수 없었다.

언제부터인가 명절이 되면 당연히 현수 역시 귀향길에 오르는 것이, 묵약이 되어버렸다고나 할까.

"28일이나 29일에 내려갈 건데 시간 괜찮겠어?"

"28일이나 29일? 뭐 그렇게 빨리 내려가?"

"주말이잖아. 이번엔 선혜하고 영주도 온다네."

"걔들은 뭐 하고 살아?"

"둘 다 결혼했지."

"정말?"

놀란 듯 둥그레진 현수의 눈이 윤하를 향했다. 마치 넌 여태 뭘 하고 사냐고 묻듯.

"선혜는 대전에 살고, 영주는 울진이던가, 그쪽에 살아."

"세월 진짜 빠르다, 콧물 졸졸 흘리고 다니던 것들이 벌써 시집을 가고."

"인마, 영주는 애가 둘이야."

"애까지 있어?"

"연년생으로 남매 낳았어."

대단하다는 듯 현수가 고개를 절레절레 저었다.

"준후 넌 언제까지 고향에 혼자 내려가냐?"

"나?"

"이젠 너도 결혼할 사람 데리고 내려가야지."

"아, 난 또 무슨 소리라고."

준후가 머쓱한 미소를 지었다.

"전망 없는 애 챙기느라 너까지 좋은 때 놓치지 마."

"강현수, 넌 왜 나만 보면 시비야?"

더는 그의 놀림을 듣기 거북한 윤하가 날카로운 목소리로 따져 물었다.

"내가 틀린 소리 했냐. 준후, 고생 많이 했다. 툭하면 책 두고 학교에 간 너 때문에 미대에 간 게 몇 번이고, 조용하면 사고 치는 네 덕분에 민방위 훈련 한 게 몇 번인지는 네가 더 잘 알걸. 아니야? 이그, 사고뭉치!"

"……."

인간 강현수의 최강의 무기는 빗살무늬 토기에 밥 말아 먹던 시절의 일까지, 낱낱이 기억하는 비상한 두뇌에 있었다.

물어본 적은 없지만 아마도 그는 빛 바랜 토기에 새겨진 빗살의 숫자도 기억하고 있을지 몰랐다.

"현수야, 윤하 많이 달라졌어. 이젠 전처럼 안 그래."

딴에는 편을 들어준답시고 끼어든 준후의 말이 윤하는 더 서운했다. 지금은 아니지만 예전엔 현수의 말처럼 형편없는 사고뭉치였다는 뜻이 아닌가.

"기본이 있는데 달라진들 얼마나 달라졌겠어."

"자식, 애 그만 놀리고 어서 식사나 해. 윤하야, 너도 어서 먹어. 파스타 있던데 파스타 가져다줄까?"

"응!"

현수를 외면하기 위해 부러 그와 눈을 맞춘 윤하가 고개를 끄덕였다. 자리에서 일어서는 준하를 보며 현수가 쯧쯧 소리가 나게 혀를 찼다.

4 친구, 한 잔의 맥주처럼 편안한

4   친구, 한 잔의 맥주처럼 편안한

현수가 주차장에 세워져 있던 새까만 색깔의 외제 자가용을 몰고 사라지자, 윤하는 그제야 온종일 참았던 궁금증을 토해냈다.

"아까 그 사람들 누구야?"

"누구? 아, 나도 잘 몰라."

"너 나한테 속이는 거 있지?"

그녀는 딱 잡아떼는 준후에게 바짝 다가섰다. 순간 당황한 듯 준후가 몇 걸음 뒤로 물러서며 손을 저었다.

"정말 모른다니까."

"뭘, 다 아는 것 같던데. 나한테만 말해봐, 궁금해서 죽는 줄 알았단 말이야. 현수가 왜 도련님이야? 그 차는 뭐야? 그리고 현수가 여기 있는 걸 그 사람들이 어떻게 안 거야?"

쉴 새 없이 물어보는 윤하를 바라보는 그의 입가에 미소가 그려졌다.

제비꽃 빛깔을 띤 보라색 머플러와 모자 때문인지, 오늘따라 윤하의 얼굴이 더욱더 뽀얗게 느껴졌다. 서리 같은 입김이 폴폴 새어나오는 붉은 입술은, 설원(雪原)에 피어난 한 송이 꽃을 떠올리게 만들었다.

"윤하야."

"응!"

"너 현수 믿지?"

"······?"

"긴 시간을 알아온 친구잖아."

"친구면 뭐 해, 늘 골려먹기만 하는걸. 강현수하고 있으면 내가 저능아가 된 기분이야."

"편해서 그러는 거잖아."

"걔한테는 안 편하고 싶어."

"후후······."

"대답 안 해줄 거야?"

"나중에 나중에, 현수가 말하면 그때 직접 들어. 그게 좋을 것 같아."

"뭐가 있긴 있는 거지, 그렇지?"

"세상에 비밀 없는 사람이 어디 있어?"

"모르겠다."

더 묻고 싶은 마음이 굴뚝같았지만, 단서가 될 만한 아주 약간의 정보(?)라도 얻어내고 싶은 마음이 간절했지만, 윤하는 고개를 갸웃거리는 것으로 질문을 그만두었다.

강현수와는 180도로 다른 준후는, 한 번 아니라고 한 것에 대해선 양보가 없는 성격이었다. 때문에 윤하는 더 이상의 질문을 그만둔 채 궁금증을 안으로 삼켰다. 준후가 저렇게 나온 이상 아무리 캐물어도 대답은커녕 그에 준하는 어떤 말도 들을 수 없다는 걸 알고 있었다.

호텔 뷔페에서 늦은 점심식사를 하고, 준후의 차를 타고 자유로를 지나 파주까지 드라이브를 다녀오고 나니, 어둑한 저녁이 저무는 하루를 아우르고 있었다.

"저녁에 뭐 할 거야?"

건물 입구로 향하며 그가 물었다.

"내일 메일 보낼 거 체크하고, 책 좀 보다가 자야지."

"맥주 한잔할래?"

"진짜?"

두 눈이 화등잔만해진 윤하가 반가운 목소리로 되물었다.

"대신 딱 어제만큼만 마시기다."

"응! 내가 소시지 야채 볶음 만들어줄게."

준후는 신이 나서 어쩔 줄 몰라 하는 그녀를 보며 미소를 지었다.

　"웬일이니, 웬일이야."

　방 안에 들어서기 무섭게 코트를 벗어 던지고 내일 아침 일찍
보낼 메일에 첨부시킬 파일을 확인하며, 윤하는 내내 밝은 표정
을 지우지 못했다.

　식사를 하면서 반주 삼아 마시는 일은 간혹 있어도, 준후가
먼저 술을 마시자고 하는 일은 거의 없었다.

　맥주 한 캔을 마시고 나면 행복해지고, 두 캔을 마시고 나면
세상이 다 내 것이 되고, 세 캔의 첫 모금을 마시는 순간부터는
의식이 몽롱해지는 술버릇 때문이었다.

　술 배우러 진학했다는 미대 시절, 감당 안 되는 술을 이틀이
멀다하고 줄기차게 마셔댔었다.

　1, 2학년 시절엔 '못 마셔요'가 어느 정도 통했지만, 후배들
을 거느린 선배가 되고 나니 죽기를 각오하고 마셔야만 했다.

　널브러지고 주저앉고 어떤 날은 술을 마시다 말고 잠이 들기
도 하고……. 그럴 때마다 뒤치다꺼리는 온전히 복학생 준후의
몫이 되곤 했다.

　서둘러 파일 내용을 확인한 윤하는 옷을 갈아입고 현관을 나
섰다.

　"내가 한다니까."

　가스레인지 앞에 서서 소시지 야채 볶음을 만들던 준후가 옷

는 얼굴로 대답했다.

"내가 하는 게 빨라."

"그건 그래. 맥주는 내가 챙길게. 냉장고에 있지?"

"두 개만 꺼내."

"알았다니까."

준후의 잔소리에도 불구하고 윤하의 입가에선 미소가 떠나지
않았다.

잠시 후, 작은 밥상을 마주하고 앉은 두 사람은 물기가 송송
밴 맥주 캔으로 건배를 했다.

잘 하지 못하는 일을 좋아하는 건 애석한 일이 아닐 수 없었
다. 수영장에 가는 걸 너무나 좋아하는 사람이 수영을 전혀 하
지 못한다든지 하는 것처럼.

"갑자기 인심을 쓰는 이유가 뭐야?"

입가에 묻은 거품을 닦아내며 윤하가 물었다.

"인심은 무슨."

"비밀 얘기 안 해줘서 미안해서 그러는 거지?"

"비밀은 비밀이야. 얘기할 수 있는 건 비밀이 아니지."

"치, 하여간 고집하고는. 너 은근히 고집 센 거 알지?"

밉지 않게 눈을 흘긴 윤하는 맥주를 한 모금 더 마셨다.

대체 이 달달하고도 시원한 음료를 왜 한 캔 이상 마실 수 없
는 건지, 애석해 견딜 수가 없었다.

미대 동기 및 선후배를 비롯해 주당들과 더불어 보낸 세월이

얼만데, 술은 도통 늘지를 않았다. 준후의 말을 빌리자면 술은 안 늘고 '꼬장'만 잔뜩 늘었다고 했다.

"보드 대신이야."

"뭐?"

야채와 섞인 소시지를 한 점 들어 올리던 윤하가 어처구니없다는 듯 그를 바라보았다.

"약속했었잖아, 다녀와서 심기일전하기로."

"맥주 한 캔 마시고 심기일전해라? 심하게 저렴하다는 생각 안 들어?"

"그래서 두 캔 마시고 오늘도 쇼를 하시겠다?"

"나름 귀엽잖아."

"귀여워?"

준후가 어처구니없다는 듯 그녀에게 물었다.

"너니까 보여주는 거야."

"됐다고 본다. 쇼를 해도 어지간히 해야 봐주지. 하긴, 잠잠한 지 오래되긴 했지."

"너무 오래되어서 기억도 안 나지?"

준후가 앉아 있는 쪽으로 고개를 기울이며 그녀가 물었다.

"인마, 기억은 시간이 아니고 이펙트의 문제야. 네 마지막 쇼가 어땠는지 잊었……"

"거기까지!"

한 손에 맥주 캔을 든 윤하가 그만 하라는 듯 다른 한쪽 손바닥을 크게 펼쳤다.

기억이란 오묘한 구석이 있어서 '차단'이라는 방어기제를 사용하면, 까맣게 잊히곤 하는 모양이었다.

'내가 미쳤지!'

생뚱맞을 정도로 생경한 기억 하나가 떠오르는 찰나, 윤하는 괜한 말을 꺼낸 일을 후회하고 또 후회했다.

잊힌 게 아니라 잊은 척하고 살아왔던 기억이, 마치 어제 일어났던 일처럼 선명하게 뇌리를 스쳐 지나갔다.

키득거리며 웃는 그의 목소리에 윤하의 귓불에 붉은 물이 들었다.

"웃지 마!"

"웃음이 나오는 걸 어떻게 해."

"그래도 웃지 마."

"후후…… 오늘 두 캔 마시고 킹콩 쇼 한 번 더 할래?"

"너!"

한껏 두 눈을 부릅뜨는 윤하를 보며 유쾌한 듯 그가 큰 소리로 웃음을 터뜨렸다.

사실 보드를 타러 못 간 일을 대신해 술을 마시자고 한 건 아니었다. 미증유처럼 머릿속을 어지럽히는 정은에 대한 생각들을 잠시 잊고 싶었다.

"강현수한테 말하지 마."

윤하가 잔뜩 심각한 표정으로 말하자 잦아진 듯 싶던 그의 웃음소리가 낭랑하게 방 안에 울려 퍼졌다.

"창피한 건 아네?"

"쩝. 내가 미쳤지."

"맨정신으로 당한 나는?"

일 년 전 그날의 일을 생각하면 아직도 피가 얼굴로 몰리는 윤하였다.

학부 사은회가 있던 날이었다.

여느 OB들처럼 초대를 받아 갔던 윤하는 일 년 만에 뵙는 교수님들이 건네는 잔을 차마 마다하지 못했다.

동기는 물론 선후배들 사이에선 정평이 난 주사(酒邪)이지만, 교수님들까지 그 사실을 아는 건 아니었다.

비록 단과대이긴 해도 학부를 수석으로 졸업한 본교 출신의 그녀를 교수님들이 총애하는 건 당연한 일이었다.

"이러시면 안 되는데……."

같은 말을 웅얼거리며 마시기 시작한 술이 맥주에서 양주로, 다시 폭탄주로 난이도를 높여갔다. 평소 자신의 술버릇을 익히 알고 있던 윤하는 어떻게 해서든 버텨내리라는 각오로 정신을 꽉 붙들고 있었다.

사력을 동원한 노력은 거듭되는 술 세례에도 불구하고, 그녀를 잠의 유혹으로부터 벗어날 수 있게 해주었다. 하지만…….

1차, 2차를 거쳐 여러 차에 걸친 술자리가 막판에 접어들면서, 입가심으로 마신 칵테일 두 모금의 위력은 대단했다.

정확히 홀짝홀짝 두 모금을 마신 순간부터 기억이 없었다.

후에 들은 이야기로는 가방에서 휴대폰을 꺼낸 자신이 어딘 가에 전화를 하고 오겠다며 유유히 바(Bar)를 빠져나갔다고 했다.

박준후가 연말 회의 때문에 휴대폰을 꺼놨으면 꺼놓은 거지, 왜 파출소도 아닌 경찰서를 찾아가 박준후를 찾아달라고 울며 불며 난리를 부렸는지…….

"윤하야, 정윤하, 눈 좀 떠봐!"

누군가 열심히 자신을 부르는 목소리에 눈을 뜬 윤하는, 빙 둘러선 낯선 남자들을 보고 화들짝 놀란 표정으로 벌떡 몸을 일으켰다.

그때부터였다, 찔러도 피 한 방울 안 나올 것처럼 생긴 중년 남자의 잔소리가 쏟아지기 시작한 건.

뒷목까지 벌겋게 달아오른 준후는 고개가 땅에 닿도록 사과를 했지만, 쥐구멍을 찾기에 바쁜 윤하는 아무런 말도 할 수 없었다.

형사로부터 이십 몇 년 동안 부모님에게 들었던 잔소리보다 더한 잔소리를 듣는 동안, 남아 있던 술기운은 간 데 없이 사라졌고, 보송보송한 맨정신인 채 윤하는 숱한 형사들의 눈총을 받으며 경찰서를 나서야 했다.

그런 자신이 안돼 보였는지 손을 꼭 잡아준 준후가 눈물 나게 고맙던 날이었다. 막 문을 나서는 그녀의 귀에, 잔소리 많은 형사의 목소리가 들려왔다.

"학생, 한 번만 더 오면 그땐 유치장에서 재울 테니까 그리 알아!"

"작년 일인데 아주 오래된 일처럼 느껴지네."

"그러게."

윤하는 맥주 캔을 만지작거리는 그를 보며 고개를 끄덕였다.

그리고 보면 준후처럼 뒤끝이 없는 사람도 드문 것 같았다. 지금껏 그날 있었던 일을 두고 단 한 번도 놀리거나 한 적이 없으니 말이다.

"그렇게 맹하니 쳐다봐도 한 캔 이상은 안 돼."

"누가 더 마신대? 강현수 닮아가? 넘겨짚게."

"현수가 너한테 미운 털이 제대로 박혔구나."

"오자마자 하는 짓 봤잖아, 강현수는 나이 먹어도 절대 안 변해. 두고 봐, 내가 장담해."

결연한 표정으로 고개까지 끄덕여 가며 말한 윤하가 젓가락으로 소시지를 골라내자, 준후가 야채 몇 개를 그녀의 접시에 덜어주었다.

"골고루 먹어."

"당근 안 먹는 거 알면서."

"너처럼 그렇게 소시지만 골라먹으면 배 나와. 버섯도 먹고, 당근도 먹어. 네가 애냐, 그 나이에 편식을 하게?"

"우리 엄마도 못 고친 버릇이야."

"널 위해서 고쳐."

"나중에."

"배 볼록 나오면 같이 안 다닐 거야. 그러니까 이렇게 해서…… 자, 이렇게 하면 먹기 좋잖아. 아, 해봐."

준후가 넓게 편 버섯 위에 소시지와 당근을 넣고 돌돌 말아서 그녀의 입 근처에 가져다 댔다.

"당근은 진짜 싫은데……."

"먹어보고 얘기해. 빨리 아, 해."

준후는 쓴 약이라도 먹는 듯 눈까지 질끈 감은 그녀의 입에 돌돌 만 버섯을 넣어주었다. 양손으로 귓불을 잡은 윤하는, 입 안에 들어온 말캉한 버섯을 꼭꼭 씹었다.

편식이 나쁘다는 건 누구나 아는 사실이지만, 물컹거리는 야채를 씹는 일은 정말이지 기분이 나빴다.

꼭 다문 입술을 오물거리는 윤하를 바라보며 그가 물었다.

"맛있지?"

"난 이 물컹거리는 느낌이 싫단 말이야. 차라리 꼬돌꼬돌한 해삼이 나아."

"하여간 별나요. 멍게하고 해삼은 없어서 못 먹고, 야채는 징 그러워서 싫어?"

"응."

진지하게 고개를 끄덕이는 그녀를 보며, 어처구니없다는 듯 준후가 나지막이 웃음을 터뜨렸다.

억지로 먹은 야채를 핑계 삼아 홀짝홀짝 맥주를 마시는 그녀가 눈에 보였지만, 준후는 모른 척해주었다.

밖에서 다른 사람들하고 마시는 거라면 모르지만, 집에서 마시는 이상 큰 탈이 날 일은 없었다. 기껏해야 술을 마시다 잠이 들면 업어서 집에 데려다 주면 그만이었다.

"요즘 왜 그렇게 저기압이었어?"

"나? 늦게까지 공부하다 보니까 이런저런 생각이 많아지더라. 대학원 대신 취직을 할 걸 그랬나 하는 생각도 들고, 아무튼 좀 그랬어."

"2등 하는 거 못 견뎌하는 성격에 그런 생각도 해?"

"난 뭐 사람 아닌가. 학교라는 울타리 안에서 1등을 안 놓치려고 아등바등하는 내가 사회 열등생 같단 생각, 그런 마음이 들더라. 솔직히 우리 나이쯤 되면 직장생활을 하든 공부를 하든 엄연한 사회인이잖아."

"네가 원해서 선택한 길 아니야?"

"확신이 흐려지는 기분이야."

"취직할 걱정 때문에 그러는 건 아니고?"

"그런 것도 없잖아 있고. 이래저래 심란해."

"내일 일은 내일이 걱정하게 놔두라고 하잖아."

"준후야."

캔에 남은 맥주를 한입에 털어 넣은 윤하가 그의 이름을 불렀다.

"왜?"

"네가 볼 때 내가 무료하게 사는 거 같아?"

"네가? 글쎄, 난 그렇게 생각해 본 적은 없는데. 무료해?"

"무료해서 생각이 많아지는 건가 싶어서."

"누구나 겪는 과도기 같은 걸 거야. 나도 4학년 때 취업 때문에 굉장히 불안했었거든."

"네가?"

안 믿어진다는 듯 윤하의 눈이 둥그레졌다.

"지금은 웃으면서 얘기하지만 그땐 하루하루가 살얼음판 같았어. 지금 생각해 보면 상황이 불안했던 게 아니라, 내가 불안했던 것 같아. 무슨 얘긴지 이해돼?"

"응. 네 말이 맞는 것 같아."

곧추세운 두 무릎을 팔로 감싸 안은 윤하가 고개를 끄덕였다.

준후는 늘 이런 식이었다. 몇 마디 안 되는 말을 가지고 듣는 사람의 마음을 편안하게 만들어주는 능력을 갖고 있었다.

그래, 상황이 불안한 게 아니라 스스로가 불안해하는 것뿐이었다.

어느 선에서부터 조금도 줄어들 기미를 보이지 않는 빚을 제외하고는, 모든 것이 내면에서 비롯된 문제였다.

슬그머니 준후가 앉은 쪽으로 손을 내민 그녀는 맥주 캔을 집어 들었다. 가볍게 캔을 흔들어보니 밑바닥에서 찰랑거리는 액체 소리가 들려왔다.

"준후야, 맥주 하나 더 가져다줄게."

나직한 그의 웃음소리를 들으며 윤하는 얼른 자리에서 일어났다. 새 맥주를 가져다주는 대신 마시던 맥주는 자신이 마시리라 계산하며.

냉장고 문을 여는데 그의 목소리가 들려왔다.

"인심 썼다, 두 개 꺼내."

"정말?"

"들어갈 유치장도 없고, 뻗어봐야 네 방이잖아."

"앗싸!"

양손에 맥주 캔을 든 윤하가 활기찬 걸음으로 밥상을 향해 다가왔다.

"마시지도 못하면서 왜 그렇게 술을 좋아해?"

"달짝지근한 맥주가 목젖을 타고 넘어가는 순간의 그 느낌이……."

마땅한 말이 떠오르지 않는 윤하가 살그머니 아랫입술을 깨물었다. 준후는 맥주 한 캔에 빨갛게 물든 그녀의 얼굴과 투명한 앞니에 눌린 도톰한 입술을, 미소 띤 얼굴로 바라보았다.

고작 맥주 한 캔에 취했을 리 없건만, 윤하의 모습이 모닥불에 비친 인영(人影)처럼 뿌옇게 느껴졌다.

앞니로 자근거리는 바람에 꽃잎처럼 붉게 물든 입술에서 눈을 뗀 그는, 맥주를 한 모금 마셨다.

"그냥 맛있다고 하면 되는 거야."

"아무튼."

"잠 오면 미리 말해, 업고 가기 힘들어."

두 손으로 맥주 캔을 그러쥔 윤하가 눈을 흘겼다.

'아, 빚만 없었으면…… 어떻게 해서든 빚부터 갚아야 해.'

몽롱함과 뒤섞이는 취기 속에서 윤하는 홀로 '자유'에 대한 염원을 되새겼다.

한편 준후는 생각지 않은 정은의 등장으로 인해 머릿속을 어지럽히는 불안을 잠재우느라, 생각이 복잡했다.

'아닐 거야. 아무리 상무이사의 딸이라고 해도, 공채로 입사한 일에 사적인 감정이 개입되진 않았을 거야.'

입사는 공채였지만 계속해서 마음에 걸리는 건, 그 자신도 부인하지 못하는 비약적인 승진이었다.

입사 삼 년이 채 못 되던 지난해에 대리가 되었고, 스물아홉 살이 되던 올해는 차장 대우라는 명목으로 상당한 액수의 연봉이 추가되었다. 물론 진급 시험을 면제 받은 건 아니지만, 입사 동기 중 그 누구도 아직 대리 시험을 준비하고 있는 이가 없는데 반해, 그는 비약적인 승진에 승진을 거듭하고 있는 셈이었다.

'앞서 걷지 말자. 이건 정말 오버라고.'

정은이 어제 상무이사에게 자신의 이야기를 했을 수도 있다. 설령 그 이전에 했다고 할지라도, 상무이사가 공과 사를 구분 짓지 못할 사람은 아니었다.

그런데도 계속해서 불쾌한 기분을 떨쳐 낼 수 없는 건, 인정하고 싶지 않은 소심함 때문일 것이었다.

드르르······.

책상 위에 올려둔 휴대폰이 진동음을 내는 찰나, 맥주 캔을 거머쥔 준하의 미간이 팽팽한 긴장으로 굳어졌다.

"강현수일 거야."

진달래꽃처럼 벌게진 얼굴을 한 윤하가 맥주를 홀짝거리며 말했다. 자리에서 일어선 그는 착잡한 표정으로 휴대폰을 집어 들었다.

"네, 박준후입니다."

[박준후 씨, 부탁드립니다.]

처음 듣는 여자의 목소리였다.

"제가 박준후인데 누구시죠?"

[아, 저는 진서영이라고 합니다. 강현수 씨가 이야기 안 하던가요?]

눈에 보이는 건 아니지만 공처럼 통통 튀는 밝은 목소리는, 휴대폰 너머의 여자가 환히 웃고 있는 듯한 착각을 불러일으켰다.

진서영······.

처음 들어보는 이름이었다.

"죄송합니다만 현수에게 전해 들은 이야기가 없습니다. 무슨 일이시죠?"

[풋…… 그러고도 남을 사람이죠. 강현수 씨가 이 번호로 전화를 하면 통화가 가능할 거라고 했는데, 통화 가능한가요?]

"어떻게 하죠, 현수가 지금 여기에 없는데."

[아! ……연락 가능한 번호를 여쭤봐도 되나요?]

"그건…….

[저 강현수 씨 친구예요.]

"그게 아니라…… 저도 아직 현수 연락처를 알지 못해서요."

[본가에 간 건가요?]

"……!"

낯선 여자의 입에서 나온 '친구'라는 말이 믿어지는 순간이었다.

여자는 현수의 사생활에 대해서뿐 아니라, 준후 자신이 그의 내밀한 이야기를 알고 있다는 사실까지도 알고 있었다.

'대체 누구지?'

[강현수 씨하고 연락이 닿게 되면 진서영이한테 전화 왔다고 전해주세요.]

"그렇게 하겠습니다."

[그럼, 나중에 봬요, 박준후 씨.]

여자의 밝은 목소리는 통화를 끝내고 난 뒤에도 한참 동안 준후의 귓전을 어지럽혔다.

휴대폰을 도로 책상 위에 올려놓은 그가 등을 돌리는 찰나, 다시금 진동음이 울려댔다. 예상이 빗나간 때문일까. 처음 벨이 올리던 순간처럼 경직된 기분은 들지 않았다.

액정 위에 뜬 발신자의 이름은 그런 그의 기대를 져버리지 않았다.

"네, 박준후입니다."

[뭐 하니?]

"맥주 한잔하고 있었어. 이 시간에 어쩐 일이야?"

[초저녁부터 웬 맥주? 혼자 있는 건 아니겠구나.]

"어, 친구하고."

[김샜네.]

휴대폰 너머에서 들려오는 혜란의 목소리는, 현수를 찾던 여자의 그것만큼이나 밝고 명랑했다.

"무슨 소리야?"

[혼자 있으면 차나 한 잔 하자고 하려고 했지.]

"그랬구나."

[집이야?]

"응."

[함께 맥주 마시는 친구는 윤하?]

"응."

고개를 돌린 그는 기분 좋은 표정으로 맥주를 홀짝이는 윤하를 보며 미소를 지었다.

[그랬구나.]

"안 좋은 일 있어? 목소리가 어둡네."

[기분 괜찮아. 한가할 때 차 한 잔 사줘.]

"그럴게. 집이니?"

[아니, 잠깐 밖에서 나와서 돌아다니다가 네 생각나서 전화해 봤어.]

"쉬는 날 데이트를 해야지, 돌아다니면 어떻게 해."

[내 말이 그 말이지.]

"늦게까지 돌아다니지 말고 일찍 들어가서 쉬어."

[응, 내일 봐.]

"그래."

준후는 웃는 얼굴로 휴대폰을 책상 위에 내려놓았다.

밥상 앞으로 다가선 그는 슬그머니 맥주 캔을 바꿔치기 하는 윤하의 손목을 잡았다.

"속도 하고는. 굼벵이가 누나라고 하겠다."

"쩝."

"오늘은 두 캔만 마셔."

"헤……."

잡은 그녀의 손목을 놓으며 준후가 피식 웃음을 터뜨렸다. 붉은 물이 든 눈동자 가득 졸음이 들어차 있었다.

"졸려?"

"약간."

"그것만 마시고 가서 자."

"하나만 더 마시자, 응?"

"내가 뭐라고 할 것 같아?"

"절대 안 돼."

"잘 아네."

윤하의 입가에 묻은 소스를 닦아주며 그가 말했다.

"술은 자꾸 마시면 는대."

"그게 아니라는 걸 증명한 사람이 너잖아."

"헤, 그래도 기분은 좋다. 준후야!"

풀어진 목소리를 들으니 주량의 한계에 도달한 그녀가 느껴졌다. 준후가 장난스런 목소리로 대답했다.

"왜?"

"사는 게 참 어려워, 그렇지?"

"쉽진 않지."

"갖고 싶은 걸 다 가지면 행복할까?"

"넌 뭐가 가장 갖고 싶은데?"

"돈!"

"돈? 돈 가지고 뭐 하게?"

"할 거 많지. 아니다, 한 가지밖에 없구나."

"그게 뭔데?"

"그런 게 있어."

"너 나한테 비밀 있어?"

준후가 웃는 얼굴로 그녀에게 물었다.

"짜샤, 비밀 없는 사람 없다며?"

"후후, 제대로 주정 부릴 자세를 취하시네."

검지를 치켜든 그녀에게 준후가 대답했다.

"주정 안 해!"

"후후……."

"내가 취했다고 생각하는 거지, 그런 거지?"

"취했잖아."

준후는 그녀의 코를 가만히 쥐었다 놓았다.

이렇게 윤하를 마주 보고 있을 때면 어린 시절 산으로 개울로 놀러다니던 날의 기억이 자주 떠오르곤 했다. 어린 시절의 표정을 고스란히 간직하고 있는 그녀의 순수함 때문인 것 같았다. 변한 것 없는 윤하가 반추하게 만드는 추억은, 늘 그의 마음을 편안하게 만들어주곤 했다.

정은으로 인해 심란해지고 만 속내를 구지레하게 털어놓지 않아도, 마음은 충분히 쉼을 얻고 있었다.

"준후야!"

"왜에?"

"살다 보면 좋은 날도 오겠지?"

"무슨 일 있는 사람처럼 왜 그래?"

"휴우…… 그냥 좀 답답해서."

"자식, 너한텐 그런 표정 안 어울려."

"맞아, 난 단순하고 편한 게 제일 잘 어울려. 그렇지?"

시간이 흐르면서 사람의 습관 또한 변한다고 했다. 준후는 약간의 알코올이 들어가면 잠들기 바쁘던 그녀가, 술버릇을 달리한 게 아닐까 싶어 고개를 갸웃거렸다.

긴 세월(?) 윤하의 술버릇을 겪어왔지만 횡설수설하는 습관은 없었다.

"졸려서 그래?"

"치, 누굴 바보로 아나. 아직 멀쩡해. 얼굴만 빨간 거야."

"얼굴 빨간 건 어떻게 알아?"

"열이 나거든, 따끈따끈하게."

손바닥으로 얼굴을 감싸 쥐는 그녀를 보며 준후가 어처구니가 없다는 얼굴로 미소를 지었다.

어려서부터 줄곧 1등을 도맡아하던 윤하였지만, 단 한 번도 그녀가 1등 자리를 지키기 위해 아등바등하는 모습을 본 기억이 없었다.

소도시의 남녀공학 고등학교에서 삼 년 내내 전교수석 자리를 놓친 적 없던 그녀는, 대학 입시에서 고배를 마셨을 때에도 세상이 무너진 것처럼 절망하지 않았다.

"에이씨, 뭐 이래!"

잔뜩 인상을 구긴 채 실망 어린 한숨을 쏟아내긴 했어도, 이내 씩씩하게 재수 준비를 시작했다.

"오늘은 그만 마시자."

터질 것처럼 진한 홍조를 띤 윤하를 물끄러미 바라보던 그는, 상을 한쪽 구석으로 밀어냈다.

"아직 술 남았어."

길게 손을 뻗은 윤하가 맥주 캔을 집어 들고는, 고개를 한껏 뒤로 치켜든 채 남은 액체를 입 안으로 털어 넣었다.

"알뜰도 하시지. 자!"

준후는 캔을 내려놓는 그녀에게 식은 소시지 한 점을 내밀었다. 냉큼 소시지를 받아먹는 윤하의 모습을 보며 그는 미소를 지었다.

더러 윤하가 술을 제법 할 줄 아는 친구였으면 좋겠다는 생각을 한 적이 있었다. 주거니 받거니 잔을 기울이며 이런저런 이야기를 하는 재미가 아쉬워서였다.

하지만 단 두 캔의 맥주가 주량의 전부인 그녀와 별다른 주제 없는 이야기를 나누며, 시간을 보내는 일도 그런대로 괜찮았다.

"박준후!"

"오늘 남의 이름 되게 부르네. 왜에?"

"나 내일부터 진짜 힘낼 거다."

"알았어."

"우울해한다고 해결될 일이 아니야. 맞아, 우울해한다고 해서 도움 될 게 하나도 없어. 머리만 아프지."

"너, 사고 쳤어?"

"후우…… 몰라……."

"이 녀석이 오늘 왜 이러지. 똑바로 앉아봐. 무슨 사고를 친 거야?"

새털구름처럼 졸음이 내려앉는 윤하는 손바닥으로 입을 가린 채 길게 하품을 했다.

"나 가서 잘래."

"정윤하!"

"어?"

"너 나한테 말 안 하는 거 있어?"

"없어, 그런 거. 아, 졸려. 갈래. 지금 안 일어나면 나 여기서 잘 것 같단 말이야."

준후는 늘어지게 하품을 하며 자리에서 일어서는 그녀의 팔을 잡고, 함께 자리에서 일어났다.

"걸을 수 있어?"

"아니면? 업어주려고?"

장난기 가득 서린 그녀의 눈이 준후를 올려다보며 웃고 있었다.

"하! 별걸 다 시키네."

"나나 되니까 너한테 업히지, 누가 업혀."

"진짜 업고 가?"

"몇 걸음 되지도 않잖아. 나 그렇게 안 무거워."

"그야 네 생각이지, 인마."

빨간 윤하의 코를 쥐었다 놓은 그가 상체를 앞으로 숙였다. 기분 좋은 웃음소리를 낸 윤하가 덥석 그의 등에 업혔다.

취했다고 생각하고 싶지 않을 만큼 기분이 좋은데, 조금만 더

마셨으면 좋을 것 같은데, 쏟아지는 졸음 때문에 좁은 방 안이
빙글빙글 회전을 하고 있었다.

"무거워?"

등에 업힌 윤하가 웅얼거리는 목소리로 물어오자 준후가 그
녀를 향해 고개를 돌렸다.

"너, 원래 근수 나가잖아."

"아흠, 그래도 업히니까 기분은 좋다."

"술을 마시자고 한 내가 잘못이지. 열쇠 꺼내야 하니까 목 꽉
잡아."

"응."

스르르 눈을 감은 윤하는 그의 목 아래쪽에 팔을 둘렀다.

신발장 위에 올려둔 키홀더를 꺼낸 준후는 운동화를 구겨 신
고 현관문을 열었다.

"헉!"

문이 열리는 찰나 화들짝 놀란 준후는, 반사적으로 등에 업힌
윤하의 엉덩이를 받쳐 들었다.

막 문 앞에 서 벨을 누르려던 현수가 놀란 얼굴로 그를 쳐다
보며 물었다.

"뭐 하는 짓이냐?"

5 며느리도 모르는 진실

5 며느리도 모르는 진실

준후가 윤하를 제 방 침대에 눕히고 돌아왔을 때, 현수는 밥상 앞에 앉아 맥주를 홀짝이고 있었다.

"연락도 없이 어쩐 일이야?"

"윤하는?"

"술 들어가면 자잖아. 소시지 데워줄까?"

"아니야, 됐어."

준후는 냉장고에서 두 개의 맥주 캔을 꺼낸 뒤 현수가 앉아 있는 곳으로 다가섰다.

"참, 너 찾는 전화 왔었어. 진서영이라고 하던가."

"아!"

손바닥으로 머리를 친 현수가 주섬주섬 주머니에서 휴대폰을 꺼냈다. 슬라이드를 밀어 올리고 무언가를 생각하던 그는 도로 슬라이드를 내렸다.

"누구야? 친구라고 하던데."

"친구."

피식 웃음을 터뜨린 현수가 맥주를 홀짝였다. 그런 현수를 바라보며 준후는 맥주 캔의 뚜껑을 땄다.

"어르신은 어때?"

"목소리는 다 죽어가더니 멀쩡하더라. 하여간 영감탱이 뻥치는 데는 일가견이 있다니까. 하긴, 일생을 뻥으로 살아온 인간이 늙었다고 달라질 리가 없지."

"어머니는?"

"몰라."

찬바람이 일 정도로 냉랭한 현수의 목소리에 그는 순간 아차 싶은 생각이 들었다.

묻지 말아야 했던 것일까……. 언제까지든 현수가 말하고 싶을 때 말할 수 있도록 기다려 주어야 하는 걸까…….

낯빛이 변한 그에게서 시선을 돌리며 준후는 부러 화제를 바꿨다.

"골 아픈 일이 생겼어."

"윤하가 같이 자재?"

"미친놈."

말 같지 않은 그의 말에 준후의 입가에 미소가 고였다.

"쟨, 뭘 믿고 다 큰 여자애가 네 앞에서 저렇게 퍼진대? 저거 미필적 고의를 가장한 유혹 아니야? 날 잡아잡수 하는."

"됐다, 인마."

"아니지, 니들 나 없는 동안 거사 치른 거 아니야?"

"하여간 생각하는 것 하고는."

애먼 곳으로 튀는 현수의 상상력 앞에선 늘 이렇게 두 손을 들게 된다.

"같이 살다시피 하지, 영 무방비 상태지, 여차하면 일내기 딱 좋은 사이잖아. 솔직히 불어봐. 진도 어디까지 나갔냐?"

"인마, 장난할 걸 가지고 해라. 말을 해도……."

"정색을 하는 걸 보니 거사는 안 치른 것 같고, 윤하가 영 여자로 안 느껴지는 거야?"

"친동생 같은 애한테 그러고 싶어?"

"하긴, 너처럼 따르는 여자 줄 선 놈이 뭐 하러 윤하한테 그런 감정을 느끼겠냐. 그건 그렇고, 골치 아픈 일이 뭐야?"

준후는 그의 말을 들으며 톡 쏘는 맥주 맛을 혀끝으로 음미했다.

"학교 후배 중에 친하게 지낸 애가 하나 있어."

"주정뱅인지, 주정은인지 하는 애."

"바로 나오네."

"너만 보면 눈동자 실실 풀리던 애, 맞지?"

"걔가 우리 상무님 딸이더라."

"그래? 근데 왜 골치가 아파?"

"어제 상무님이 불러서 갔더니 그 방에 그 애가 있는 거야. 몇 주 전까지만 해도 어학연수 가 있던 애가."

"순간 배신감 들었겠네."

"너 같았어도 그랬을 것 같아?"

준후는 단번에 자신의 마음을 이해하는 현수가 신기하기까지 했다.

"생판 모르는 상황에서 상무 방에 갔는데 졸졸 쫓아다니던 후배가 딸이라며 앉아 있으면 배신감 드는 게 당연하지. 이게 무슨 꼼수가 있는 상황인가 싶기도 하고."

"맞아, 그 기분이었어."

준후가 고개를 끄덕였다.

"연수 갔다 와서는 연락 없었고?"

"연수 간 후에 어제 처음 본 거야. 입사한 것도 어제 처음 알았고."

"황당한 일이로군. 상무가 그 애 때문에 널 부른 거야?"

"응."

"걔도 상당히 골 때리는 애네. 깜짝 쇼라도 하고 싶었나?"

"기분이 좀 그렇더라."

"아까 식사할 때 전화 온 애, 걔냐?"

"네가 그걸 어떻게 알아?"

가만히 맥주 캔을 흔들던 손을 멈춘 준후가 조금은 놀란 목소리로 물었다.

"접시 집으러 가던 놈이 슬며시 밖으로 나가기에 전화가 왔나 보다 했지."

"휴우……."

"영 아니냐?"

"걔한테 그런 생각 해본 적 없어."

"그럼 간단하네. 공적으로 대해. 어차피 같은 공간에 있게 되면 부딪칠 일이 많아지잖아. 학교 다닐 때하고는 상당히 다르지."

단번에 자신의 마음을 공감해 준 현수이지만, 차마 빠른 승진의 이면에 정은의 역할이 있는 건 아니겠지, 라는 질문은 할 수 없었다.

"부딪치고 나면 별일 아니겠지만 마음이 조금 그래. 친했던 애라 그런지."

"모든 여자에게 예스맨으로 사는 거, 괴로운 일이지."

"그렇게 보이냐?"

"너? 넌 절대 아니지. 넌 네가 정해놓은 선 안으로는 절대 사람 안 들이잖아."

"친했던 애라 그런지 기분이 묘하긴 해."

"졸지에 바보가 된 기분이 들었겠지."

현수의 말에 수긍하듯 그가 고개를 끄덕였다.

"공과 사를 구분 못하는 애는 아니라고 생각했는데……."

"상무가 은근히 압력을 넣어? 제 딸하고 친하게 지내라는 유치한 압력 말이야."

"개인적인 일로 상무님 방에 불려갔다는 게 기분이 나빠. 모르겠다, 어쩌면 그런 일로 날 부른 상무님한테 실망을 한 건지도."

직장은 지극히 공적인 공간이다. 상무이사와 자신의 관계 역시 공적인 수직선을 긋고 있다. 그런 공간과 관계에 지극히 사적인 정은이 사전에 한 마디 말도 없이 불쑥 개입했다는 사실이, 남자인 준후로선 이해하기 어려운 일이었다. 아니, 그다지 용납하고 싶지 않은 일이었다.

"천만인의 연인이 되고 싶은 마음 없으면 적당한 선에서 잘라. 애가 예쁘장하게 생기긴 했는데, 맹하니 매력은 없더라. 가장 좋은 방법은 말이야, 네가 여자를 사귀는 거야. 일단 임자 있다는 영역 표시는 확실하게 되잖아."

"그러려고 여자 사귈 생각은 없어."

준후가 웃는 얼굴로 대답했다.

"그런데 너나 윤하나 왜 연애할 생각을 안 하냐?"

"그게 마음먹은 것처럼 쉽게 되냐?"

"어려울 건 또 뭐 있어. 그러지 말고 하나 골라봐."

"너나 잘해, 인마. 여자가 무슨 물건이냐, 고르게."

"난 열두 여자 거느리고 살 자신이 있는데, 법이 허락을 안 해서 이러고 사는 거야. 하긴, 여자 여럿 거느리고 사는 것도 좋은 팔자는 아니지."

현수의 말끝에 씁쓸함이 배어나는 것 같았다. 아마도 오늘 만나고 온 아버지를 떠올린 듯했다.

"앞으론 뭐 할 계획이야?"

"조그맣게 사업 하나 해볼까 해."

"사업?"

"뭐라도 하는 시늉을 해야, 영감탱이가 안 괴롭힐 거 아니야. 오늘 보니 죽으려면 아직 멀었더라. 목소리가 쩌렁쩌렁한 게 잘하면 나보다 오래 살지 싶어."

"계획해 둔 건 있고?"

"웨딩 업체를 해볼까 해."

"그래? 너하고 아주 잘 맞겠는걸."

"네가 봐도 그렇지?"

"기왕 하는 거 제대로 해봐."

"손님이나 많이 물어와. 참, 윤하는 진짜 만나는 사람 없냐?"

"없어."

확언에 가까운 그의 대답에 현수의 눈초리에 약간의 긴장이 묻어났다.

"무슨 배짱으로 저러고 산대?"

"윤하 원래 그쪽으로 관심 별로 없잖아. 진로 문제 때문에 심각한 모양이야."

"진로 망한 지가 언젠데 여태 진로 걱정을 해? 그리고 제가 나이가 몇 살인데 연애에 관심이 없어, 이팔청춘 춘향이도 아니고 그 나이 됐으면 결혼할 생각을 해야지. 윤하, 너하고 다니면서 눈만 높아진 거 아니야?"

준후가 피식 웃음을 터뜨렸다.

으르렁거리는 앙숙이라는 면에서는 같은데, 통 현수에 대해 말하기를 꺼려하는 윤하와 달리 그는 늘 이런 식이었다.

"너한테 질려서 남자에 대한 신비감이 없는 건지도 모르지."

"내가 어디가 어때서? 참, 너들 오늘 어디 가기로 했었다며?"

"아, 보드 타러 가려고 했었어."

옥신각신하는 두 사람을 지켜보던 준후가 대답했다.

"보드? 나 때문에 못 간 거야?"

"네가 와서 더 좋은 시간 보냈지."

"넌 말을 해도 참 사람 듣기 좋게 한다. 윤하하곤 정반대야. 보드 자주 타러 다녀?"

"그건 아닌데 요즘 윤하가 우울해 보여서 기분 전환시켜 주려고 했어."

현수는 식사 삼매경에 빠진 윤하를 힐끔 쳐다보았다.

"정말 지극정성이다. 윤하, 너한테 익숙해져서 다른 남자 못 만나는 거 아니야?"

"인마, 제발 생각을 좀 전환시켜."

"멀쩡한 애가 여태 남자 친구 하나 없다니 걱정되어서 그러지. 진짜 없는 거야?"

준후를 바라보며 묻기는 했지만 막상 그가 제 일인 양 순순히 대답을 해오자, 현수는 묘한 기분이 들었다.

"응, 없어. 사업 시작하는 거 축하한다. 건배하자."

묻고 싶은 말이 목젖까지 출렁거리는 현수의 마음을 알 리 없는 그는, 맥주 캔을 내밀었다. 낭랑한 소리가 나게 맥주 캔을 부딪친 현수가 혼잣말을 하듯 말했다.

"나 때문인가?"

"무슨 소리야?"

"윤하 말이야, 첫 키스의 후유증이 커서 연애를 못하는 거 아닐까?"

"그, 그건 아닐 거야."

맥주가 코로 넘어오는 바람에 헛기침을 한 준후가 갈라진 목소리로 말했다.

"아니라니?"

"그게 언제적 일인데…… 그리고 그건 어디까지나 장난이었잖아."

"아니야, 넌 여자를 몰라. 여자들은 한 번 가슴에 확 하고 꽂힌 기억은 절대 못 잊는 성향이 있어. 아, 자식, 그러면 나한테 솔직하게 말을 하든지. 그러면 이 오빠가 못 이기는 척 사귀어 줄 의향도 있는데 말이야."

"있는 여자들이나 잘 챙겨. 괜히 윤하까지 리스트에 넣지 말고."

"윤하 이제 스물일곱이야. 낚아채 주면 고마워할 나이야. 한국에 온 기념으로 연애 레슨이나 시켜볼까?"

"연애 레슨?"

"핏줄 같은 애 데리고 어덜트 플레이를 할 수는 없고, 가볍게 레슨만 시켜주겠다는 거지."

"시끄러워, 인마. 괜히 애 데리고 장난하지 마."

실없는 친구의 말을 귓전으로 들으며 준후가 미소 띤 목소리로 대답했다.

사실 준후의 머릿속은 오래전 크리스마스이브의 기억으로 가득 차 있었다.

못된 짓을 하듯, 나쁜 짓을 하듯, 불 꺼진 흑암 속에서 아무도 모르게 윤하의 입술을 훔치던 그 밤······.

부러 마음을 먹고 그런 건 아니었다.

윤하에게 다가서는 현수를 보는 순간 까닭 모를 불안이 검은 그림자처럼 엄습해 왔다. 등에선 식은땀이 흘러내렸고, 마음은 조급함으로 온데간데없이 달아나고 있었다.

도움을 청하듯 자신을 부르는 윤하의 눈동자를 똑바로 쳐다볼 수 없었다.

마침내 딸깍 하는 소리와 함께 불이 꺼진 찰나, 그는 윤하의 뺨을 두 손으로 그러쥔 채 훔치듯 빠르게 입술 위에 입을 맞추었다.

쿵 하는 소리와 함께 심장이 발등 위로 내려앉고, 세상이 멈춰 선 듯 귓전 가득 이명이 들려왔다.

그는 현수가 범인(?)이라고 생각했는지 한껏 그를 노려본 뒤, 씩씩거리며 방을 빠져나가는 윤하의 뒷모습을 멍한 눈으로 바라보아야 했다.

풀잎처럼 촉촉한 입술이 닿았던 입술을 꼭 깨문 채.

그 일이 있고 난 뒤론 한동안 윤하의 얼굴을 똑바로 쳐다볼 수가 없었다.

윤하가 자신의 시커먼 마음을 알아차릴까 겁이 나서 그런 건 아니었다. 잠을 청하려 누워도, 책장을 펼쳐도 눈앞에 아른거리는 그녀의 분홍빛 입술 때문이었다.

뒤늦게 사춘기를 맞이한 아이처럼 심란하기 그지없던 겨울이었다.

입맞춤 때문에 윤하를 여자로 보게 된 건지, 아니면 그전부터 그녀를 여자로 생각해 온 건지 답을 내릴 수 없는 생각들이 꼬리에 꼬리를 물고 이어졌다.

하지만 결론은 하나였다.

어줍지 않게 윤하에게 손을 내밀었다가는, 오랫동안 알아온 사이가 서먹서먹해지고 말리라는 것…….

윤하가 자신을 오빠 친구 이상으로 생각하지 않는 게 자명한데, 괜한 짓을 해서 관계를 망가뜨릴 수는 없었다.

무엇보다 그날 이후 현수를 쥐 보듯 하는 그녀를 볼 때면, 차마 자신이 범인이라는 고백을 할 용기가 나지 않았다.

불행 중 다행인 것은 봄이 되기 전에 서울 생활에 익숙해질 것을 빌미로, 고향을 떠나온 일이었다. 아마도 좁은 동네에서 계속해서 윤하와 부딪쳤다면 양심을 이기지 못해, 모든 것을 이실직고했을지도 모를 일이었다.

무덤에까지 가지고 갈 비밀……

남들은 그깟 게 무슨 비밀이냐고 할지 모를 일이지만, 준후에 겐 죽는 날까지 가슴에 담고 살 비밀이었다.

그런 까닭에 오늘처럼 현수가 그날 일을 운운할 때면, 피식 웃음이 나오곤 했다.

"윤하가 왜 애야? 이젠 중닭 축에도 못 낄걸."

"하여간 윤하 데리고 장난하지 마."

"너 윤하한테 마음 있구나?"

"미친놈."

말도 안 되는 소리라는 듯 짤막하게 대꾸한 준후는 캔에 남은 맥주를 입 안으로 털어 넣었다.

"어르신 어디가 편찮으신 거야?"

"멀쩡하다니까. 자리보전하고 누워서 소리는 버럭버럭 잘 지르더라."

"못 일어나셔?"

"젊어서 그렇게 씨를 뿌리고 다녔으니 기운이 동날 만도 하지. 안 그러냐?"

준후는 남의 일을 말하듯 낄낄대는 친구를 미안한 눈빛으로 바라보았다. 말은 저렇게 해도 녀석의 속이 어떻다는 것쯤은 알 수 있었다.

현수가 끝내 용서하지 못하는 건 아버지가 아니라, 번연히 생부의 첩으로 들어앉은 자신의 어머니였다.

"차라리 사생아가 낫지, 씨발, 첩의 새끼가 뭐냐고!"

생부 쪽과는 연을 끊고 살던 어머니가 첩으로 들어가던 날, 현수는 술에 취한 채 그렇게 울부짖었다.

화첩(畫帖)에서 나온 듯 늘 단아하기만 하던 현수의 어머니였기에, 준후는 그의 말이 쉬이 믿어지지가 않았다.

청아한 목소리에 상냥한 말투를 지닌 그의 어머니가, 밤으로 낮으로 생부의 본처를 비방하느라 용하다는 점집은 빼놓지 않고 찾아다닌다니. 상상조차 할 수 없는 일이었다.

"영감탱이는 양심의 가책을 안고 십팔 년을 살았고, 엄마는…… 야욕을 키우면서 그 시간 동안 기다려 온 거야. 씨발, 네가 이런 내 기분을 알아? 난 말이다, 난 말이야…… 차라리 그 영감 새끼 소리가 듣고 싶다. 우리 엄마 새끼란 소리보다 그 소리가 낫다고!"

어머니가 서울로 이사를 가고 난 뒤로 이따금 현수는 만취한 상태에서 그렇게 악을 질러대곤 했다.

하지만 술이 깨고 나면 언제 그랬냐 싶게 피식피식 웃어댔다.

"너니까 그만큼 버티는 거야. 난 그렇게 생각해."

비운 맥주 캔을 우그러뜨리며 준후가 말했다.

"후후…… 그다지 듣기 좋은 소리 아니야."

"전에 네가 그랬지. 피할 수 없는 길이라면 맞장 뜨는 게 옳다고."

"돌로 항아리를 치나 항아리로 돌을 치나, 깨지는 건 항아리지. 안 그래?"

"너, 잘하고 있어, 인마. 그런 생각 하지 마. 항아리는 무슨."

살며시 취기가 서린 준후의 눈동자에 미소가 깃들었다.

생각을 빌어 상대방의 입장이 돼본다는 건 상당히 위험한 일이었다. 하지만 자신의 삶과는 너무도 다른 타인의 삶에 대해선, 그런 식으로밖에 이해를 할 수 없는 게 사람이었다.

한 번, 두 번…… 숱하게 현수와 자신의 입장을 바꾸어 생각해 보았었다.

이해할 수 없는 어머니, 그리고 대놓고 자신을 홀대하는 생부의 아내와 배다른 형제들……. 만일 준후 자신에게 그런 삶이 허락됐다면 현수처럼 버텨낼 수 있을지 자신이 없었다.

"잘한다 잘한다 그러지 마라. 진짜 잘하는 줄 아니까. 나란 놈은 잘하는 게 뭔지, 애당초 기준을 배우지 못한 놈이야. 영감탱이 면전에서 욕이나 한 바가지 퍼부으려고 했는데, 대자로 누워서 못 일어나는 걸 보니까 욕도 안 나오더라."

"거동만 불편하신 거야? 말씀하시는 데는 지장 없고?"

"스트레스의 정도에 따라서 오늘내일 할 수도 있는 병이라고 하더라."

"무슨 병인데?"

"모르지 뭐. 누릴 거 다 누리고 산 양반이니 죽어도 여한은 없을 거야. 돈, 명예, 여자…… 못해본 게 없잖아."

이기죽거리듯 피식피식 웃어대는 현수의 표정이 심상치 않았다.

"선물 받은 발렌타인 있는데, 딸까?"

"자식, 그런 게 있으면 냉큼 내놓을 일이지! 어딨냐?"

"내가 꺼내올게, 앉아 있어. 대신 윤하한텐 비밀이다."

"걔 위스키도 섭렵했냐?"

"희망사항이지."

주방 쪽으로 걸어가는 준후를 바라보며 현수가 키득거리는 웃음소리를 냈다. 절반쯤 정신 나간 놈처럼 피식피식 웃고 싶은데, 앙다문 잇새에 고인 욕설은 여전히 그대로였다.

불로장생할 것처럼 강건하던 영감탱이는 환자복을 걸친 채 침대 신세를 지고 있고, 서슬이 퍼런 본처와 첩은 당장이라도 영감이 죽을 것처럼, 재산에 대한 욕심으로 혈안이 돼 있었다.

천한 것!

냉소를 숨기지 않는 성북동 안방마님의 눈초리는 그나마 솔직했다.

"현수야, 정신 바짝 차려야 한다. 아버지는 다른 어떤 아이들보다 널 신뢰하고 의지해. 어떻게 해서든 승화물산이 네 차지가 되도록, 수단과 방법을 가리지 말아야 해. 내일부터는 되도록 아버지 곁을 떠나지 말도록 해. 알았지?"

본디 아내가 있는 이의 마음을 빼앗은 것이, 어느 한쪽의 죄는 아니건만, 어머니는 당신이 일방적으로 상처를 받은 사람처럼 독기를 버리지 못했다.

"얼음 있냐?"

"당연히 있지. 윤하가 병 보고 혹할까 봐 깊숙이 넣어놨다."

"그 자식은 술도 못 마시는 게 술이라면 환장을 하지. 한 번만 더 오늘처럼 퍼지면 확 덮쳐 버려."

"뒷수습은 누가 하고?"

싱크대 안쪽 깊숙한 곳에서 양주병을 꺼낸 준후가 웃음기 서린 목소리로 되물었다.

"데리고 살면 되지."

"애 데리고 살 일 있냐."

"나 같았으면 진즉 덮치고 일냈다. 네가 별종인 거야."

"그러니까 윤하가 너한테 미친놈이라고 하는 거야."

슬금슬금 주방 쪽으로 걸어온 현수가 조리대 위에 올려둔 양주병을 집어 들었다.

"30년산이네. 선물 받은 거냐?"

"혜란이가 주대."

"네 과 동기 오혜란?"

"아, 말 안 했나. 걔 우리 회사 다니잖아."

"그래?"

뜻밖이라는 듯 현수의 눈이 둥그레졌다.

"응, 공채로 들어왔어."

"같은 부서야?"

"아니, 걘 총무과야."

호박빛깔의 액체가 담긴 양주병을 눈으로 훑어내리며 현수가 물었다.

"그 애 아직 시집 안 갔냐?"

"걔도 눈이 높아서 힘들 거야."

"너만 하겠냐. 오혜란, 걘 학교 다닐 때부터 살짝 일중독자 냄새 나던데. 아니야?"

"인상이 강해서 그러지 딱히 그렇지도 않아."

"전에 사귀던 남자하고는 헤어진 거야?"

현수를 돌아보며 그가 피식 웃음을 터뜨렸다.

"별걸 다 기억하네. 사귀다 헤어지고 그러는 거지 뭐."

준후는 냉동실에서 꺼낸 얼음 키트를 들고 개수대로 다가섰다. 오랫동안 냉동실에 있어서인지 물을 뿌려야 키트에서 얼음들이 떨어져 나올 것 같았다.

흐르는 물살 아래 키트를 가져다 댄 그의 귀에 현수의 목소리가 들려왔다.

"당분간 여기서 지내도 되지?"

꿈을 꾸었다.

소복소복 쌓인 흰 눈을 밟으며 감귤 빛 외등 아래로 다가서는 꿈을. 그곳엔 보랏빛 모자를 눌러쓴 윤하가 서 있었다. 발갛게 언 뺨을 손바닥으로 다독이며.

왜 이제 왔느냐고 묻는 듯 둥그런 눈동자가 자신을 바라보며 웃고 있었다.

준후는 차가운 그녀의 손을 꼭 잡은 채 뽀얀 김이 새어나오는 입술에 입을 맞추었다. 눈[雪]처럼 보드라운 입술 사이에 담긴 취할 듯 달콤한 숨결은, 절로 그의 눈을 감게 만들었다.

요동치는 심장 소리가 귓전에까지 들려왔다.

윤하의 손을 꼭 쥔 채 그는 따사로운 입술 사이로 살며시 혀를 밀어 넣었다. 수액처럼 밀려드는 달콤한 숨결…….

딩동!

선명한 벨소리와 함께 번쩍 눈을 뜬 준후는 반사적으로 침대에서 몸을 일으켰다. 마치 정말 키스를 하다 들키기라도 한 것처럼.

"휴우……."

이불을 펴고 바닥에 누운 채 곤히 잠든 현수의 얼굴을 쳐다본 그는 안도의 한숨을 내쉬었다.

두 다리 사이에 고인 묵직한 기운이 한차례 몽정(夢精)이라도 하고 난 듯, 그를 민망하게 만들었다.

"누구세요?"

현관문 앞에 선 준후는 문밖을 향해 물었다.

"나."

"후우……."

그는 짤막한 앞머리가 들썩거릴 정도로 한숨을 내쉬고 난 뒤 문을 열었다. 트레이닝복 바람으로 문 앞에 선 윤하에게 그가 물었다.

푸석푸석한 얼굴을 보니 전날 마신 술기운이 아직 가시지 않은 듯했다. 이른 시간에 윤하가 벨을 누른 이유를 그는 너무나도 잘 알고 있었다.

"꿀 없어?"

"빈병밖에 없어. 나 때문에 깬 거야?"

"아니, 일어나려던 참이었어. 꿀 가져올게."

그저 꿈을 꾼 것뿐인데 전에 없이 윤하의 얼굴을 똑바로 쳐다볼 수가 없었다.

기다리라고 한다고 해서 문밖에서 기다릴 그녀가 아니라는

걸 모르는 건 아니었다. 주방으로 향하는 준후의 귀에 그녀의
목소리가 들려왔다.

"저거…… 강현수야?"

간밤의 일을 전혀 기억하지 못하는 듯한 윤하의 말에, 꿀 병
을 꺼내던 그가 어처구니없는 표정을 지었다.

"어제 봤잖아."

"내가 언제? 쟤 왜 여기서 자는 거야?"

"쉿! 깨면 시끄러워."

아차 하는 표정을 한 윤하는 발뒤꿈치를 들고 살금살금 주방
으로 들어섰다. 그리고는 준후의 손에 들린 꿀 병을 빼앗듯 손
에 들었다.

"내가 타 먹을게. 나, 간다."

검지를 입술에 얹은 채 한껏 낮은 목소리로 속삭이는 윤하의
말에, 그의 입가에 비로소 미소가 그려졌다.

술은 병아리 오줌만큼 마시고 다음날이면 숙취에 시달리는
사람처럼, 꿀물부터 찾는 그녀였다.

발뒤꿈치를 잔뜩 들어 올린 채 살금살금 현관으로 향하던 윤
하는, 등 뒤에서 들려온 목소리에 걸음을 멈추었다. 두 눈을 질
끈 감은 채.

"준후한테 모닝 키스하러 온 거야?"

"쿨럭!"

부스럭 소리를 내며 이불을 걷어내고 일어난 현수는, 석고처

럼 얼어붙은 윤하와 사레가 들린 듯 받은기침을 내뱉는 준후를 물끄러미 쳐다보았다. 귓불까지 붉어진 준후를 의미심장한 눈으로 바라본 그는, 여전히 뒤통수만 보이는 윤하에게 놀리듯 말했다.

"오호, 이것 봐라! 게스트가 있는데도 불구하고 밀월을 즐기다니, 대단한걸."

"누, 누가!"

벌떡 고개를 돌린 윤하가 그를 노려보며 앙칼지게 대꾸했다.

"하나는 얼굴 빨개지고, 하나는 말까지 더듬고. 잘한다, 잘해. 하긴, 뭐든 스릴 있는 게 재미있긴 하지."

느물거리는 현수를 한껏 흘겨본 윤하는 무슨 말인가를 하려다 그만두었다. 지금껏 현수에게 말로 이겨본 기억이 없었다. 그런 강현수와 이른 아침부터 이기지도 못할 말싸움을 할 마음은 추호도 없었다.

하지만 오래전부터 그를 벼르고 있는 마음에는 변함이 없었다.

'두고 보자!'

사람들은 너무 쉽게 다른 사람을 판단해 버리곤 한다. 아니, 너무나도 쉽게 자신들의 직관을 믿어버리곤 한다.

'정윤하=심플'이라는 공식이 어디에서 근거한 것인지 모르지만, 아무튼 윤하는 사람들이 자신을 그렇게 판단하고 있다는 사실을 모르지 않았다. 뒤끝과는 거리가 먼…….

하지만 일찍이 그녀의 입술을 훔쳐 간 현수에 대해 시시각각 벼르고 있다는 사실을, 아는 사람은 아무도 없었다. 아직까지 복수를 감행할 기회가 없었을 뿐, '뒤끝'은 여전히 윤하의 가슴 속에 도사리고 있었다.

천연덕스럽게 그날의 일을 입술에 올리는 그를 보면서도 모른 척할 수 있었던 건, 언젠가 반드시 그의 뒤통수를 후려치고야 말리라는 야무진 다짐 때문이었다.

그런 현수가 이른 아침부터 다른 것도 아니고, '설왕설래(舌往舌來)'를 구실로 사람을 자극하고 있었다.

"꿀 바르고 키스했냐?"

윤하가 들고 있는 꿀 병을 힐끔 쳐다본 현수는 주방 안으로 들어섰다. 꿀 병을 든 윤하의 손이 파르르 떨렸다.

냉장고 문을 열고 생수병을 꺼낸 현수는 여전히 벌게진 얼굴을 하고 선 준후를 쳐다보았다.

"사춘기 중딩들도 아니고 얼굴까지 벌게져서는."

생수병 뚜껑을 여는 그의 입가는 웃고 있었지만, 눈동자는 그렇지 않았다.

지난밤까지만 해도 윤하와의 사이에 아무런 일도 감정도 없다고 딱 잡아떼던 준후였다.

"실없는 소리 그만 해. 윤하 꿀 가지러 온 거야."

현수는 그의 말에 대꾸하지 않은 채 생수를 마셨다.

윤하에 대해 일절 관심 없다던 그의 말을 믿을 수 있던 지난 밤과 달리, 이 아침엔 붉어진 준후의 귓불만이 미더워 보였다.

차가운 물줄기가 까칠한 목젖을 타고 흘러 넘어갔다.

'그러면 그렇지. 후후……'

딱히 기대했던 무언가가 있었던 건 아닌데, 손에 쥐고 있던 것을 빼앗긴 것처럼 허탈한 감정이 폐부를 간질였다.

십 년, 아니, 십오 년쯤 전에 가슴에 새겨진 이름이니 빼앗긴 기분이 들 만도 했다. 단 한순간도 가져본 적 없는 이름이기에, 욕심낼 수 없는 이름이었기에 더욱 상실감이 클 수밖에 없었다.

아니라고 딱 잡아뗀 준후에게 배신감이 드는 건, 괜한 시비를 걸고 싶어하는 유아기적 발상에 지나지 않았다. 그럼에도 불구하고 스멀스멀 심술이 일고 있었다. 한 차례 장대비를 쏟아낼 듯 잔뜩 흐린 하늘처럼…….

무표정한 눈으로 한참 동안 현수를 쳐다보던 윤하는 현관을 향해 등을 돌렸다. 들고 있는 꿀 병으로 생수를 마시는 그의 뒤통수를 세게 후려치고 싶은 마음이 간절했지만, 그런 식으로 소소하게 복수를 할 수는 없었다.

현관문이 닫히고 나자 현수는 뚜껑을 닫은 생수병을 냉장고에 넣고, 그때껏 한 자리에 서 있는 준후의 어깨를 가볍게 때리는 시늉을 했다.

"걱정 마라, 모닝 키스하는 건 못 봤으니까."

"하!"

어처구니없다는 듯 실소를 감추지 못하는 친구에게 그가 짤막하게 말했다.

"준후, 너 눈 많이 낮아졌구나."

6 일상

6 일상

남자들은 여간해서는 꿈을 꾸지 않는다. 아니, 꿈을 꾸는 것까지는 모르지만 잘 기억하지 못한다. 적어도 준후가 알고 있는 한은 그랬다.

그런데 개꿈에 불과한 간밤의 꿈이 덜 달아난 잠처럼, 핸들을 손에 쥐고 운전을 하는 내내 머릿속을 어지럽혔다. 둔탁한 손바닥으로 한 대 맞은 것처럼 얼떨떨함은 회사에 출근을 하고 난 뒤에도 마찬가지였다.

"박 대리, 9시 30분 정각 회의 시작!"

복사한 서류 더미를 끌어안은 은하가 책상 앞을 지나가며 회의 시간을 알려주었다.

"10시 30분 아니야?"

"이사님 오후 미팅이 잡혀서 회의 시간이 당겨졌대. 그 안에 일 있어?"

"9시 30분에 영업부 미팅 들어가야 되는데. 어쩌지?"

"영업부에다가 사정 얘기해. 기획 회의가 더 중요하잖아."

"영업부 오늘 결산 미팅이잖아."

"그래?"

"부장님하고 상의해 봐야겠다."

분주함을 알리는 하루의 시작이 매듭지어진 넥타이를 타이트하게 조여왔다.

뭉근하게 머릿속을 부유하던 꿈의 잔재들이 형체도 없이 사라지는 순간이었다. 다이어리를 펴고 오전 스케줄을 확인한 준후는, 지체 없이 수화기를 집어 들었다. 비로소 제자리를 찾은 것 같은 안도감이 들었다.

"기획개발실 박준후 대리입니다, 부장님, 출근하셨습니까?"

팽팽한 긴장 속에서 살아 있는 자신을 느낄 때면, 자신도 모르는 사이 일중독자가 되어가는 건 아닐까 싶은 생각이 들기도 했다.

하지만 꺼림칙하던 기분이 달아난 자리에 활기가 들어차는 기분은, 달게 일중독자가 되고 싶다는 마음마저 갖게 만들었다.

*

"유니버설 디자인의 일차적인 정의는, 능력이나 연령에 관계없이 모든 사람이 사용하기 쉽게 만들어진 제품 혹은 환경 디자인을 일컫습니다. 하지만 그러한 정의는 표면적인 정의에 불과하며, 오히려 유니버설 디자인의 입지를 불확실하게 만드는 정의일 수 있습니다. 일례로 뉴욕 주립대학 아비아 뮬릭 교수의 말을 차용할까 합니다. 인도 출신의 그는 개발도상국과 아시아 사람들의 관점에서, 유니버설 디자인에 대해 이렇게 말한 적이 있습니다. 유니버설 디자인은 미국적인 관점에서 시작되었고, 인과적으로 미국의 대표적 가치관인 '인권' 위에서 성립되어지고 있다. 하지만 세계에는 전혀 다른 가치관이 존재하고, 미국과는 전혀 상이한 가치관이 존재하기도 한다. 그런 의미에서 현재의 유니버설 디자인은 전혀 유니버설하지 않을 수도 있다. 또한 그는 유니버설 디자인의 대상에 대해서도 명확한 문제점을 제시했습니다. 본래의 유니버설 디자인이 추구하는 대상은 'For all'이지만, 실질적으로 모두에게 라는 개념은 존재할 수 없고, 언제나 'For some one'으로서만 존재할 수 있음을 지적했습니다. 물론 그가 지적한 지엽적인 유니버설 디자인의 정의를 지역성, 혹은 문화적 특성에 따라 세분화할 수도 있겠지만, 제가 말씀드리고 싶은 것은 구체적이고 현실적인 '니즈(Needs)'와 '원츠(Wants)' 아래서의 유니버설 디자인의 역할입니다. 앞서 말씀드린 것처럼 모든 사람의 필요와 요구에 부합하는 제품 혹은 환경 디자인은 존재할 수 없으며, 오히려 그런 제한적 정의는 베리어(Barrier)를 발생시키는 요인으로 작용할 수 있습니다……."

서진대학교 내 무궁화 관 1302호.

석필경 교수를 비롯한 대학원생들은 빈틈이라곤 찾아볼 수 없는 윤하의 발표를, 경직된 표정으로 경청하고 있었다.

연구실 안에서의 허술한 생활 태도(?)와는 달리, 언제나 그녀의 발표엔 대중을 아우르는 흡인력이 있었다.

혀를 내두르게 하는 명석함은 물론 아나운서를 연상시키는 또박또박한 발음은, 언제나처럼 듣는 이들의 고개를 절로 끄덕이게 만들었다.

오늘처럼 산학 협력 차원에서 외부업체 임원들이 연구 발표회에 동석하는 날도, 윤하는 긴장이라는 걸 하는 법이 없었다.

그런 그녀의 철두철미하고 유창한 발표는 함께 수업을 듣고 논문을 준비하는 학생이 아니라, 외부에서 초청받아 온 교수가 아닐까 하는 착각마저 일으킬 때가 많았다.

"불과 얼마 전까지만 해도 유니버설 디자인은 베리어 프리(Barrier free)라는 협의적인 관점에서 다뤄졌습니다. 하지만 그것은 유니버설 디자인의 표면적인 선택의 폭을 제한하는 베리어가 되기도 했습니다. 물론 그러한 장애물은 제한된 폭에서 선택의 질적 향상을 향한 도전이라는 긍정적인 과제를 남겨주기도 했습니다. 여기에서 저는 여러분께 한 가지 질문을 드리려고 합니다. 유저 프렌들리(User friendly)에서 유저가 어떠한 대상을 의미하는 것인가 하는 것입니다."

잠시 말을 멈춘 윤하는 강의실에 앉아 있는 이들을 여유있는 표정으로 바라보기까지 했다.

질문을 하겠다고 하면서도 결코 대답을 허용하지 않는 저 여유로움이라니…….

검지를 입가에 가져다 댄 민주는 그녀의 노련함에 절로 고개가 저어졌다.

"지금까지 우리는 대상, 즉 유저의 폭에 집착해 온 것이 사실입니다. 어떠어떠한 제품을 통해 어떠어떠한 유저들을 만족시키겠다, 라는 다소 호전적인 목표에 집중했습니다. 하지만 분명한 건 필요와 만족의 인과성입니다. 이 점이 명확해질 때 유니버설 디자인이 유저 프렌들리여야 하는지, 유저 프렌들리한 제품을 창출해 내야 하는지, 그 경계가 분명해집니다. 화면을 통해 제가 디자인한 제품을 예로 설명드리겠습니다……."

머리를 하나로 묶은 채 파워포인트를 작동하며 발표에 열중하는 윤하에게선, 아침나절의 푸석푸석한 얼굴은 찾아볼 수 없었다.

풍성하다 싶은 베이지색 면 남방에 진한 감색 면바지를 받쳐 입은 그녀를 지켜보는, 석필경 교수의 눈동자에 흡족한 미소가 깃들었다.

한 시간이 넘는 발표를 하고 나면 머릿속까지 자잘한 땀이 차오르곤 했다.

설득은 보이지 않는 협상을 내포하고 있는 골치 아픈 일이었다. 대중이 알고 있는 사실을 주지(周知)하게 하는 것과 제품의 필요성을 인식시키는 일 사이에는 어마어마한 간격이 존재했다.

더러는 디자인과 기획이 아니라 장사치가 된 것 같은 기분이 들기도 했지만, 제품 디자인으로 방향을 전환한 이상 어쩔 수 없는 일이었다.

"괴물!"

화장실 안 세면대 앞에서 손을 씻고 있던 윤하는, 거울 속으로 뛰어든 민주의 얼굴을 보고 피식 웃음을 터뜨렸다.

"식은땀 흘리는 거 안 봤구나?"

"땡땡이는 같이 치고 그렇게 퍼펙트한 발표를 해도 되는 거야? 내가 아는 정윤하가 맞는지 의심스럽더라."

"머릿속까지 젖었어, 얼마나 땀을 흘렸는지. 성아 사장님이라는 분 말이야, 왜 그렇게 사람을 뚫어지게 쳐다봐? 민망해서 죽는 줄 알았어."

"인재 하나 건졌다고 생각했겠지."

"난 그런 사장, 노 땡큐야."

미간을 구긴 윤하가 고개를 절레절레 저었다.

"계집애, 다 좋은데 옷이 이게 뭐니. 부대자루 뒤집어쓴 것도 아니고. 덜컥 고액 연봉에 데려가려다가도 네 옷차림 보면 멈칫하겠다."

"유저 프렌들리야."

어깨를 으쓱 들었다 내린 윤하는 종이 타월로 젖은 손을 닦았다.

"윤하야, 우리 주말에 쇼핑 갈래?"

"무슨 쇼핑?"

"논문도 논문이지만 취업 준비에도 신경 써야지. 내가 장담하는데 너 그런 옷차림으로는 절대 스카우트 제의 못 받는다. 요즘은 무조건 쭉쭉빵빵이 대세잖아, 방학 때 연수 가는 애들보다 페이스 리모델링하는 애들이 더 많잖아."

"리모델링 좋아하시네, 그게 튜닝이지 어떻게 리모델링이야?"

"아무튼."

"주말에 집에 가."

시큰둥한 윤하의 대답을 들으며 민주는 그녀와 함께 화장실을 나섰다.

"뭐 그렇게 빨리 내려가?"

"같이 가는 애가 그렇게 가재."

"네 동거남?"

"동거남 아니라니까, 얘가 정말. 너 때문에 혼삿길 막히면 책임질래?"

"풋, 내가 왜 책임을 져, 져도 그 동거남이 져야지. 참 가만히 보면 너도 딱해. 그렇게나 멀쩡한 남자를 옆에 두고, 어떻게 아무 일도 없을 수가 있니. 나 같았으면……."

"진즉 발 걸었을 거라고?"

"당근이지."

"걔 발목 철심이야."

"뭐?"

동근에게 이를 거란 말을 할 줄 알았던 윤하가 뜻밖의 대답을 하자, 민주가 의아한 표정을 지었다.

"말했잖아, 학부 때 걔한테 발 건 애가 한둘이 아니었다고."

"아무튼, 내가 너였다면 노력은 했을 거야."

"넌 툭하면 아무튼이라지. 점심은 아무거나 먹을 거야?"

"미쳤니, 아무거나 먹게. 오늘은 기필코……."

"언니, 어제 음주해서 속이 안 좋거든. 스파게티 나중에 먹고, 오늘은 얼큰한 짬뽕."

"하! 야, 정윤하, 너 분명히 오늘 스파게티 쏜다고 약속하고, 그저께 나 데리고 땡땡이친 거잖아."

"오늘은 짬뽕. 한 번만 봐주라. 속이 진짜 느글느글하단 말이야."

"술도 못 마시는 게 꼭 술 먹은 티는 내더라. 또 한 캔 먹고 뻗었지?"

"무슨 소리! 어젠 두 캔 마셨어."

"대단하시네. 그거 다 마실 때까지 잠 안 들었어?"

"응, 어젠 멀쩡했어. 술이 제대로 받더라."

알만 하다는 듯 민주가 혀를 쯧쯧 찼다.

"식사하러 가는 거예요?"

막 건물을 빠져나온 두 사람은 계단 아래에 서 있던 송정의 말에 걸음을 멈추었다.

석사 이 년차의 대기업 연구원을 남자 친구로 둔, 내차기로 소문난 송정이 먼저 말을 걸어오다니. 어리둥절해하는 민주와 달리 윤하가 서글서글한 미소로 그녀의 말을 받았다.

"점심 먹으러 가는 길?"

"시간이 애매해서 그런지 같이 갈 사람이 없네요. 혼자 가자 니 좀 그렇고요."

잘난 구석이 어찌나 많은지 여간해서는 연구실 사람들과 함께 식사를 하는 일 없는 그녀였다.

뭔지는 알 수 없지만 구린내가 심하게 난다는 생각을 하며, 민주는 그리 곱지 않은 눈으로 그녀의 표정을 살폈다.

"그럼 우리하고 같이 가면 되겠네, 짬뽕 먹을 건데 괜찮아?"

"잘됐네요, 저도 자장면이 먹고 싶었는데."

"같이 가자, 그럼."

"네, 선배."

민주는 윤하를 향해 서슴없이 '선배' 소리를 하는 그녀를 수 사관 못지않은 예리한 눈길로 바라보았다.

선배 알기를 천 원에 세 개짜리 붕어빵보다 못하게 아는 송정이 아니던가. 특히나 윤하에 대해선 다소 적의적인 눈빛을 서슴지 않는 애였다. 그런 송정이 전에 없이 윤하에게 살갑게 구는 모습이 민주는 영 불편하고 낯설었다.

'쟤가 못 먹을 걸 먹었나, 갑자기 왜 저러지? 수상해, 수상해.'

민주는 고개를 갸웃거리며 앞서 걷기 시작한 윤하와 송정의 뒤를 쫓았다.

교문을 나선 세 사람은 길을 건너기 위해 횡단보도 앞에 서 있었다.

서울 복판에 있는 대학이지만 여느 학교들과 달리 이차선 도로가에 인접해 있어서, 학교 앞은 비교적 조용한 편이었다.

"선배, 오늘 발표 너무 좋았어요."

"그…… 래?"

기왕 먹는 점심식사인데 함께 가도 좋을 것 같아 그리했지만, 송정의 유별난 성격에 대해선 윤하 역시 잘 알고 있었다.

이렇게 친한 척을 할 성격도 아니고, 먼저 들이대는 일 같은 건 결코 할 아이가 아니었다. 게다가 누구를 칭찬하는 일 같은 건 목에 칼이 들어와도 안 하는 성격이었다. 약국으로 달려가 제산제를 사먹으면 사먹어도.

그토록 자랑을 아끼지 않던 남자 친구와 헤어지기라도 한 것일까…….

"프로페셔널해서 눈을 뗄 수가 없었어요. 역시 선배예요."

쌍꺼풀이 또렷한 송정의 눈이 그녀를 바라보며 환하게 웃고
있었다.

"고마워."

"선배한테 많이 배워야겠어요."

"에이, 잘하면서 괜히 그러네."

"송정, 심경에 변화 같은 거 있었어?"

보다 못한 민주가 그녀에게 물었다.

"네?"

"갑자기 못 보던 모습을 보니까 적응이 안 돼서 그래. 무슨 일
있어?"

"그런 거 없어요."

송정이 머쓱한 미소를 지었다.

그때였다.

미끄러지듯 달려온 검은색 스포츠카 한 대가 사람들의 이목
을 집중시킨 채 교문 앞에 멈춰 섰다.

"쯧쯧, 어떤 정신 나간 인간이 서울 시내 복판에서 저런 차를
타고 다닌다니?"

덩달아 고개를 돌린 윤하는 혀까지 차가며 못마땅한 티를 냈
다.

"야, 그래도 차는 죽인다. 쫙 빠졌는걸. 야야, 창문 내린다, 근

사한 남자가 타고 있을 거 같지 않니?"

"때와 장소 구분 못하는 인간은 질색이야. 신호 바뀐다."

가차없이 대꾸한 윤하는 호기심으로 눈을 반짝이는 민주의 팔짱을 끼었다.

깜박이던 빨간색 신호가 녹색으로 바뀌는 찰나였다.

"미숙아!"

결코 낯설지 않은, 소름이 끼치도록 익숙한 목소리가 귓전에 닿은 건.

'아우씨!'

발표를 하던 순간 흘린 땀과는 비교조차 할 수 없는 식은땀이 등줄기를 타고 흘러내렸다.

두 눈을 질끈 감은 윤하는 아무 소리도 듣지 못한 사람처럼 횡단보도를 향해 발을 내디뎠다.

"어이, 미숙아!"

"어머, 윤하야, 저 남자 목소리도 죽인다."

주책없이 고개를 돌리는 민주가 원망스러울 따름이었다. 힐 끔 고개를 돌린 송정이 거들듯 말했다.

"비주얼도 럭셔리 필인데요."

"그렇지, 송정이 네가 봐도 괜찮지? 근데 미숙이가 누군데 들은 척을 않니."

"선배, 저 사람 우리 쪽 쳐다보는 거 같은데요?"

"그러게."

"야, 니들 길 안 건너!"

횡단보도 복판에서 연방 고개를 돌리는 두 여자를 향해 윤하가 버럭 소리를 질렀다. 그리고 그 순간 민망할 정도로 낭랑한 클랙슨 소리와 함께 한결 커진 현수의 목소리가 들려왔다.

"정윤하, 못 들은 척할래?"

화투가 유일한 취미이자 특기라던 작은 아버지는 자주 말하곤 하셨다.

"첫 끗발이 개끗발이제! 하모!"

여느 날보다 수월하게 발표를 하고 난 오늘, 윤하는 작은 아버지의 평생 철학이 담긴 말을 가슴에 새겼다.

눈치 없이 구는 민주와 송정을 겨우 중국집으로 들여보내고, 현수의 차에 올라탄 그녀는 한껏 그를 노려보았다. 발표를 성공적으로 마치고 난 뒤에 주어진 희열이, 현수의 등장과 함께 물거품처럼 사라졌다.

"연락도 없이 불쑥 이게 뭐야?"

"너 무섭게 모른 척하더라."

"장난해? 왜 약속도 없이…… 그리고 내가 왜 미숙이야?"

"난 미숙이라고 한 적 없다."

"……."

알고 있다, 모르지 않는다. 현수가 그토록 애타게 부른 이름이 '미숙'이 아니라, 미숙아(未熟兒)라는 사실을.

"점심 먹자."

"됐어, 너 때문에 식욕 달아났어."

"지나가던 길에 혹시나 하고 들러본 거야. 마침 네가 저기 서 있었던 거고."

"내가 믿을 것 같아?"

"믿거나 말거나. 후우, 날씨 좋다! 먹고 싶은 거 있음 얘기해, 이 오빠가 원껏 사줄 테니."

열린 차창으로 얼굴을 내민 그가 하늘을 올려다보며 혼잣말을 웅얼거렸다.

윤하는 그런 현수의 뒤통수를 한 대 후려치고 싶은 손으로 주먹을 꼭 쥐었다.

"진짜 지나가던 길에 들른 거야?"

"그럼 일부러 시간 내서 너 보러 왔을까 봐? 애가 아직도 꿈을 꾸네. 인마, 나 바쁜 사람이야."

"그럼 밥 사."

"아까 같이 길 건너던 애는 누구냐?"

"친구."

"너보다 조금 어려 보이던 애 말이야."

"후배."

"삼삼하게 생겼더라. 성깔도 있어 보이고."

"임자 있거든!"

질세라 윤하가 그에게 쏘아 붙였다.

"말 안 해도 알아, 눈 코 입 제자리에 붙었는데 그 나이 될 때까지 남자 친구 없는 건, 너밖에 없을걸."

"밥 살 거야, 갈 거야?"

"뭐 먹을래?"

"짬뽕."

"촌스럽기는. 신촌에 국물 끝내주는 데 있는데, 거기로 갈까?"

"두 시까지 들어와야 해."

"충분하지. 안전벨트 매."

유려한 겨울 낮의 햇살과 오가는 사람들의 시선을 받던 현수의 차가 미끄러지듯 도로로 접어들었다.

구겨진 종잇장 같은 가슴 사이로 파고드는 헛헛한 웃음…….

어리석기 그지없는 짓을 계속하고 있는 자신을 나무라며, 현수는 룸미러에 비친 윤하의 모습을 훔쳐보았다.

어쩌다가 저런 밋밋한 녀석을 마음에 두고 말았는지, 오랜 시간이 지났건만 여전히 그 까닭을 설명할 길이 없었다.

"준후 셔츠 빌려 입은 거야?"

말 같지 않은 그의 말에 대번 윤하의 곱지 않은 눈길이 운전석을 향했다.

"내가 남자 옷 입을 만큼 뚱뚱해?"

"부대자루 같은 게 꼭 남자 옷 같잖아."

부대자루······.

연달아 두 번씩 같은 말을 듣다니. 윤하는 입고 있는 베이지색 면 남방을 내려다보았다. 재수를 할 때부터 줄곧 같은 스타일의 옷만을 고집해 온 그녀였다. 아니, 고등학교를 다닐 때도 교복을 벗고 나면 늘 비슷한 스타일의 옷을 입곤 했다.

헐렁한 면 남방 혹은 셔츠에 풍성한 면바지. 더위가 기승을 부리는 한여름에도 윤하의 패션에는 별다른 변화가 없었다. 남방과 바지의 소재가 조금 얇아지는 것 외에는.

"남이야 부대자루를 입든 승복을 입든 무슨 상관이래."

"톡톡 쏘는 것도 여자 같은 애가 해야 매력이 있지. 인마, 너한텐 안 어울려."

"그러는 너한테도 이 자동차 무지 안 어울려. 모르지?"

"후후······."

핸들을 손에 쥔 현수가 가벼운 웃음을 웃었다.

반짝반짝 윤이 나는 검은색 스포츠카가 현수의 이국적인 피부색과 꼭 맞아떨어진다는 사실에는, 윤하 역시 공감하는 바였다.

트렌드에 맞춰 스타일이 다른 청바지가 나올 때마다, 소름이 끼칠 정도로 완벽하게 소화해 내던 몸매 하며, 삭발에 가깝게 자른 짧은 머리도, 일본 만화 속에서 튀어나온 듯 어깨에 닿는 구불구불한 파마머리도 샘이 날 정도로 자연스럽게 소화해 내던 그였다.

'밥맛없어.'

사실 현수가 비호감 중에 비호감인 이유는 모델을 능가하는 근사한 자태 때문이 아니었다. 전교 수석을 도맡아하던 윤하 자신이 재수를 한 데 반해, 시내에서 꼴통으로 명성이 자자했던 그는 단번에 그것도 서울대에 덜컥 합격을 했었다.

"준후하고는 언제 엮인 거냐? 네가 꼬리 친 거지?"

"뭐?"

현수의 황당하기 그지없는 말에 윤하의 눈이 휘둥그레졌다.

"이래서 가시나들은 자취시키면 안 되는 거야."

"지, 지금 무슨 소릴 하는 거야? 내가 준후하고 엮였다고? 하!"

아닌 밤중에 홍두깨라더니, 이보다 황당한 일이 또 있을까.

"다 알아, 인마. 시치미 떼기는."

"너 미…… 쳤지?"

"삼십 년 가까이 알아온 사이에 그렇게 뚝 잡아떼면 서운하지."

"진짜 어이가 없어서 말이 안 나오네. 그리고! 내가 왜 박준후한테 발을 걸어?"

"목마른 놈이 우물 파는 거, 당연한 일 아니야?"

"점점…… 진짜 어제 마신 술이 확 깨네."

"술이나 마실 줄 알면서 저러면. 잘했다!"

팔을 쭉 뻗은 현수가 칭찬하듯 그녀의 어깨를 두드렸다. 가차 없이 그의 손을 밀어낸 윤하가 따지듯 말했다.

"밖에 나가서 소설 쓰는 거 배웠어? 하, 정말 기분 나쁘네."

"인마, 준후 정도면 준수하다 못해 최상이야. 네가 기분 나쁠 게 뭐가 있다고……."

"내가 준후 발 걸어서 넘어뜨리기라도 한 것처럼 말했잖아, 아니야?"

"이야! 제법이다. 그런 말도 한 번에 알아듣고. 역시……."

윤하는 머리를 쓰다듬으려는 그의 손등을 내차게 내려쳤다.

"차 세워."

"짬뽕은?"

"기분 나빠서 너하고 밥 못 먹겠어. 농담 아니고 나 정말 화 났……."

딱딱하게 굳은 표정으로 현수에게 대답하던 그녀는 바지 주머니에 손을 넣고 벨소리를 내는 휴대폰을 꺼냈다.

호랑이도 제 말 하면 온다고 떡하니 준후의 이름이 액정 위에 떠 있었다. 죽일 듯 현수를 노려봐 준 그녀는 휴대폰을 귀에 댔다.

"어."

[점심은?]

"휴우!"

깊게 한숨을 내쉰 윤하는 앞머리를 뒤로 쓸어 넘겼다.

[웬 한숨이야? 아직 속 안 좋니?]

"박준후!"

[무섭게 왜 그래? 꿀 병에 개미라도 있었어?]

"잠깐 시간 낼 수 있어?"

[무슨 일이야? 너 또 사고 쳤어?]

"사고는 무슨. 와서 네 친구 좀 데려가."

[뭐?]

잔뜩 굳은 얼굴로 통화를 하는 그녀를 보며 현수가 키득거리며 웃기 시작했다.

"이 화상 덩어리 때문에 이번엔 내가 한국을 떠나야겠어."

[현수하고 같이 있어?]

"기다려."

윤하는 운전석에 앉은 현수에게 휴대폰을 건넸다.

"하이, 달링!"

[미친놈, 거긴 뭐 하러 갔냐?]

"지나가는 길에 혹시나 해서 차를 세웠는데 때마침 애가 졸래졸래 교문 밖으로 나오더라. 밥이나 사먹이고 가려고."

[어지간히 장난해라. 윤하 목소리 들으니까 기분 많이 상한 것 같다.]

정색을 하는 준후의 말에 그의 눈가에 깃든 미소가 씁쓸해졌다.

"하루 이틀도 아니고 적응 못하는 쟤가 문제지."

[그보다 진서영이라는 여자, 또 전화 왔던데…….]

"오, 마이 갓!"

질끈 두 눈을 감은 현수가 손바닥으로 관자놀이 근처를 두드렸다.

[무슨 일이야?]

"저녁때 얘기하자."

[윤하 좀 바꿔봐.]

"나중에 통화해. 끊는다."

급하게 통화를 끝낸 그는 휴대폰을 윤하에게 건네고, 주머니에서 자신의 휴대폰을 꺼냈다.

진서영…….

이름 석 자를 떠올리는 것만으로도 진저리가 쳐지는 건, 그녀의 지랄맞기 그지없는 성격 때문이었다.

순수한 눈[雪] 같은 첫사랑의 기억을 선물해 준 윤하를 조수석에 앉혀두고 서영에게 전화를 거는 우스꽝스러운 짓은 할 수 없지만, 상대가 상대인만큼 일 초를 아껴야 마땅했다.

"전화 한 통만 할게."

"웃겨, 언제부터 예의 차렸다고."

기꺼이 조소를 날리는 윤하를 힐끔 쳐다보는 그는 휴대폰의 버튼을 찾아 눌렀다.

드르르…… 드르르…….

일곱 여덟 번쯤 통화음이 울렸을까. 귀에 익은 목소리가 들려왔다.

[현수?]

"어, 정신없이 바빴어. 전화했었다며?"

[상황은 괜찮아?]

서영답지 않게 차분한 목소리였다.

"어디 아파?"

[내가?]

"목소리에 힘이 없는 것 같아서."

[아니야, 아픈 데 없어. 어르신은 어때?]

"생각했던 것보다는 양호해."

[다른 일은 없고?]

"그냥 그래."

[옆에 누구 있구나?]

"응."

한국에 도착하자마자 전화를 하겠다고 해놓고 여태 꿀 먹은 벙어리처럼 군 자신에게, 이처럼 관대할 서영이 아니었다.

'얘가 왜 이러지? 어째 불안한걸.'

아니나 다를까, 서영이 차분한 목소리로 직격탄을 날려왔다.

[5시 40분 인천공항 도착이야.]

"뭐?"

'제기랄!'

[뭘 그렇게 놀라? 꼬박 사흘 동안 연락 두절이었어. 궁금한

내가 찾아나서는 게 옳지 않아?]

그러면 그렇지. 고분고분하게 굴 때부터 수상한 기운을 눈치 챘어야 했다.

"경황이 없다 보면 그럴 수도 있지, 그렇다고 이렇게까지 해야 해? 너, 진짜 심하게 오버한다."

[오버? 내가?]

"그래, 사람이 좀 느긋해질 수 없어?"

[꼬박 사흘 만에 전화해서 어울리지 않게 눈치 보는 너는?]

"쩝."

[옆에 사람 있다고 할 말 못할 강현수가 아니지. 그럴 것 같았으면 애당초 사람 없는 곳에서 전화했을 거고. 아니야?]

"무사한 거 알았으면 됐잖아."

[그러니 오지 말라?]

"……."

[공항 가려던 중이니까 그만 전화 끊어.]

"진서영!"

[약속 안 지키는 사람에 대해선 살의를 느끼지만, 네 인생에 테러할 만큼 한가하지 않아.]

스스로를 다국적 장사꾼이라고 말하는 서영을 무슨 수로 당할 수 있으랴. 보나마나 일 때문에 들어오는 거라고 말할 게 뻔한 것을.

"휴대폰 번호 불러줄 테니 받아 적어."

[필요없어.]

"뭐?"

[필요없다고. 끊어.]

툭 하는 소리와 함께 일방적으로 수화기를 내려놓는 소리가
들려왔다.

"후우……."

현수는 부글부글 끓기 시작한 속을 달래기 위해 천천히 호흡
을 골랐다.

진서영…….

스물아홉 해의 결코 짧지 않은 시간을 살아오는 동안, 그가
만난 최고의 제멋대로 인생이었다. 좋으면 좋다 싫으면 싫다 감
정에 솔직한 건 기본이고, 제가 하기 싫은 건 그것이 제아무리
실리적인 것이라 해도 목에 칼이 들어와도 안 하는 겁 없는 여
자였다.

"누구야?"

기다렸다는 듯 윤하가 물어왔다.

신경질적으로 휴대폰을 뒷좌석으로 집어 던진 현수가 짜증스
러운 목소리로 대답했다.

"알아서 뭐 하게?"

＊

프로덕트 매니저의 특성상 연말과 연초는 식사 시간조차 제대로 챙기기 힘든 전투의 연속이었다.

분기 정산과 더불어 다음 분기의 매출을 가늠해야 하는 것도 촌각을 다투는 일이지만, 한 해 전체의 매출 현황을 파악하면서 동시에 새로운 한 해의 매출을 관측하고 셀링 포인트(Selling point)를 잡아내야 하는 건 여간 어려운 일이 아니었다.

숨 돌릴 사이도 없이 회의에 회의를 거듭하는 사이, 어느새 시계는 퇴근 시간을 가리키고 있었다.

준후는 배달해 온 도시락으로 간단하게 점심식사를 해결해서 그런지 여느 때보다 진한 허기가 밀려들었다.

"그래도 오늘은 정시 퇴근이야."

앞자리에 앉은 은하가 신난 표정으로 말해왔다. 그녀 역시 거듭되는 회의와 미팅에 지쳤는지 피곤한 기색이 역력했다.

"신랑님더러 모시러 오라고 해."

"신랑 오늘 야근."

"뭐?"

어깨를 으쓱 들어 올리는 그녀를 보며 준후가 시원한 웃음을 터뜨렸다.

결혼한 지 석 달이 채 되지 않는 은하의 남편 역시 모 기업에서 상품기획 일을 하고 있었다.

"1분기 안에 휴가 못 받아오면 각방이라고 선포했어. 내가 미쳤지. 뻔히 이 바닥 생리 알면서 왜 하필 MD하고 결혼을 했는지.”

“그러게 어쩌자고 그런 실수를 했어? 많고 많은 남자들을 두고.”

“내 말이.”

새색시라는 말이 무색하게 진한 다크서클을 드리운 그녀에게 저녁식사를 사겠다는 말을 하려는 찰나, 책상 위에 놓인 전화기가 벨소리를 냈다.

“네, 상품기획실 강준후입니다.”

[총무과의 오혜란입니다.]

웃음기 가득한 혜란의 목소리가 들려왔다.

“어쩐 일이야?”

[퇴근 안 해?]

“해야지, 정리하는 중이었어. 넌?”

[오늘 저녁 살래? 기분도 꿀꿀한 게 맥주 한잔 마시고 싶다.]

“그러지 뭐. 십 분 뒤에 주차장에서 보자.”

준후는 무슨 일이 있느냐고 묻는 대신 저녁식사를 함께하자는 그녀의 말에 흔쾌히 그러겠노라 대답했다.

“오혜란 씨?”

은하가 핸드백을 들고 자리에서 일어서며 그에게 물었다.

“어떻게 알았어?”

“수상해, 둘이.”

“또 엮는다, 또 엮어.”

"사내연애 하면서 동기라는 말로 덮는 거 아니고?"

"연애 같은 소리 하네."

피식 웃음을 터뜨린 준후는 자리에서 일어났다. 점심시간에 윤하와 짧게 통화를 하다 만 일이 마음에 걸렸다. 전화를 걸까 말까 망설이는데 은하가 물어왔다.

"앞자리 짝지는 밥 한 번 안 사주고, 대학 동기는 자주 사준단 생각 안 들어?"

"신랑님 야근하는 날 저녁식사 대접할게. 됐지?"

"엎드려 절 받고 말지. 난 모처럼 친정 들러서 엄마가 해주는 밥 먹고 갈래."

"좋은 생각이네. 같이 나가자. 주차장까지 모셔다 드릴게."

"정시 퇴근에 에스코트까지, 이거 황송해서 어쩌나."

정시에 퇴근을 하는 날이 거의 없는 연말과 연초에는, 오늘처럼 시곗바늘이 여섯 시를 가리키는 순간 책상 앞을 떠나는 일이, 성과급이라도 나온 것처럼 반갑게 느껴지곤 했다.

옷걸이에 걸어둔 코트를 챙긴 그는 은하와 함께 사무실을 빠져나왔다.

7 혼돈의 시작

7 혼돈의 시작

콧잔등이 싸하도록 매운 짬뽕 한 그릇을 얻어먹은 대가는 잔인했다. 아니, 혹독했다. 신촌로터리에 있는 중국집에서 짬뽕을 먹고 학교로 돌아오자마자, 윤하는 자신을 기다리고 있는 초롱초롱한 눈빛들에 그만 아연해하고 말았다.

"누구야?"

구리구리의 말을 시작으로 여기저기서 준비된(?) 질문들이 날아들었다.

하나같이 벌건 대낮에 '나 좀 봐주세요!' 하고 광고를 하듯, 시커먼 스포츠카를 끌고 나타난 현수의 존재가 궁금해 못 견디겠다는 눈치였다.

"오빠 친구."

더할 것도 덜할 것도 없이 그의 존재를 설명했지만, 흔쾌히 믿어주는 눈치는 아니었다. 그렇다고 해서 덧붙여 말하고 싶은 마음도 없었지만.

한 솥밥, 아니, 한 연구실 안에서 한 해가 넘게 생활해 온 만큼, 대개는 그 이상의 질문 같은 건 던지지 않았다. 찰거머리처럼 물고 늘어져 봐야 윤하 자신의 입에서 더 이상의 대답이 나가지 않으리라는 걸, 잘 알기 때문이었다.

한데 생각지 않은 인물 하나가 복병처럼 윤하의 온 하루를 귀찮게 하고 있었다.

"선배, 여기요!"

윤하는 잠깐 바람을 쐬자며 자신을 연구실 밖으로 불러낸 송정을 물끄러미 쳐다보았다. 그녀가 내미는 이백 원짜리 커피가 무얼 의미하는지 알고 싶었다.

이러저리 뜯어봐도 일생 들이대는 일 같은 건 안 하게 생긴 송정이기에, 종이컵에 담긴 따뜻한 커피가 영 수상쩍게 느껴졌다.

번듯한 회사에 번듯한 외모를 지닌 남자 친구를 제 명함처럼 자랑스럽게 여기는 그녀가, 새삼 왜 이러는 걸까. 다른 사람도 아닌 자신에게.

석사 이 년차에 접어든 송정이 자신을 대놓고 적대시한다는 건, 연구실 사람들 전부가 다 알고 있는 사실이었다.

"바람이 차갑긴 해도 연구실보다는 훨씬 공기가 좋은 것 같아요."

윤하는 대답 대신 그녀가 건네준 커피를 마시기 시작했다.

'얘가 왜 이러는 거지? 단둘이 있을 때 이러니까 겁나잖아.'

"선배는 공부하는 게 재미있어요?"

"재미로 공부하는 사람도 있나. 그냥 하는 거지."

"선배를 보면 공부가 재미있어서 못 견디는 사람 같아요."

'그래서 네가 날 재수없어하잖아. 다 알아.'

종이컵에서 전해지는 온기가 엉덩이에 닿은 딱딱한 나무 의자의 냉기마저 덜어내 주는 것 같았다.

"송정인 공부도 잘하고 다른 것도 잘하잖아."

"연애요?"

두 손으로 종이컵을 그러쥔 송정이 피식 웃음을 터뜨렸다.

"왜 웃어?"

"사람들이 저에 대해서 잘 모르는 것 같아서요."

'네가 언제부터 사람들 눈을 그렇게 의식하고 살았는데?'

키가 멀대같이 큰 남자 친구와 강의실 바로 앞 잔디밭에서 농도 짙은 키스를 서슴지 않던 송정이었다. 사실 송정이 자신에 대해 도전적인 언행을 일삼았다고 하지만, 따지고 보면 결과적으로는 둘 다 똑같았다.

석사 과정의 그녀와 소리 없는 반목을 계속해 왔다는 건, 윤하 자신의 심중에도 송정에 대한 일말의 라이벌 의식이 자리하고 있다는 뜻이기도 했다.

박사 과정 연구원들의 코를 납작하니 눌러주는 지적 소양이
며, 교수님의 총애를 한 몸에 받는 똑 부러지는 말솜씨는, 윤하
가 보기에도 샘이 날 지경이었다.

자고로 사랑이란 빈틈이 있는 대상을 향해 흘러가는 감정이
아니던가. 그런 면에서 볼 때 송정은 사랑해 주고 싶은 마음이
손톱만큼도 안 드는 애였다.

게다가 몸매는 어찌나 날씬한지 윤하로서는 엄두조차 내지
못하는 하늘하늘한 시폰 원피스를 걸치고 다녀, 뱃속을 부글부
글하게 만들기 일쑤였다.

"사람들 의외로 다른 사람한테 관심없어. 그러는 척하는 거
지."

"그런가요?"

"사람들 의식하면서 살아?"

"아니요."

무슨 그런 말을 다 하느냐는 듯 고개를 돌린 송정이 커피를
홀짝였다.

어색하고도 불편한 침묵…….

무작정 송정을 따라나선 일이 후회스러웠다. 이럴 줄 알았으
면 누구라도 하나 데리고 나오는 건데.

"선배, 제가 불편하죠?"

"어?"

태생적으로 거짓말에 능하지 못하다는 건 여러모로 불편할 때가 많았다. 시뻘건 거짓말이 아니더라도 사교적 언어니 외교적 언어니 해가며, 능수능란하게 상황을 모면하는 사람들이 얼마나 많은데.

"후후…… 선배는 되게 양면적인 사람 같아요."

"내가?"

"나쁜 말 아니니까 오해하지 말아요. 음, 뭐랄까…… 완벽함과 순수함을 다 갖춘 사람이랄까. 어떨 땐 빈틈이라곤 찾아볼 수 없을 것 같은데, 또 어떨 땐 천진한 어린아이처럼 순수해 보이기도 하고, 그래요."

며칠 있으면 스물여덟 살이 되는 여자가 순수해 보인다는 말에 기뻐하는 게 옳은 건지는 모르지만, 어쨌거나 윤하는 송정의 말이 가히 귀에 거슬리지 않았다. 그렇다고 해서 늘 적의를 드러내던 그녀의 돌변한 모습에, 마음을 놓은 건 결코 아니었다.

"좋게 말해주니 고마워."

"제가 선배 질투하는 거, 알고 있죠?"

"어?"

태연하기를 애쓰던 윤하이지만 에둘러 말하는 대신 솔직한 속내를 드러내는 그녀의 말 앞에선, 일순 표정을 관리하기가 어려워졌다.

"선배 보면 따라 잡을 수 없는 사람 같아서 참 얄미웠어요. 그런 사람 있잖아요, 아무리 노력해도 나보다 몇 걸음 앞서 걷는 사람. 어떤 땐 복도에서 숨어 있다가 선배 뒤통수를 한 대 때려주고 싶다는 생각도 했었어요."

"하! 너무 솔직한 거 아니야?"

"농담 같죠?"

"당연히⋯⋯."

"농담 아니에요, 언젠가 비 오는 날 밤에 선배가 터벅터벅 걸어가는 뒷모습을 보면서, 차에 있던 음료수 캔을 꼭 쥐었었어요."

"집어 던지려고?"

"네. 선배처럼 얄미운 사람, 처음이거든요."

"그런 날 불러내서 고급 커피를 대접하는 이유는?"

윤하는 '고급 커피'라는 말에 부러 힘을 주었다.

빈 캔으로 뒤통수를 날리고 싶던 마음에 비한다면, 이백 원짜리 커피는 고급이 아닐 수 없었다.

"한 번은 선배를 이기고 싶어서요."

"⋯⋯?"

"실력으로 안 되면 인품으로라도 이겨야죠. 자요."

악수를 청하듯 송정이 오른손을 내밀었다.

졸지에 라이벌에게 인품에서 밀린 윤하는 선뜻 그녀의 손을 잡지 못했다.

동기도 아니고 석사 과정의 후배에게 묘한 경쟁의식을 느낀다는 사실은, 그 자체만으로 자괴감을 갖게 만들었다.

경쟁감이 아니라고, 상대가 워낙 얄밉게 굴고 경우 없이 굴기에 반사적으로 그러는 것뿐이라고, 숱하게 변명을 하곤 했었다.

뚫어질 듯 송정을 쳐다보던 그녀가 물었다.

"그러니까 네가 나보다 인품은 뛰어나다?"

"선배 시기하고 질투했던 거 인정하잖아요. 그리고 선배 역시 저한테 좋은 감정을 가지고 있는 건 아니잖아요. 먼저 커피 마시자고 한 사람은 저니까 제가 이긴 거죠. 선배는 졸업할 때까지 저한테 절대 그런 말 안 할걸요."

"얘가 사람 우습게 만드네. 너, 종이컵 버리고 연구실 들어가서 가방 싸."

"네?"

윤하는 어리둥절해하는 그녀에게 악수 대신 빈 종이컵을 내밀었다. 엉덩이를 툭툭 털며 자리에서 일어선 그녀가 송정에게 말했다.

"누구 인품이 더 뛰어난지 보여줄게. 술 마실 줄 알지?"

"선배!"

감동한 듯 눈동자가 커다래지는 송정을 보니 스스로에 대한 뿌듯한 마음이 들었다.

"먼저 들어가 있을 테니까, 컵 버리고 와."

괘씸한 후배를 단번에 용서한 속 넓은 선배가 된 윤하는, 싱글싱글 웃는 얼굴로 연구실로 향했다.

＊

레스토랑 팡세.

이름도 인테리어도 시대적 발상에서 살짝 뒤처진 이곳에 단골손님이 많은 건, 스테이크에 곁들여 나오는 얄팍한 치즈튀김 때문이라고 해도 과언이 아니었다.

스테이크 폭만한 크기의 치즈튀김을 절반으로 자르면, 향긋한 소스 향과 함께 노릇한 치즈가 식욕을 돋우어주었다.

온 하루의 고단함과 함께 밀려드는 허기를 채우기엔 얼큰한 찌개를 곁들인 백반이 최고지만, 준후는 접시에 담겨진 스테이크와 치즈튀김을 깨끗하게 비워냈다.

"그 팀은 계속 정신없지?"

"1월까지는 쭉 그럴 것 같아. 그건 그렇고, 어제는 왜 혼자 돌아다닌 거야?"

"심란해서."

"네가?"

말도 안 된다는 듯 준후가 미소를 지었다.

"나라고 늘 좋은 줄 아니."

"날 추운 날은 따뜻한 집이 최고야."

"얘기 들었어."

"무슨 얘기?"

"주정은이 입사했다는 말."

"아!"

순간 준후의 얼굴에 긴장감이 스치고 지나갔다. 어디에서 그런 말을 들었는지는 중요하지 않았다. 하지만 혜란이 하려는 이야기가 자신과 관계된 일이라면 그건 다소 불쾌할 것 같았다.

"상무님 딸이라며?"

계속 말해보라는 듯 준후가 고개를 끄덕였다.

"월권해도 돼?"

"월권?"

"상무님이 그거 때문에 너 부른 거였어?"

"네가 그걸 어떻게……."

"흘러흘러 내 귀에까지 들어온 걸 보면, 모르는 사람 빼곤 다 안다는 뜻이겠지."

"하!"

어처구니가 없어진 준후가 허공을 향해 실소를 토해냈다. 아무리 소문이라는 것이 발 없이 빠르다지만, 사적인 일이다 보니 기분이 썩 좋지만은 않았다. 아니, 불쾌했다.

"온종일 회사가 술렁거리던데 몰랐니?"

"그런 일에 신경 쓸 만큼 한가하지 않아."

혜란은 딱 잘라 말하는 그를 그윽한 눈으로 바라보았다.

대학 신입생 시절부터 알아왔으니 서로 알고 지낸 시간이 십여 년이 되어간다. 그 십여 년의 시간 동안 무수한 일들이 있었고, 대개는 레테의 강물에 몸을 실은 듯 흐릿한 기억 속에 묻혀

버렸다.

호기심에 반짝이는 눈동자로 줄기차게 소개팅이며 미팅 자리에 나가던 신입생 시절. 그는 그저 같은 과 동기 가운데 하나에 불과했다. 보기 드물게 핸섬한 외모를 지니긴 했지만, 눈에 보이는 것들이 끌림을 낳는 건 아니었다.

더욱이 준후의 경우에는 다른 동기들보다 빨리 군에 입대를 했기에, 함께한 시간이 그리 길지 않았다.

제대를 한 그가 복학을 했을 때 혜란은 이미 졸업반이었고, 이따금 식사를 하거나 술을 마실 때는 또래들이 가지고 있는 불투명한 장래에 대한 이야기를 나누거나, 하릴없는 농담을 주고받곤 했었다.

그때까지만 해도 혜란에겐 결혼을 약속한 남자 친구가 있었고, 준후는 편한 친구들 가운데 한 사람일 뿐이었다.

그러던 준후를 언제부터 남자로 생각하게 됐는지, 사실 혜란은 명확한 시작을 말할 수 없었다. 시작은 동방그룹에 입사를 하고 난 뒤, 이런저런 모양새로 그와 자주 부딪치게 되면서부터였다.

처음엔 십여 년 전이나 지금이나 크게 변한 것 없는 준후에게 편안한 감정을 느낀 게 전부였다. 때 묻지 않은 마음에 대한 호감이랄까.

적어도 준후만큼은 흐르는 세월 앞에서, 타협이나 변질 같은 건 하지 않을 거란 기대감 같은 게 생긴 때문인지도 몰랐다. 하지만 거기까지가 전부였다.

그는 모든 사람에게 스스로를 오픈하는 듯 보여도, 정작 공과 사의 선을 분명히 긋는 사람이었다.

회사 내의 적지 않은 여직원들이 그를 흠모하면서도, 선뜻 다 가서지 못하는 건 그녀들이 조심스러워서가 아니었다. 늘 미소 띤 표정을 잊지 않는 준후가 그려낸 보이지 않는 선 때문이었 다.

절대 이 선 안으로 들어오지 마시오…….

서글서글한 그의 미소 속에서는 묵언의 메시지가 담겨 있었 다. 어쩌면 명료하고도 분명한 그 선이 준후를 더 매력적으로 느껴지게 하는 것인지도 몰랐다.

"정은이, 너한테 마음 있던 거 어제 오늘 일이 아니잖아."

"그런 얘기 안 하고 싶다. 차, 뭐 마실 거니?"

"커피."

지나가는 종업원을 향해 손을 들어 보인 그는 커피 두 잔을 부탁했다.

"현수 왔다."

"그래?"

"변한 게 하나도 없어."

그는 미소를 지었지만 혜란은 그렇지 못했다.

조급함은 늘 같은 목소리로 채근을 해오곤 했다. 지금이 기회 야, 지금이 아니면 안 돼, 라고.

그에 대해 지극히 사적인 감정이 둥지를 틀기 시작했을 때 잘라냈어야 했다. 하지만 잘라내야 한다고 생각했을 땐, 이미 너무 늦은 시간이었다.

주정은…….

대학에 다닐 때부터 유독 준후를 따르던 아이였고, 더러는 과 선배인 자신에게 도움을 요청해 온 적도 있었다.

"선배, 어떻게 하면 준후 오빠 마음에 들 수 있죠? 아무리 해도 안 돼요, 본 척도 안 해. 오빠는 내가 여자로 안 보이나 봐요. 속상해 죽겠어요."

자신과 달리 언제 어느 때고 준후에 대한 감정을 감추지 않던 정은이, 같은 회사에서 생활을 하게 됐다는 사실만으로도 혜란은 충분히 마음이 무거웠다.

사실 그녀의 마음을 가장 무겁게 만드는 대상은 정윤하였다. 대학에 다닐 때도, 오랜 세월이 흐른 지금도, 그녀에 대한 준후의 행동은 정말이지 한결같았다. 그나마 준후가 절대 그런 사이가 아니라고 못을 박지 않았다면, 충동적으로 윤하를 만났을지도 몰랐다. 적잖이 모양새가 우스운 일이겠지만, 그녀에게 직선적으로 묻고 말았을 것이었다, 준후와의 관계에 대해.

"넌 마음에 둔 사람 없어?"

아무 맛도 느낄 수 없는 커피를 한 모금 마시고 난 뒤, 혜란은 판도라의 상자의 뚜껑을 열었다.

소심한 마음이 제발 그러지 말라고 성화를 해댔다. 따스함 속에 감춰진 냉정한 준후의 성격을 안다면 차분히 '때'를 기다려야 한다고, 그의 대답을 듣는 찰나 크게 상처를 받을지도 모른다고.

"아직은."

"박준후, 아닌 척하면서 은근히 우유부단한 거 알아?"

"내가?"

"즐기는 건가?"

"그런 걸 즐기는 사람이 어디 있어. 그런데 갑자기 사귀는 사람 얘긴 왜 물어봐?"

커피 잔을 손에 든 준후가 의아한 듯 그녀를 바라보았다.

"누가 자길 좋아하는 걸 모를 만큼 둔한 사람 아니잖아. 너 말이야."

"별 소릴 다 하네. 미안하지만 그런 사람 없어. 이제 막 내렸나 보다, 커피 맛이 좋네."

네가 무슨 얘길 꺼낼지 알고 있으니 이쯤에서 그만 하라는 듯한 그의 말에, 혜란은 새삼 먹먹한 기분이 들었다.

단 한순간도 그가 자신의 숨겨진 사랑을 알고 있으리라고는 상상조차 해본 적이 없었다. 지금 이 순간에도 그는 자신이 어떤 저의도 없이, 단순하게 묻는 거라 생각하고 있을 것이었다.

"궁금해서 묻는 건데 넌 어떤 스타일 좋아해?"

"예쁘고 착하고 성격 좋고 그러면 되는 거 아닌가?"

준후가 무심한 목소리로 대답하자 피식 웃음을 터뜨린 그녀가 되물었다.

"곁들어 몸매도 좋고?"

"나쁘지 않지."

"박준후는 남들과는 다른 기준을 갖고 있을 것 같은데, 고작 그게 다야?"

"예쁘고 몸매 좋은 여자를 찾는 거였으면 진즉 누군가를 만났겠지."

"그럼?"

준후라고 해서 좋은 조건을 가진 여자에게 그 마음이 흔들리지 않으리라는 법 같은 건 없을 것이었다.

정은이 상무이사의 딸이라는 사실 앞에서 그가 느꼈을 감정이 궁금했다. 아니, 정은에 대한 그의 지극히 사적인 감정이 궁금해졌다. 하지만 그보다 더 진저리쳐지는 건 이런 식의 의심을 하는 자신이었다.

"난 서로가 서로에게 편안한 사람이면 돼."

"그게 전부야? 하긴, 편안한 사람을 찾는다는 게 쉬운 일은 아니지."

"맞아. 하지만 어딘가에 그런 한 사람이 있긴 하겠지."

"그 사람 역시 널 기다리고 있을 테고?"

"아마도."

원하는 대답을 듣기 위해 안절부절못해하는 자신이, 그가 기다리고 있다는 누군가가 자신이 아니라는 사실이 견디기 힘들었다.

고개를 숙인 채 한동안 커피 잔 모서리를 만지작거리던 혜란은, 더는 참지 못하고 그에게 물었다.

"알고 있었니?"

"뭘?"

"내가 널 친구 이상으로 생각한다는 거."

씁쓸한 미소를 짓는 그녀를 바라보는 준후의 눈동자에 당혹감이 스치고 지나갔다. 커피 잔을 내려놓은 그가 고개를 옆으로 돌린 채 헛기침을 했다.

혜란은 무슨 말을 해야 할지 몰라 곤란해하는 그를 먹먹한 눈으로 바라보았다.

"무슨 소리야, 그게?"

천천히 고개를 든 혜란이 씁쓸한 어둑한 미소를 지으며 그를 바라보았다.

"몰랐구나."

"혜란아!"

"휴우…… 말하고 나면 속이 후련할 줄 알았는데 그것도 아니네."

무심코 길을 걷다 누군가 버리고 간 바나나 껍질을 밟고 중심을 잃었다고 해도, 지금처럼 당황스럽지는 않을 것 같았다. 그저께 상무이사의 방에서 정은을 만난 순간에도 지금처럼 당황스럽지는 않았다.

순간 혜란의 얼굴 위로 정은의 얼굴이 겹쳐지는 것 같았다.

노력하지 않아도 충분히 편하고 가까웠던 이들과 부자연스러운 눈빛을 주고받아야 한다는 사실이 그의 마음을 무겁게 만들었다.

"고맙다, 하지만……."

"알아, 네가 나에 대해서 친구 이상의 감정 같은 거 갖고 있지 않다는 거. 당황했니?"

"조금."

"사과해야 하는 거야?"

혜란은 서운함이 담긴 눈으로 그를 바라보았다. 당황스러움을 애써 감추며 미소 짓는 준후의 모습이 그녀의 가슴을 아프게 만들었다.

"아니, 오히려 내가 미안하지."

언제나 여기까지가 끝인 사람이었다.

자상한 목소리만큼이나 자상한 눈빛으로 선을 긋는 사람……. 한 줌의 시선조차 허락하지 않는 사람이기에 늘 마음을 졸일 수밖에 없는 사람…….

"이제 우리 불편해지는 건가? 휴우, 내가 뭐 하는 짓인지 모르겠어."

고백이라는 건 일방적이다. 내 마음이 이러하다, 라고 솔직하게 털어놓는 것 이상이 될 수 없다. 그럼에도 미안하다는 그의 말에 가슴이 욱신거리는 건, 고백을 빌어 그에게 닿는 길을 찾고 싶은 마음 때문이리라.

"말도 안 되는 소리. 사람이 사람 좋아하는 게 나쁜 일은 아니잖아."

"일방적으로 좋아하는 사람 마음은 그렇지 않아. 어쩌다 널 좋아하게 됐는지 모르겠어. 휴우……."

먹먹한 눈으로 혜란을 바라보던 그가 나직한 목소리로 말했다.

"미안하다는 말, 취소할게."

"웃는 얼굴로 그러는 거, 잔인하다는 생각 안 들어?"

"인마, 하루 이틀 봐온 사람도 아니고 뭐가 잔인해? 그러나저러나 너도 나이를 먹긴 먹나 보다. 눈이 그렇게 낮아지면 어떻게 해?"

"농담하지 마. 조금도 위로 안 돼."

말은 그렇게 했지만 실은 태연하게 농담을 해주는 준후가 눈물이 나도록 고마웠다.

"혜란아."

"말해."

"내가 실수하는 부분이 있니?"

순간 당황했던 감정을 추스른 준후는 조심스럽게 그녀에게 물었다.

"무슨 실수?"

"사람들에 대해서 말이야, 오해하게 하거나 그러는 부분이 있나 해서."

"에둘러서 말하긴. 네가 날 착각하게 만들었냐고 묻는 거잖아."

"꼭 그래서 하는 얘긴 아니야. 나도 모르는 사이에 그렇게 행동하고 있는 건 아닌가 해서 묻는 거야."

"너, 얼음이야."

내려놓았던 커피 잔을 집어 들며 그녀가 대답했다.

"얼음?"

"응, 그것도 아주 차가운."

"……?"

"나도 네가 참 따뜻한 성격을 가졌다고 생각했었어. 학교 다닐 때도 그랬고, 동방에 입사한 뒤에도 그랬고. 늘 자상하고 차분하고…… 그런데 지난 일 년 동안 네 옆에서 서성이면서, 내가 알지 못했던 강준후의 모습을 봤어. 무안하지 않게, 무참하지 않게 선을 긋는 모습. 여기서부터는 내 영역이니 절대 침범하지 말아달라는 피켓을 들고 있는 사람이 너야."

천천히 고개를 끄덕인 준후는 커피를 한 모금 마셨다.

복학을 하고 난 뒤 부터였다. 자신과 성(性)이 다른 이들에게 혜란이 말한 것처럼, 선을 긋게 된 것은.

고향을 떠나 처음 서울에 올라왔을 땐 모든 것들이 신기하기만 했었다. 갓 스무 살이 된 새내기에겐 학교에서 만나게 된, 소개팅이니 미팅에서 만나게 된 모든 인연이 그저 신기하고 반갑기만 했었다.

좋은 사람들……. 친한 사람들…….

많은 사람들과 더불어 친근한 관계를 맺어갈 수 있는 건 축복이라고 생각한 적도 있었다. 더는 아이가 아닌 그렇다고 해서 온전한 어른이 되지 못한 스무 살 청년은, 호감을 표시하는 여학생들의 미소 앞에서 기쁨으로 가슴이 설레곤 했었다.

1학년 때만 해도 먼저 사귀자는 말을 해온 여학생이 타 학교 학생을 포함해 열 명이 넘었었다. 준후가 보기엔 하나같이 썩 괜찮은 친구들이었다.

그런 그녀들을 보면서 어느 순간부터 준비되지 못한 만남에 대한 회의 같은 것이 일었다. 아직 결혼이니 영원이니 하는 추상명제 같은 짐을 짊어져야 할 나이는 아니었지만, 지나치게 가벼운 마음으로 여자 친구를 사귀고 싶은 마음은 없었다.

시나브로 옷깃을 축축하게 적시고만 가랑비처럼, 자연스럽게 스며드는 만남…….

누군가를 만나야 한다면 그런 만남을 빌어 만나고 싶다는 생각을 하게 된 건, 1학년을 마칠 즈음이었다.

그사이 풋풋하던 스무 살 나기 그에겐 '거절'의 미학 같은 것이 자리를 잡아가지 시작했다. 상대가 무안하지 않게 거절하는 법을 체득한 한 해였다고나 할까.

복학을 하고 난 뒤에도 크게 달라진 건 없었다. 아니, 준후 자신이 변했기에 모든 것이 달라져 있었는지도 몰랐다.

　더는 순수할 수 없는, 순수하게 사람과 사람 사이의 관계를 맺지 못하는 자신을 발견하는 일은, 늘 마음을 씁쓸하게 만들었다.

　저돌적으로 다가서는 사람들은 대개 서먹서먹한 사이가 되기 십상이었기에, 차라리 정은처럼 알 듯 모를 듯 마음을 드러내는 이들이 고맙기까지 했었다.

　혜란은 굳이 다른 성(性)을 의식하지 않아도 되는 친한 친구라고 생각했는데, 그런 자신의 믿음이 시험대 위에 오른 오늘 같았다.

　식어가는 커피가 담긴 잔을 내려다보며 그가 말했다.

　"사람마다 자기 방어라는 게 있으니까."

　"참 어렵다. 내가 좋아하는 사람이 날 좋아하면 얼마나 쉽고 편할까. 아니, 날 좋아하는 사람을 좋아할 수 있으면 얼마나 편해?"

　"그런 사람 만나게 될 거야."

　"기분 뭐하다, 나가서 네가 술 한잔 사."

　"다음에."

　부드러운 목소리로 잘라 말하는 준후의 말에 그녀의 표정이 딱딱하게 굳었다. 준후는 무슨 말인가를 하려는 그녀에게 말했다.

"이런 날, 술 사는 거 좋은 일 아닌 것 같아서 그래. 연말 지나고 홍대 쪽에 가서 근사한 와인 살게."

"하!"

그제야 긴장을 덜어낸 혜란이 기가 찬 표정을 지었다.

하지만 아프지 않게 거절하는 법을 알고 있는 그를 바라보는 혜란의 눈동자에는 그윽한 슬픔이 담겨 있었다.

✳

"선배 지금 장난해요?"

송정이 사이다를 듬뿍 따른 컵에 맥주를 졸졸졸 따르는 윤하에게 따지듯 물었다.

벌써 세 시간째.

윤하는 콜라와 사이다 따위의 탄산음료에 맥주를 살짝 얹어서 마시는 만행을 저지르고 있었다.

"그래도 벌써 한 병이나 마셨어."

"진짜 징하다, 선배."

"이래도 뒤통수에 깡통 던지고 싶어?"

"젓가락 뺏고 싶어요."

젓가락으로 파전을 찢던 윤하가 키득거리며 웃었다.

알고 보면 악한 사람 없고, 알고 나면 미워할 사람이 없다고 했던가.

안주를 두 번 주문하는 동안 이런저런 이야기를 털어놓는 송정은, 얄미워 못 견딜 것 같은 후배가 아니라 평범하기 그지없는 스물여섯 살의 여자였다.

"속 넓은 네가 이해해."

"술 갖고 장난치는 건 용서 못해요."

"아직 소문 못 들었구나?"

"무슨 소문이요?"

"내 황당무계한 주사에 대해."

"주사?"

"술버릇 말이야."

"아! 선배, 술주정해요?"

"심하게."

"못살아, 정말."

　비웃듯 한쪽 입술을 말아 올린 송정이 피식 웃음을 터뜨렸다. 서클렌즈 때문에 유독 까맣게 보이는 그녀의 눈동자가 말하고 있었다.

　'참 가지가지 한다.'

"얼마나 무관심하면 선배가 술주정을 하는지 안 하는지도 모를까. 네가 마신 것만큼 마시고 나면, 아마 난 경찰서에 가 있을 거야."

"경찰서요?"

"응, 그것도 내 발로."

윤하는 반신반의하는 얼굴로 자신을 바라보는 송정을 향해 씩 웃어주었다.

생활하는 공간이 같다고 해서, 함께 지낸 시간이 길다고 해서 서로가 서로를 아는 건 아니라는 생각이 들었다.

"그럼 조금만 마셔요."

"호전적인 줄 알았는데 약한 모습 보이네."

"난요, 책임지는 거 질색이에요. 나 하나 책임지기도 얼마나 힘든데."

"심하게 솔직하네. 하긴, 나도 책임지는 건 별로."

"그래도 선배는 악착같잖아요. 뭐 하나 허투루 하는 게 없어."

"넌 아닌 것 같지?"

송정은 파전을 뒤적거리는 윤하를 뚫어지게 바라보았다. 거품이 뽀얗게 앉은 맥주를 단번에 비워낸 그녀가 대답했다.

"선배, 자괴감이 어떤 건지 알아요?"

"그건 주관적인 거지. 이건 이거다, 라고 말할 수 있는 건 아니라고 봐."

"내가 솔직하게 말해도 화 안 낼 거죠?"

"들어봐서."

"음…… 연구실 생활 일 년 했잖아요. 그런데 선배는 처음부터 눈에 걸렸어요."

"풋, 내가 무슨 가시냐."

"맞아요, 나한텐 가시 같은 사람이었어요. 뭘 해도 얄밉고 싫은 사람."

계속 해보라는 듯 고개를 끄덕인 윤하는 잔에 따른 제목 미상의 음료를 마셨다. 마음 같아서는 송정이 마시는 시원한 맥주를 원껏 마시고 싶었지만, 뒤탈에 대한 소심한 염려가 스스로를 절제하게 만들었다.

"솔직히 선배, 나보다 나은 거 하나도 없잖아요."

"뭐?"

화들짝 놀란 윤하가 입가에 묻은 물기를 닦아냈다.

"하나하나 짚어볼까요? 선배, 나보다 예뻐요?"

"하!"

"선배, 나보다 뚱뚱하잖아."

"내가 왜 뚱뚱해? 옷을 이렇게 입어서 그렇지, 나도 나름 날씬한 편이야."

"나보다 날씬해요?"

어처구니가 없어 웃음이 나왔다. 송정의 얼굴을 보니 제법 취기가 오르는지 눈 밑이 발그레하게 붉어져 있었다.

'얘가 취했나?'

"그래, 외모는 네가 나보다 낫다고 치자."

"치는 게 아니에요, 솔직히 내가 선배보다는 월등히 나아요. 그리고 선배, 지방 출신이죠?"

"그 얘기가 왜 나와?"

"전 8학군 안에서 전교 상위 2%에 들었다고요. 지방 소도시에서 삼 년 내내 전교 1등 한 거하곤 차원이 다르죠."

근본을 건드리는 그녀의 말에 윤하는 순간 감정이 상했다. 지나치게 솔직하다는 건 예의의 범주를 벗어나는 것과 다르지 않았다.

"그래서?"

"선배는 삼수까지 했잖아요. 그리고 지난 이 년 동안 내가 지켜본 대로라면 선배는 쫓아다니는 남자도 없고…….''

"네가 몰라서 그러는데 나 쫓아다니는 남자 많아…… 아니, 많았어."

"거봐, 자신없게 말하잖아요."

"너처럼 BMW 끌고 다니는 잘나가는 남자 친구는 없지만, 작년까지만 해도 연구동 밖으로 찾아오는 남자들 제법 있었어."

"눈에 보이는 게 진실이에요."

"진짜 어이가 없네. 너 날 심하게 질투하는구나?"

"맞아요, 나보다 나은 게 아무것도 없는 선배를 질투하는 나한테 자괴감을 느낄 만큼 그래요."

"……!"

맥주잔을 거머쥔 윤하의 손이 파르르 떨렸다.

느낌대로라면 송정은 지금 솔직함을 빌어 자신에게 도전 비슷한 것을 하고 있었다. 더는 음지에서 서로를 미워하지 말고 떳떳하게 진검승부를 하자고 말하고 있었다.

"세상엔 일방적인 건 없어. 그런 말 못 들어봤니?"

"무슨 뜻이에요?"

"너만 느끼는 자괴감 아니란 소리야."

"하! 저, 어이없어해도 되는 거죠?"

말도 안 된다는 듯 송정이 실소를 감추지 못했다.

"네가 금방 말했지, 눈에 보이는 게 진실이라고. 물론 그 말에 전적으로 동의하는 건 아니야. 하지만 네가 그렇게 믿고 있다면, 눈에 보이는 걸 믿는 게 어때?"

"선배, 선배는 나보다 일 년 위라는 거 외에는 아무것도 나은 게 없어요. 설마 학번 가지고 밀고 나가려는 건 아니죠?"

"누가 들을까 무섭다, 어쩌면 그렇게 유치한 말을 아무렇지도 않게 하니?"

빈잔에 맥주를 채운 송정이 피식 웃음을 터뜨렸다.

"주관보다 앞서는 게 객관이라고 배웠어요."

"객관적으로 나보다 못할 게 없다?"

"단 한 가지도요."

"얘가 슬슬 사람 열 받게 만드네."

"적어도 난 선배보다는 솔직해요. 내가 먼저 손을 내밀지 않았으면 선배는 연구실 떠나는 날까지 똑같았을 거예요."

"그, 그야……."

할 말이 궁색해진 윤하는 테이블 위에 놓인 맥주병들을 눈으로 훑었다.

"선배, 나름대로 교만한 거 알죠?"

"우아, 정말 미치겠네. 내가 뭐가 교만해? 나처럼 털털한 사람이 어디 있다고."

"지금도 마음속으로 얘기하고 있잖아요. 두고 보자, 누구 논문이 인정받는지. 누가 더 좋은 회사에 입사하는지."

"……!"

독심술이라도 배운 듯 정확하게 자신의 속을 짚어내는 그녀의 말에 윤하는 순간 흠칫했다.

"네가 아무리 떠들어봐야 나하고 넌 격이 다르다, 두고 봐라. 그러면서 감정 감추는 사람이 세상에서 가장 교만한 사람이에요."

"너 정말……."

"나 선배가 자괴감 느낄 만큼 그렇게 허술한 사람 아니에요. 근데 선배, 하나는 알고 둘은 모르네요. 우리가 학교를 떠나는 순간 더는 선배와 후배가 아니라는 거 말이에요. 한 인간 대 인간이고, 한 여자 대 여자가 되는 거예요."

"그 자신만만한 감정은 어디서 비롯된 거니?"

"감정이 아니에요, 사실에 기초한 거지."

"현실적으로 네가 나보다 월등히 낫다 이거지?"

"당연하죠."

"나이 서른 바라보면서 이런 대화를 하고 있는 내 자신이 한심스럽다, 한심스러워. 그래, 너 잘났으니까 하고 싶은 대로 해.

아줌마, 여기 맥주 두 병만 주세요!"

주점 주인여자를 향해 큰 소리로 술을 주문하는 그녀를 바라보는 송정의 입가에, 차가운 미소가 걸렸다.

지도의 어디쯤에 붙었는지 보이지도 않는 시골 출신의 그녀가 교수님에게 총애를 받는 것도 눈에 걸렸고, 윤하의 생각이 모범답안이라도 되는 양 툭하면 그녀를 찾아대는 연구실 사람들의 모습도 꼴 보기 싫었다.

윤하가 연구실에서 독보적이다 싶게 인정을 받는 건, 십이 년 동안 8학군에 속하는 동네를 단 한순간도 벗어난 적 없던 자신에 대한 모욕이었다.

그랬다. 민주와 함께 점심식사를 하러 가던 그녀에게 다가선 건 기회를 노린 것뿐이었다. 야금야금 신경을 갉아대는 정윤하에게 본때를 보여주기 위한.

그런 것도 모르고 덥석 술을 사겠다고 덤빈 그녀가 송정은 가소로울 따름이었다.

"톡 까놓고 얘기해서 선배, 현재 남자 친구 없잖아요."

"야, 그게 우열을 가리는 기준이야?"

"객관적인 사실의 반영이죠."

"예쁜 여자는 무조건 남자가 있다?"

"쫓아다니는 사람이라도 있죠."

이백 원짜리 커피에 혹하는 게 아니었다. 쿨하다 싶게 제 자신의 감정을 표현하던 송정의 말을 믿는 게 아니었다.

등 뒤에서 흘기는 눈길로 상한 감정을 드러내느니, 차라리 대놓고 승부를 하자고 말하는 그녀의 당당함 앞에 윤하는 아연할 수밖에 없었다.

정말 이것밖에 안 되는 후배를 경쟁자로 여겼구나 싶은 자괴감과 함께, 기왕 이렇게 된 거 갈 때까지 가볼까 하는 오기가 마음을 어지럽혔다.

오프너로 커다란 병뚜껑을 딴 윤하는 기울인 컵에 맥주를 따랐다. 부글부글 타 들어가는 속대로라면 병째 들고 마시고 싶었지만, 긴장을 놓아선 안 되는 자리였다.

특별시 출신에, 8학군 출신이 대단한 자랑거리라도 되는 양, 대놓고 자부심을 드러내는 송정이 유치하기 짝이 없었다. 게다가 남의 아픔인 재수까지 거들먹거리는 무례함이라니……

민주가 자주 하는 말을 빌리자면, 싸가지를 팔아먹어도 진즉에 팔아먹은 아이였다.

윤하는 안주도 없이 거푸 두 잔의 맥주를 비워냈다. 세 번째 잔에 담긴 맥주를 마시는 그녀에게 송정이 말했다.

"대책없이 마시는 건 좋은데, 미리 말해요. 난 뒷수습 절대 안 해줘요. 상대가 누가 됐든."

"넌 네 걱정해, 내 걱정은 내가 할 테니."

"그러죠, 화장실 좀 다녀올게요."

윤하는 자리에서 일어서는 그녀를 물끄러미 쳐다보며 시원한 맥주를 단숨에 들이켰다. 흘려듣기로 마음먹은 송정의 말이 송곳처럼 가슴을 파고들었다.

　짝이 없으면 열등하다는 식의 기준을 갖고 있는 그녀의 유치한 발상을 마음껏 비웃어주고 싶은데, 조금씩 주눅이 드는 건 왜일까. 마치 송정의 말이 사실이라도 되는 것처럼.

8   우리들의 행복한 일상

8 우리들의 행복한 일상

화답을 얻지 못한 고백은 후회만을 남긴다. 하지만 돌이킬 수 없는 현실이 되어버린 뒤에도, 미련은 여전히 제자리를 지키고 있었다.

준후의 차를 타고 집으로 오는 내내 혜란은, 회사 주차장에 차를 두고 나온 일을 후회했다.

핸들을 잡은 그의 손을 바라보는 것만으로도 가슴이 저려왔다.

사람의 마음이라는 것이 그런 식으로 움직여지는 것이 아니라는 걸 알면서, 그에게 간절한 부탁 비슷한 걸 하게 될까 봐 겁이 났다.

생각과 마음이 따로 움직이는 것만큼 버거운 일이 또 있을까.

머리는 여기까지가 끝이라고, 준후의 마음을 분명하게 안 이상 더는 어떤 말도 해서는 안 된다고 말하고 있었다. 울고 싶은 마음을 그에게 드러내서는 안 된다고 말하고 있었다. 하지만 마음은 아니었다.

"차 한 잔 더 마시고 갈래?"

집이 가까워지고 있다는 조바심이 그녀의 입술을 열게 만들었다.

"그럴까?"

괜스레 혜란에게 미안한 마음이 든 그는 선뜻 아니라는 대답을 하지 못했다.

"재스민 좋아해?"

"좋아하지."

"그럼 내가 자주 가는 곳으로 가자. 재스민 향이 정말 좋은 곳이 있어."

이런다고 해서 본질적으로 달라지는 것이 없다는 걸 안다. 그런데도 아주 잠시 동안이라도 준후와 함께 있을 수 있다는 사실이 행복했다.

띠리리리. 띠리리리.

"잠시만."

윤하에게서 걸려온 전화를 확인한 준후는 휴대폰과 연결된 핸즈프리 이어폰을 귀에 꽂았다.

"여보세요?"

[퇴근했어?]

"어딘데 이렇게 시끄러워?"

[학교 근처.]

"주점이지?"

왁자하기 그지없는 소음에 묻혀 윤하의 목소리가 흐릿하게 들렸다.

[돗자리 깔고 앉아야겠네. 많이 시끄러워? 잠깐만 내가 밖으로 나갈게.]

"정윤하!"

마음이 상한 듯 준후의 목소리가 가라앉았다. 그런 그를 지켜보는 혜란의 얼굴만큼이나.

[후배 하나가 약을 올려서 참을 수가 있어야 말이지. 화장실 다녀온다고 간 애가 삼십 분이 넘게 안 오고 있어.]

"둘이 간 거야?"

[응, 오늘 제대로 군기 한 번 잡아보려고.]

"술 얼마나 마셨어?"

[이제 한 잔.]

"거기까지."

[뭐?]

"그만 마시라고."

[안 돼, 오늘은.]

"안 되긴 뭐가 안 돼!"

준후가 언성을 높였다.

[왜 소리는 지르고 그래? 내가 안 당해봐서 그러지 얼마나 분하고 괘씸한 줄 알아? 나더러 지방 출신에 삼수까지 하고 남자 친구도 없으면서 뭐 그렇게 잘난 척을 하냐고 하잖아.]

"하! 대놓고 그런 소릴 해?"

[안하무인이야. 제가 나보다 조금 더 예쁘고 몸매도 좋은 것도 사실이고, BMW 타고 다니는 남자 친구도 있긴 하지만, 어떻게 대놓고 그런 말을 할 수가 있어? 이 시끄러운 술집에 선배 혼자 앉혀놓고 저는 화장실 가서 안 오고. 두고 봐, 내가 오늘 제대로 잡아주겠어.]

"경우 없는 애 잡을 생각 하지 말고 술병 뚜껑 닫아. 학교 근처라고 그랬지?"

시간을 확인한 그는 삼십 분 안에 그곳으로 가겠다고 말했다. 그런 소리 말라는 듯 윤하가 대답했다. 고개를 가로젓는 그녀의 모습이 눈에 보이는 것 같았다.

[안 와도 돼.]

"경찰서에서 연락 오기 전에 내가 먼저 찾으러 가는 거야. 주점 이름 대."

[박준후!]

"근처 술집 다 뒤지는 수가 있어. 빨리 상호 대."

[실수 안 할 거란 말이야. 그리고 네가 보호자야? 뒤지긴 뭘

뒤져?]

"한다면 하는 내 성격 네가 더 잘 알아. 알아서 해."

알아서 하라고 한다고 해서 절대 생각을 바꿀 윤하가 아니었다. 괜히 '똥고집' 소리를 듣는 게 아니었다. 준후는 이내 말을 바꾸었다.

"윤하야, 우리 딜하자."

[딜?]

"자유랜드 야간 개장했다더라."

[정말?]

못 마시는 술만큼이나 놀이공원을 좋아하는 그녀이다. 자유랜드는 미주식 놀이공원의 모양새를 갖추었다는, 놀이공원치고는 티켓 가격이 가장 비싸기로 소문난 곳이었다.

"지금 주점 이름 가르쳐 주면 집에 내려가기 전에 자유랜드 쏠게."

[정말이지? 진짜지?]

"내가 거짓말하는 거 봤어?"

아니나 다를까, 왁자한 소음 사이로 또박또박한 윤하의 목소리가 들려왔다.

[아줌마, 여기 가게 이름이 뭐예요?]

쏟아질 것 같은 눈물을 참느라 주먹을 꼭 쥔 혜란의 마음을 알 리 없는 그는 다행이라는 듯 미소를 지었다.

통화를 끝낸 그가 혜란에게 말했다.

"어쩌지, 차는 나중에 마셔야 할 것 같은데."

[윤하?]

"이 녀석 술을 못 마시거든. 가서 데려와야 할 것 같아."

"그래?……."

무슨 말을 할 수 있을까. 혜란은 먹먹한 표정으로 고개를 끄덕였다.

맥주 한 잔을 끝으로 단 한 방울도 더 마시지 않았다는 자랑에서부터, 시간을 거슬러 올라가 아침 일찍 있었던 발표를 성공적으로 마쳤다는 말까지. 주점을 나와 집으로 향하는 내내 윤하는 하루 동안 있었던 일에 대해 재잘대는 것을 멈추지 않았다. 그만큼 기분이 좋다는 뜻이리라.

"정말 한 잔밖에 안 마신 거야?"

"응! 네 전화 받고 나서 바로 뚜껑 닫았어. 자유랜드, 언제 갈 건데?"

별처럼 총명한 눈동자를 바라보며 준후는 자신도 모르게 미소를 지었다.

"내일이라도 가지 뭐."

"와우! 정말이지?"

"내가 언제 거짓말하는 거 봤어?"

"그런데 거기 표 비싸잖아. 괜찮겠어?"

"술 마신 정윤하 경찰서 가서 찾아오느니 그편이 나아."

"또 그 얘기 한다."

윤하가 눈을 흘기는 시늉을 했다.

"그 후배는 왜 그러는 건데?"

"몰라. 살다살다 오늘처럼 황당한 일은 처음이라니까. 사람 황당하게 만드는 게 강현수 버금가."

"열등감 있는 사람 옆엔 안 가는 게 좋아."

"열등감이 아니야, 완전 우월주의자야. 제가 뭐든지 나보다 낫대."

"그런 얘길 한다는 것 자체가 우스운 거잖아."

준후는 주점에서 잠깐 보았던 윤하의 후배를 떠올렸다. 언뜻 보기엔 멀쩡해 보이는, 하지만 무섭도록 흔들리는 눈빛을 가진 여자였다. 짧은 동안이지만 송정이라는 여자를 보며, 준후는 가슴이 답답하다는 느낌을 받았다.

불안한 영혼을 가진 사람은 본인 스스로도 그렇겠지만, 바라보는 사람까지도 불안한 빛으로 물들이는 경향이 있었다.

"워낙 날 꺼려하던 애거든. 오늘따라 살랑살랑하기에 무슨 일인가 했지. 아니나 다를까, 그렇게 어퍼컷을 날리는 거 있지?"

"피차 꺼려했던 사이야?"

"응, 나도 걔에 대해선 이상하게 감정이 안 좋은 거 있지. 좋게 봐주려고 해도 좋게 봐줄 수 없는 그런 사람이 있더라."

"대놓고 그런 얘길 할 정도라면 굳이 좋게 봐주려고 노력할 필요 없어."

"무슨 뜻이야?"

의아한 듯 윤하가 눈을 깜박였다.

"아무리 노력해도 섞일 수 없는 사람들이 있어. 그런 사람들에겐 거리를 두는 게 현명해."

"네가 그런 말 하니까 이상해."

"……?"

"넌 사람들하고 두루두루 다 친하게 지내는 성격이잖아. 모나고 이상한 사람들도 다 용납하는 네가 그런 말을 하니까……."

"송정이라는 그 친구 말이야."

"응."

"많이 불안해 보이더라."

"에이, 그건 아니다. 걔가 얼마나 당당하고 자신만만한데. 아까도 봤잖아, 화장실에 가서 한 시간 넘게 있다 온 애가, 얼굴색 하나 안 변하고 남자 친구하고 전화하느라고 그랬다고 그러는 거. 아마 송정이 걘 불안이라는 감정이 어떤 건지조차 모를 걸."

"너라서 그러는 거야."

"뭐가?"

"거리 두라는 말."

"이해 안 돼, 쉽게 말해봐."

"이상한 사람들하고도 두루두루 친하게 지내면서 왜 그런 말을 하냐고 했지?"

그의 말을 곰곰이 생각하며 듣는 듯 윤하가 고개를 끄덕였다.

준후는 그런 그녀의 눈을 바라보며 하던 말을 이어갔다.

"윤하 네가 다른 사람들보다 여리고 순수해서, 그런 사람들 옆에 있으면 상처받게 돼 있어."

"나 안 여려."

"나한테나 안 여리지. 되도록 그 친구 옆에 가까이 가지 마. 그냥 얼굴만 아는 사람이다 그렇게 생각해."

두 손으로 턱을 괸 윤하가 고개를 갸웃거렸다.

평소 너무나도 가보고 싶었던 자유랜드에 갈 수 있게 돼서 기분이 상당히 고무된 건 사실이지만, 송정에 대해 부글부글 타오르는 감정을 잊은 건 아니었다.

"윤하야, 깊이 생각하지 말고 이번 일은 내가 하는 말 들어."

"솔직히……."

"이해 안 되는 거 알아."

"어, 내가 그 말 하려는 거 어떻게 알았어?"

"이해하려고 하지 말고 그 일은 내가 하는 말을 들어줬으면 좋겠어."

"고작 8학군 출신이라는 걸로 자랑 삼는 그런 애가 하는 막말을 그냥 듣고만 있으라고?"

"그 친구가 무슨 말을 한다고 해서 그게 사실이 되는 건 아니잖아."

"교과서적으로는 그렇지, 하지만 현실은 그게 아니야. 그 애가 그렇게 말을 하는 이면에는 나를 우습게보는 생각이 깔려 있는 거라고."

"그래서 똑같은 사람이 되려고?"

"똑같은 사람이 된다기보다 선배 무서운 걸 알려주려고."

"윤하야!"

"알았어, 제삼자가 보는 눈이 더 정확할 수 있으니까, 네 말도 충분히 생각해 볼게."

"제삼자가 아니라 널 위해서 그러는 거야. 네 편에서 생각하는 거라고."

"알았다니까 그러네."

준후는 되도록 송정이라는 후배의 곁에 가까이 가지 말라는 말을 하려다 그만두었다.

"그보다 낮에 현수 왜 다녀간 거야?"

"강현수! 내가 걔 때문에 정말 못살아. 글쎄 정문 앞에서 사람들 다 지나가는데 뭐라는 줄 알아?"

"……?"

"미숙이를 얼마나 크게 부르는지 눈앞이 캄캄하더라니까."

눈에 선한 그림을 떠올린 준후가 나직한 웃음소리를 냈다. 현수이기에 가능한 일이었다.

"그래 놓고 밥 사주러 왔다는 거 있지, 내가 정말 어이가 없어서. 난 정말이지 강현수 없는 세상에서 살고 싶어."

"악의 없이 그러는 거 알면서 그런다."

"네가 한 번 당해봐, 얼마나 화나는 줄 알아? 참는 것도 한두 번이지, 걘 왜 철이 안 드나 몰라."

낮에 있었던 일을 떠올린 윤하는 뾰로통한 표정으로 볼을 내밀었다.

"그래서 점심 맛있는 거 먹었어?"

"짬뽕."

"짬뽕? 기왕 온 김에 비싼 거 사달라고 그러지 그랬어?"

"해장해야지."

윤하는 빙긋 미소 짓는 그를 빤히 쳐다보았다. 술은 병아리 오줌만큼 마시고, 꿀물에다 해장까지 하는 자신을 놀려주고 싶을 텐데, 꾹 참고 있는 표정이었다.

"얼굴에 구멍 나겠다, 왜 그렇게 쳐다봐?"

"예뻐서."

"뭐?"

"누구처럼 놀리지도 않고 얼마나 예뻐."

"하!"

"난 강현수가 딱 네 절반만 닮았으면 좋겠어. 술 못 마시게 말리질 않나, 뽀르르 달려와서 술값 계산까지 해주질 않나, 게다가 놀이공원까지 데려가고, 얼마나 착하고 예뻐."

"얼씨구!"

윤하는 어처구니가 없어 할 말을 잃은 그에게 엄지를 추켜세워 보였다. 고른 치열을 드러내며 환한 미소를 지은 그녀가 말했다.

"준후, 넌 정말 최고야."

다음날.
"선배, 어젠 미안했어요."

아침에 학교를 찾은 윤하를 기다리고 있는 건, 송정의 사과였
다. 제가 한 망발에 잠을 설쳤는지 그녀는 여느 때와 달리 푸석
푸석해 뵈는 얼굴을 하고 있었다.

"그 말 하려고 기다리고 있었던 거야?"

너그러이 피식 웃음을 터뜨린 윤하는 강의동 건물 밖에 서 있
던 그녀에게 물었다.

"톡 까놓고 시원하게 터뜨린다는 게 방향이 잘못됐던 것 같아
요."

"그래도 대단하네, 잘못한 게 뭔지도 알고."

"난 선배하고 다르다니까요."

"요게! 그래도 정신을 못 차리네. 까마득…… 까지는 아니지
만 아무튼 후배한테 그렇게 당하고 나처럼 가만히 있는 선배 있
으면 나와보라고 해."

"제가 틀린 말 한 건 아니잖아요."

"방향 설정이 잘못됐다고 네 입으로 말했잖아. 나니까 어제
그 시간까지 기다리고 있었던 거 알기는 해?"

"미안해요. 통화가 길어지는 바람에. 선배도 크게 다르진 않
잖아요. 남자 친구 없다던 사람이 술 마시는 중간에 남자 친구

불러내서 그렇게 가버리는 게 어디 있어요?"

차다 싶은 아침 바람이 옷깃으로 스며들었다. 두르고 있던 머플러를 끌어올려 턱 끝까지 가린 윤하가, 기가 막힌다는 말투로 물었다.

"남자 친구?"

"아니에요?"

"죽마고우다, 됐니?"

"어쨌거나 어제 결례한 건 피차일반이에요."

"그러니 그건 미안할 거 없다? 좋아, 그 부분은 패스. 너 한 번만 더 나한테 지방 출신이니 삼수 출신이니 그런 소리 하면, 진짜 국물도 없을 줄 알아. 알았어?"

"알았어요."

나긋나긋한 대화가 오간 건 아니지만 윤하는 기분이 무척 좋았다. 준후의 조언을 확장 해석하자면 송정은 상대해서는 안 될 요주의 인물이었다.

'쯧쯧, 박준후 소심한 것 봐라! 세상엔 절대적으로 악한 사람은 없는 거야. 이 당돌한 애가 아침 댓바람부터 사과하려고 기다리고 있는 것 봐. 준후 너도 세상을 긍정적으로 바라보는 눈을 가져야 한다고!'

"춥다, 들어가자. 해장술은 돈 없어서 못 사고 대신 해장 커피는 내가 살게."

기꺼이 이백 원짜리 커피를 쏘기로 작정한 윤하는, 목석처럼

서 있는 송정의 어깨를 가볍게 두드렸다.

유치하다고 해도 할 수 없고, 퇴행성 장애니 어쩌니 하는 말을 들어도 어쩔 수 없다. 퇴근(?)을 하고 난 뒤에 자유랜드에 간다는 생각을 하는 것만으로, 그녀는 구름 위를 걷는 듯 행복했다.

방학 중에 출근을 하는 연구실 학생들을 방위산업체 요원쯤으로 아는지, 온종일 달달 볶아대는 협동업체 사람들의 닦달에도 그다지 화가 나지 않았다.

평소 같았으면 임금 및 신성한 노동 착취의 신랄한 현장이라며 그들을 향해 성토를 해댔겠지만 오늘은 달랐다.

젊어 고생은 사서도 한다고 했다. 남들은 취업전선에서 눈물 콧물 흘려가며 쌓아가는 커리어를, 학교를 잘 만난 덕분에 연구실에서 쌓고 있으니 일석이조가 아닌가.

그랬다. 모든 것이 생각하기 나름이었다.

"수상해, 수상해. 무슨 일이야?"

평소와 너무나도 다른 그녀의 모습이 어색하기 그지없는 민주가 고개까지 갸웃거리며 물었다.

"뭐가?"

"입가에 거품이 잔뜩 묻어 있어야 할 정윤하가 룰루랄라 콧노래까지 흥얼거리며 이 상황을 즐기는 이유가 뭐냐고?"

"남들은 상사 눈치 보면서 쌓는 커리어를 우린 공짜로 쌓고 있잖아. 얼마나 고마워."

"그게 정윤하 입에서 나올 소리라 이거지? 야, 솔직히 불어. 너 어제 송정이하고 사라질 때부터 불안불안했어."

"뭘 솔직히 불어?"

"쟤 따라가서 약 했지?"

"하!"

그동안 과도한 연구실 업무에 가장 불만이 큰 사람이 윤하였다. 그런 그녀가 업체에서 거의 종일 난리법석을 부리는 오늘, 콧노래까지 흥얼거리며 일을 하고 있었다.

"그 표정은 절대 아니다?"

"조악한 네 상상력에 경의를 표하는 바야. 창의력이 없으니까 만날 깨지는 거야."

"어쭈! 좋아, 그럼 창의력 뛰어난 너에게 나머지 일과를 맡기고 난 일찍 퇴근을 하겠……."

윤하는 어물쩍 자리에서 일어서려는 그녀의 손을 덥석 잡았다.

"조악하다는 말 취소."

"……?"

"실은 말이야……."

민주는 덥석 잡은 손을 놓지 않은 채 슬금슬금 책상 의자에서 일어나는 그녀를 의아한 눈으로 바라보았다. 송아지의 그것만 한 윤하의 눈이 가끔 반짝하고 빛을 발할 때가 있었다. 지금처럼. 대개는 그녀의 사악함이 섬광처럼 빛을 발하는 순간이었다.

"오늘 중요한 약속이 있어 이만 가야 하거든. 뒷일을 부탁해 친구!"

바람보다 빠르게 가방을 들고 문 쪽으로 달아난 윤하는, 넋을 놓은 그녀에게 손을 흔들어 보였다.

팀플레이 형식으로 일을 하기에 잘잘못 또한 팀 전체가 감당해야 했다. 같은 팀원인 민주가 나 몰라라 자리를 떠날 수 없는 상황이라는 걸 너무나도 잘 아는 그녀는, 윙크까지 해 보인 뒤에야 연구실을 나섰다.

[연말엔 죽을 시간도 없다면서 정시 퇴근이야?]

현수로부터 걸려온 전화를 받은 건 정문 앞에서 윤하를 기다리고 있을 때였다.

"그렇게 됐어. 넌 어디야?"

[줄기차게 찾아대는 양반들을 피해서 너희 집으로 가는 중. 집으로 오는 길이지?]

"아, 그게……."

"이건 국가 기밀보다 더 중요한 거야. 강현수한텐 절대 비밀이야, 알았지?"

지난밤 들었던 윤하의 말이 귓전을 스치고 지나갔다.

[약속 있어?]

"선약이 있어서 오늘 조금 늦을 것 같아. 열쇠는 경비실에 맡겨놨으니까 찾아가면 돼."

[죽을 시간도 없는 네가 연말에 정시퇴근까지 하면서 누굴 만나는지 그게 더 궁금하네. 여자 만나러 가냐?]

"아니야, 인마."

[여자는 아니라, 그럼 정윤하 만나러 가는구나.]

"이, 인마, 윤하는 여자 아니야? 말하는 거 하고는."

[오호, 천하의 박준후가 말까지 더듬는다 이거지. 주방에서 몰래 모닝 키스하던 날도 그러더니…….]

"시시한 소리 그만 하고 끊어. 냉동실에 밥 얼려놓은 거 있으니까 데워서 먹어."

[밖에서 윤하 만나서 뭐 할 건데? 은밀한 시간?]

"미친놈."

왜 아니라는 말을 하지 못하는 걸까. 윤하를 만나는 게 아니라고 딱 잡아떼면 그만인데. 그런 생각을 하는 동안에도 아니라는 말은 결코 입 밖으로 나오지 않았다.

꼬박 사 년 동안 출입했던 교문 밖을 나서는 윤하의 모습이 보였다.

"현수야, 나중에 얘기하자. 먼저 끊는다."

[정말 윤하 만나는 거야?]

준후는 그렇게 물어봐준 현수가 고마웠다.

"아니."

통화를 끝낸 그는 조수석에 올라탄 윤하를 바라보았다. 웃음기 가득한 눈동자가 흡족한 그녀의 기분을 말해주고 있었다.

"저녁은?"

"구내식당에서 먹었어. 넌?"

"나도 회사 식당에서 먹고 왔어."

"와우! 그럼 바로 출발하면 되겠다, 그렇지?"

그는 장난기 가득한 표정을 한 윤하를 바라보며 미소를 지었다.

"그렇게 좋아?"

"말로 못하게 좋아. 넌 죽었다 깨어나도 이런 내 기분 모를 거야."

"디카 챙겼지?"

"당연하지."

윤하는 가방에서 자그마한 파우치에 담긴 디지털카메라를 꺼내 그에게 보여주었다. 두 해 전 준후가 출장길에 사다 준 선물이었다.

사진을 찍거나 아기자기하게 앨범을 꾸미는 일 같은 데는 도통 취미가 없는 윤하인지라, 여전히 새것 같은 카메라였다.

"표 생겼어?"

"생기긴 어디서 생겨, 가서 사야지."

"진짜 쏘는 거야?"

준후는 반색을 하는 그녀를 쳐다보며 빙긋 미소를 지었다.

"어제 그 후배는 어떻게 됐어?"

"맞다, 그 말부터 한다는 걸 깜박했네. 네가 틀렸어."

"틀리다니?"

윤하는 의아해하는 그에게 오늘 아침 학교에서 있었던 일을 들려주기 시작했다. 세상엔 상대조차 하기 싫을 만큼 나쁜 사람은 없다는 부연 설명과 함께.

놀이공원의 야간개장은 행선지가 마땅하지 않은 데이트 족들을 위한 마케팅이었다. 그렇지 않고서야 넓은 놀이공원 안에 약속이나 한 것처럼, 커플들이 대거 들어차 있을 수는 없었다.

윤하가 자유랜드의 웅장함(?)에 감탄을 아끼지 못하는 사이, 준후는 틈새시장까지도 아낌없이 파고드는 마케팅의 위력에 탄복했다.

"끝내주지?"

벗은 더플코트를 팔뚝에 걸치며 윤하가 물었다.

"정말 끝내준다."

하다못해 교복을 입은 학생들까지도 커플이었다.

"너무너무 고마워, 박준후."

입이 귀에 걸린 윤하는 벌써부터 신이 난 표정이었다.

"뭐부터 탈 거야?"

"저쪽에서부터 순서대로 타자. 와, 놀이기구가 스케일부터가 달라."

"코트 내가 들고 있을게."

"고마워."

준후에게 코트를 건넨 그녀는 입고 있는 분홍색 니트의 소매를 걷어 올렸다. 밤이라 옥외 시설을 이용할 수 없다는 아쉬움이 있긴 하지만, 모처럼 놀이공원에 왔다는 사실만으로 윤하는 충분히 흡족했다.

"준후야, 우리 저거부터 타자!"

시작점을 정한 윤하는 그의 팔을 잡아끌었다. 두 사람이 다가선 곳은 '신밧드의 모험'이라는 푯말이 걸린 곳이었는데 흡사 동굴 입구처럼 생긴 곳이었다.

순서를 기다리는 동안 준후는 그녀의 더플코트 주머니에 들어 있는 디지털카메라를 꺼냈다. 시간이 지남에 따라 흐릿해지는 기억과 달리, 사진은 그날의 순간들을 오래도록 기억해 낼 수 있게 해주는 훌륭한 도구였다.

"하!"

검은색 파우치 안에 들어 있던 카메라를 꺼낸 준후는 실소를 감추지 못했다.

"왜?"

뭐가 잘못됐느냐는 듯 되묻는 천연덕스러운 저 눈동자에 자신은 매번 속고 또 속는다.

"배터리가 20%밖에 없잖아. 충전 안 했지?"

"헤헤…… 얘는 왜 일반 건전지가 안 들어갈까?"

"너한테 맡긴 내가 잘못이지."

출장을 간 회사 동료가 디지털카메라를 빌려가지만 않았어도 자신이 챙겼을 일이었다.

"그럼 사진 몇 장 못 찍어?"

"몇 장 찍을 순 있을 거야. 여기 앞에 서봐."

윤하를 조형물 앞에 세운 그는 방전 직전의 카메라의 구도를 맞추었다.

"자, 하나. 둘. 셋!"

고개를 살며시 옆으로 돌린 윤하가 손가락 두 개로 브이 자를 그리며 환한 미소를 지었다.

찰칵, 하는 소리가 끝나기 무섭게 윤하가 빠른 걸음으로 어디론가 걸어갔다. 놀이기구가 도착하길 기다리는 여학생에게로 다가선 윤하가 밝은 목소리로 말했다.

"죄송하지만 사진 좀 찍어주시겠어요?"

준후는 교복을 입은 여학생과 남학생을 데리고 오는 그녀를 보며 미소를 지었다.

"배터리가 얼마 안 남았네요?"

카메라를 받아 든 남학생이 말했다.

"충전을 못했어요."

까마득하게 어린 학생이지만 준후는 존댓말을 아끼지 않았다. 달걀 껍데기를 연상시키듯 유난히 피부가 고운 남학생이었다.

"몇 장 찍어드릴게요."

피부만큼이나 센스가 뛰어난 남학생 덕분에 두 사람은 여러 장의 사진을 찍을 수 있었다.

"형, 포즈가 너무 단순해요! 누나 허리에 손 좀 두르세요!"

남학생의 요구에 피식 웃음을 터뜨린 그는 윤하의 허리에 손을 둘렀다. 어깨에 닿은 그녀의 머리카락에서 상큼한 사과 향이 묻어났다.

사례하듯 고등학생 커플의 사진을 몇 장 찍어준 그는 윤하와 함께 놀이기구를 타는 곳으로 향했다.

9 속수무책

9 속수무책

다음날.

"추우면 안에 들어와 있지 그래요?"

건물 입구에 서서 왔다 갔다 하는 준후가 안돼 보였는지, 창문을 열고 고개를 내민 경비가 물었다.

"괜찮습니다."

출근을 하면서 자고 있던 현수에게 열쇠를 맡긴 게 화근이었다. 그의 말대로라면 오늘은 온종일 집에 있을 것 같다고 했다. 하지만 경비실에 열쇠를 맡기지 않고 나가 버린 현수 덕분에, 그는 한 시간 넘게 건물 입구에서 서성이고 있었다.

연락이 안 되는 현수는 둘째치고, 신호는 가는데 계속해서 전화를 안 받는 윤하가 더 걱정이 됐다. 시간은 벌써 열한 시를 훌쩍 지나고 있었다.

이럴 줄 알았으면 두 시간 가까이 현수를 기다리는 대신 그녀의 학교에 가보는 건데……. 지금이라도 학교로 향하자니 길이 엇갈릴까 염려됐다.

건물 밖으로 나선 준후는 다시금 윤하에게 전화를 걸었다. 길게 늘어지는 통화연결음 뒤에 고객이 전화를 받을 수 없다는 싸늘한 목소리가 들려왔다.

초월적 정신력…….

인간 한계의 극복…….

가뿐히 맥주 네 병을 비우고 난 윤하는 아직까지 남아 있는 의식이 그저 신기하기만 했다.

오기라도 해도 좋았고 독기라도 해도 상관없었다.

여느 때 같았으면 일을 내도 제대로 냈을 상황이지만, 오늘은 달랐다. 박윤하 일생의 거대한 획을 긋는 날이었다.

"선배, 우리 그저께처럼 너무 비겁하게 술 마셨어요. 오늘 제대로 한 잔 어때요? 자신없어요?"

제대로 한 잔 하자는 송정의 제안을 거절하지 못한 걸 후회하기엔 이미 너무 시간이었다. 맥주 두 병을 비우기 무섭게 화장실을 핑계 삼아 수시로 자리를 뜨는 그녀로 인해, 정수리 한가운데에서 따끈따끈한 열기가 치솟고 있었다.

"조금 괜찮아졌어요?"

"그럼요…… 딸꾹!"

윤하는 어깨가 들썩거릴 정도로 크게 딸꾹질을 했다.

"정말 괜찮은 거예요?"

"그럼요…… 제가 이상해 보여요?"

풀어질 대로 풀어진 그녀의 눈동자를 본 남자가 피식 웃음을 터뜨렸다.

"저 멀쩡해요, 그렇게 웃으면 안 돼…… 딸꾹! 송정인 어디 갔어요? ……그쪽은 누구시죠?"

분명 정신은 멀쩡한데 남자가 누구인지 기억이 나질 않았다. 자신이 왜 처음 보는 것 같기도 하고 아닌 것 같기도 한 남자와 함께 있는 건지, 그 또한 기억이 나지 않았다.

부분 부분 살아나는 기억들…….

그래, 남자의 이름이 생각났다.

전우일…….

조수석 시트에 머리를 기댄 채 윤하가 씩 미소를 지었다. 과하게 술을 마셨는데도 불구하고 남자의 이름을 또렷이 기억하고 있는 자신이 대견해, 머리라도 쓰다듬어 주고 싶었다.

잘은 모르지만 무언가 기분 좋은 일이 있었던 모양이다. 피식 피식 웃음이 새어나오는 걸 보면.

"윤하 씨, 괜찮아요?"

"그…… 럼요……. 여기 어디에요?"

말을 마친 윤하의 손끝에서 종이컵이 힘없이 떨어지자, 우일은 고개를 갸웃거렸다.

장난을 하는 것 같지는 않고, 그렇다고 해서 처음 만난 남자에게 노골적으로 작업을 할 만큼 노련한 여자로는 보이지 않았다.

"윤하 씨, 집이 어딘지 말해요, 데려다 줄게요. 잠실 어디쯤이에요?"

풀썩 소리가 나게 종이컵을 떨어뜨린 윤하는 미동조차 하지 않았다. 창 쪽을 향해 고개를 비스듬히 돌린 그녀에게서 새근거리는 숨소리가 들려왔다.

"윤하 씨!"

우일은 최대한 조심스럽게 점퍼를 걸치고 있는 그녀의 어깨를 건드렸다.

"으음……."

점퍼 깃을 얼굴 위쪽까지 잡아당긴 윤하가 어깨를 옹송그렸다.

"이봐요, 윤하 씨!"

조금 더 세게 윤하의 어깨를 흔들던 그의 얼굴에 난감한 표정이 깃들었다.

자정이 넘은 시간, 달랑 이름 석 자밖에는 모르는 여자가 술에 취한 채, 자신의 차 안에서 잠이 들어 있었다.

"후우……."

어처구니없는 웃음과 함께 한숨이 새어나왔다.

"네가 그렇게 목말라하는 순수한 여자야. 아마 너하고 같은 종족인지도 모르겠다. 순수한 척하면서 사람 열 받게 하는 쟤 나, 순수하지도 못한 주제에 순수를 거들먹거리는 너나. 피차 주제 파악 못하긴 똑같은 인생이니까."

독설(毒舌)을 서슴지 않던 송정에게 태연한 모습을 보여주고 싶었다. 그녀의 어떤 말에도 요동치 않는 자신을 보여주고 싶었다.

사내로 태어나 여자와 이기고 지는 다툼을 하는 것만큼 못난 짓은 없었다. 하지만 필연처럼 다가선 헤어짐 앞에서 모든 원인을 자신에게 돌리려 하는 송정의 이기적인 생각을 마냥 다 수용할 수는 없었다.

본질을 왜곡하기 위해 교묘히 상대방에게 덫을 놓는 일은, 남녀를 떠나서 비겁한 일이 아닐 수 없었다.

송정과 연인으로 지낸 지난 삼 년 동안 우일이 깨우친 건, 결코 사람은 사람을 변화시킬 수 없다는 사실이었다.

가시 속에 붉은색 잎을 드리우고 있는 한 송이 장미는 충분히 아름다웠지만, 아름다움이란 이내 시들기 마련이었다. 시들 줄 모르는 가시만을 남겨놓은 채.

사랑이 한줄기 섬광처럼 찾아드는 감정이라면, 그 뒤를 잇는 건 미더움과 편안함이어야 했다. 그런 미더움과 편안함은 어느 한쪽의 바람만으로는 이루어지지 않는 것이기도 했다.

발톱을 세운 고양이처럼 독설을 서슴지 않는 송정을 똑바로 쳐다보며 피식피식 웃던 여자……

"그래, 오빠 말대로 끝내. 끝내줄 테니까 당장 나와."

송정의 전화를 받고 달려간 주점에서 우일이 처음 본 윤하의 인상은, '대단하다'는 것이었다.

적의와 이기심으로 앞을 향해 돌진하는 송정을 보며, 우일 자신은 어느 한순간도 그렇게 태연히 웃어본 기억이 없었다.

"선배, 많이 취한 것 같아. 오빠가 데려다 주면 되겠네."

물론 감정을 도발하는 송정에 대한 괘씸함과 반발감이 아니었으면, 처음 본 여자를 집에까지 데려다 주겠다고 대답하는 일은 하지 않았을 것이다. 불과 며칠 전까지만 해도 연인이었던 송정이 보는 앞에서.

세상엔 독(毒) 같은 사랑이 있었다. 사랑하기에 내칠 수 없고, 사랑하기에 내려놓을 수 없어, 독하디독한 가시를 꼭 끌어안을 수밖에 없는. 그로 인해 숱하게 베인 가슴에 선홍빛 피 흘림이 그치지 않는 그런 사랑.

곤히 잠든 윤하를 복잡한 눈으로 바라보던 우일은 그녀가 움키듯 쥐고 있는 휴대폰을 물끄러미 쳐다보았다.

"무슨 일이야?"

"나중에 얘기하자."

"무슨 일인데 그래?"

"시간 없어, 나중에."

어깨를 잡는 현수의 손을 뿌리친 준후는 달리듯 자동차를 세워둔 곳으로 향했다.

자정이 훌쩍 넘은 시간, 왜 낯선 목소리의 남자가 윤하의 휴대폰으로 자신에게 전화를 걸어온 것일까.

"혹시 정윤하 씨를 아십니까?"

남자는 지금 자신이 있는 곳이 한강 둔치라고 했고, 윤하가 잠이 들었다는 말도 안 되는 소리를 들려주었다.

상상력을 동원해 추리에 추리를 거듭해 봤지만 도무지 스토리가 꿰맞춰지지 않았다.

차에 올라탄 준후는 딱딱하게 굳은 얼굴로 시동을 걸었다. 불안을 자극하듯 흐릿한 구름이 칠흑 같은 밤하늘에 걸린 달을 감싸 안고 있었다.

준후는 기다리고 있었던 듯 자신을 향해 다가서는 남자에게 물었다.

"어떻게 된 일입니까?"

당황한 까닭에 형식적인 인사치레조차 나오지 않았다.

"윤하 씨가 깊이 잠이 들어서요."

준후의 미간 사이에 팽팽한 긴장이 들어찼다.

윤하의 주변에 있는 모든 사람을 아는 건 아니지만, 친하다 싶은 이들은 거의 다 알고 있었다. 한데 짙은 어둠이 깔린 한강 둔치에서 만난 남자는 전혀 모르는 사람이었다.

이 늦은 시간에 윤하가 왜 남자의 차 안에서 잠이 들어 있는 것인지 그 이유가 궁금했다. 하지만 이유를 물을 수 있을 만큼 준후는 마음이 여유롭지 못했다.

준후는 양해를 구하는 대신 조수석의 문을 열었다. 따뜻한 온기와 함께 진한 술 냄새가 와락 밀려들었다.

"윤하야, 정윤하! 일어나."

그는 미동조차 하지 않는 윤하의 어깨를 흔들었다. 등 뒤에서 남자의 목소리가 들려왔다.

"깊이 잠든 것 같아요."

준후는 그의 목소리를 듣지 못한 것처럼 여전히 윤하를 깨우기에 여념이 없었다. 술 냄새로 보아 여간 많이 마신 게 아니었다.

"여러 가지 한다, 정말."

깨우는 일을 포기한 준후는 조수석에 웅크리고 앉은 그녀를 조심스레 차 밖으로 내린 뒤, 등에 업었다. 뒤따라온 남자가 자동차의 문 여는 일을 도와주었지만 고맙다는 말이 나오지 않았다.

취한 사람은 윤하인데 낯선 남자에게 화가 치밀었다.

조수석에 앉힌 윤하에게 안전벨트를 채워준 그는 남자를 향해 고개를 돌렸다.

물끄러미 남자를 쳐다보던 준후가 가라앉은 목소리로 말했다.

"가보겠습니다."

순간 우일의 얼굴에 불쾌한 표정이 깃들었다.

남자가 윤하와 어떤 사이인지는 모르지만, 자신을 대하는 눈빛이 흡사 치한을 바라보는 것 같았다. 더욱이 고맙다는 입에 발린 인사말조차 생략하는 그의 태도는, 우일의 결벽증을 자극했다.

짧은 침묵과 함께 두 남자는 약속이나 한 듯 서로에게서 등을 돌렸다.

운전석에 올라탄 준후는 죽은 듯 곯아떨어진 윤하를 어처구니없는 눈으로 바라보았다. 새근거리는 그녀의 숨소리에 긴장이 와르르 무너져 내렸다.

"목에 끈을 매달 수도 없고……."

윤하의 안전벨트를 확인한 그는 이내 차를 출발시켰다.

휴대폰이 울리기 시작한 건 정확히 한강대교에 접어들던 순간이었다. 발신자는 현수였다.

"어."

[무슨 일이야?]

"별일 아니야, 지금 집으로 가고 있어."

[윤하는 왜 전화 안 받는 건데?]

"뭐?"

[네가 하도 사색이 돼서 뛰어가기에 혹 무슨 일이 생겼나 싶어 윤하한테 전화를 했더니, 아무리 해도 안 받잖아.]

"……!"

부신 섬광이 뒤통수를 후려치고 지나가는 느낌이었다.

[윤하하고 같이 있는…….]

"현수야, 일단 전화 끊어봐."

급하게 종료버튼을 누른 그는 윤하의 휴대폰 번호를 눌렀다.

드르르…… 드르르…….

통화연결음이 길게 이어지는데 어디에서도 벨소리는커녕 진동음조차 들려오지 않았다. 종료버튼을 누르고 다시 통화버튼을 눌렀지만, 여전히 곤한 윤하의 숨소리만 들려올 뿐이었다.

휴대폰이 남자에게 있다면 그는 고의적으로 자신의 전화를 안 받는 게 분명했다. 핸들을 움켜쥐고 있던 준후는 팽팽하게 당기는 관자놀이를 검지로 문질렀다.

"매일같이 들쳐 업고 다니느라 고생한다."

미리 전화를 받고 나와 있던 현수가 열쇠를 현관문에 꽂으며 말했다. 주차장에서부터 축 늘어진 윤하를 업고 오느라, 준후의 이마엔 굵은 땀이 송송이 맺혀 있었다.

먼저 윤하의 집 안으로 들어선 현수가 뒤따라 들어선 그에게 말했다.

"보아하니 술 드신 모양인데, 바닥에 집어 던져. 정신 바짝 차리고 일어나게."

"시끄러 인마, 좀 비켜봐. 저기 침대 위에 쿠션 구석으로 밀어."

"상전 났다, 상전 났어. 인마, 허리 부실해지면 장가가서 구박받아. 네가 무슨 천하장사라고 그 튼실한 물건을 매일같이 업고 다녀?"

침대 중앙에 놓인 쿠션 두 개를 구석으로 치우며 현수가 중얼거렸다. 하지만 막상 등을 돌린 준후가 조심스럽게 윤하를 내려놓을 땐, 그녀의 한쪽 어깨를 받쳐 주었다.

침대에 눕히기 무섭게 벽 쪽을 향해 등을 돌린 윤하가 몸을 둥그렇게 말았다.

"얘, 알코올 홀릭이야?"

어처구니가 없다는 듯 현수가 물어왔다. 준후는 대답 대신 티슈로 이마 위에 고인 땀을 닦았다.

"길에서 잠들었다고 연락 와서 가서 주워온 거야? 이야, 정윤하, 진짜 여러 가지 한다."

흔적없이 사라진 윤하의 휴대폰에 온 신경이 쏠린 준후의 귀에, 그의 중얼거림이 들릴 리 만무했다.

얼마나 많이 마셨는지 방 안에 술 냄새가 진동을 했다. 침대 옆으로 다가선 준후는 조심스럽게 윤하를 돌려 눕혔다.

전화를 걸어온 남자를 치한처럼 생각한 건 아니지만, 단단하게 여며진 코트 앞섶을 보니 그제야 마음이 놓였다.

두꺼운 모직 코트의 단추를 푸는 그를 내려다보며 현수가 말했다.

"네 인생도 참 하드하다. 아우, 술 냄새."

엄지와 검지로 코를 잡은 현수가 몇 걸음 뒤로 물러섰다. 조심조심 코트를 벗겨내며 준후가 말했다.

"욕실에 가서 타월 좀 물에 적셔다 줘."

"하!"

"장난하지 말고 따뜻한 물에 적셔와."

"아주 받들어 모시는군. 한 장?"

"한 장이면 돼."

얼마나 곯아떨어졌는지 코트를 벗기는데도 윤하는 미동조차 하지 않았다. 새근거리며 숨을 쉴 때마다 술 냄새가 폴폴 풍겨왔다.

손바닥으로 가만히 윤하의 입술을 가린 그가 나직한 목소리로 말했다.

"아침에 보자, 정윤하."

"커피 한 잔 마실래?"

준후의 기분이 썩 좋지 않은 것 같아, 현수는 슬그머니 그의 눈치를 살폈다. 윤하의 원룸을 나온 뒤에도 준후의 얼굴엔 심각한 기운이 구름처럼 끼어 있었다.

"그러자. 참, 내일 아침에 경비실에 얘기해서 열쇠 하나 복사해."

"오늘은 미안하게 됐다. 나도 너만큼이나 정신이 없었어."

커피를 탈 물을 끓이기 위해 주방으로 들어서며 현수가 대답했다.

"그건 그렇고 윤하, 무슨 일이야?"

"몰라."

"모른다니? 쟤, 남자 있냐?"

"그런 거 없어."

차 주전자에 생수를 따르던 현수는 확신하듯 딱 잘라 말하는 준후를 물끄러미 쳐다보았다. 옷을 갈아입을 생각은 하지 않고 여전히 송충이를 씹은 표정을 하고 있는 걸 보면, 무슨 일이 있는 게 확실했다.

"네가 윤하 보호자 같다?"

"보호자?"

"윤하에 대해서라면 모르는 게 없는 듯한 말투잖아."

"모르는 게 없는데 이 고생을 하냐?"

어처구니없는 현수의 말에 준후는 그제야 피식 웃음을 터뜨렸다.

한강 둔치의 어둑한 불빛 아래에서 보았던 남자의 얼굴이 떠올랐다.

티라곤 찾아볼 수 없을 것 같이 말끔하게 생긴 남자였다. 지나치다 싶게 깔끔한 인상이 자칫 신경증 환자처럼 느껴지기까지 했었다.

남자의 정체보다 고의적으로 휴대폰을 받지 않는 그의 저의
가 더 궁금했다.

　"나야말로 골치 아픈 일이 생겼다."

　잔에 커피니 설탕 따위를 넣으며 현수가 말했다.

　"무슨 일?"

　"라이트하게 만났는데 이건 완전 찰거머리야."

　"여자? ……전화 왔던 그 여자?"

　"무슨 코 펜 것도 아니고."

　"호주에 있는 사람 아니야?"

　"어제 점심때까지만 해도 오사카에 있던 사람이 오후에 인천
공항에 도착했더라."

　"너 때문에?"

　씁쓸한 표정을 한 현수가 가스레인지의 불을 줄였다.

　"오후 내내 그 여자 찾아다니느라 발바닥에서 불이 났어."

　"네가 왜?"

　"아이 씨, 전화번호도 안 받아 적고 전화를 확 끊어버리잖아.
하여간 성질머리하고는. 분명 오자마자 휴대폰 렌탈부터 했을
텐데, 지금까지 연락이 없어."

　"네가 찰거머리 같은데?"

　"속 모르는 소리 하지 마, 인마. 내가 웃는 게 웃는 게 아니다."

　준후는 영 알아들을 수 없는 말을 하며 커피 잔에 물을 붓는
현수를 의아한 눈으로 바라보았다.

여느 때 같았으면 장난기 섞인 농담을 던졌겠지만, 준후의 머릿속은 윤하의 휴대폰에 대한 생각으로 온통 가득 차 있었다. 아니, 지나치다 싶게 까다로워 보이던 남자에 대한 생각으로 가득 차 있었다.

흠씬 두들겨 맞은 것처럼 삭신이 쑤셔왔다. 팔 다리 어깨 할 것 없이 온몸이 쇠뭉치처럼 무겁기만 했다.

"끙…….."

진통제를 두 알이나 먹었는데도 눈이 쏟아질 것처럼 지끈거리는 두통은 손톱만큼도 가시질 않았다.

겨우 침대에서 일어난 윤하는 앓는 소리를 내며 손바닥으로 관자놀이를 문질렀다.

어떻게 집에 돌아왔는지 간밤의 일이 생각이 나질 않았다.

독한 가시처럼 속에 품은 말을 툭툭 내뱉던 송정에게 열을 받아서, 부어라 마셔라 하며 신나게 맥주를 마신 기억……. 얼마 전까지 남자 친구였다가 지금은 좋은 오빠 동생 사이로 지낸다는 남자가 자신들과 합석을 한 기억…….

"아우, 머리야! 아이고 다리야…….."

침대에 걸터앉은 윤하는 기를 쓰고 지난밤의 일을 기억해 내려 애썼다.

그래, 기억이 났다.

일우인지 우일인지 하는 남자 앞에서 송정이 말했었지.

"이 선배 오빠가 좋아하는 스타일일걸. 연애 한 번 못해본, 그 야말로 순진무구한 아가씨."

칼질한 산낙지도 아니고 자신을 접시 위에 올려놓는 송정에게 진한 살의를 느꼈었지. 취한 중에도 남자에 대한 그녀의 미련이 고스란히 느껴져서, 코웃음을 쳐주기도 했었지. 한 편으로는 괘씸한 송정의 버르장머리를 고쳐 줄까 하는 못된 생각도 했었지. 이름하여 남의 남자 빼앗기. 아니, 후배의 남자 빼앗기.

단 한 모금의 술도 마시지 않는 남자와 뭐가 그리 분하고 억울한지 웃는 얼굴로 쉴 새 없이 가시 돋힌 독설을 쏟아내던 송정 사이에서, 내일 일은 난 모른다 하는 마음으로 열심히 술을 마셔댔었지. 그리고……

"아, 미치겠네, 정말."

그 다음부터는 도무지 기억이 나지 않았다.

침대 머리에 놓인 시계를 보니 일곱 시 사십 몇 분이었다. 죽었다 깨도 학교에 갈 수 없을 것 같은 예감이 불편한 마음을 더욱 불편하게 만들었다. 학교는커녕 당장 꿀물을 마셔야 할 것 같은데, 주방까지 걸어갈 힘이 없었다.

딩동!

"아우!"

벨소리가 나는 현관을 향해 고개를 돌리던 윤하는 지끈거리는 머리를 두 손으로 감싸 쥔 채 앓는 소리를 냈다.

달그락거리는 소리와 함께 현관문이 열리고 준후의 목소리가 들려왔다.

"들어간다."

까만 절망감이 지끈거리는 두통 속으로 밀려들었다. 윤하는 두 눈을 질끈 감았다.

그러면 그렇지…….

또 준후에게 못 보일 모습을 보이고 만 게 분명했다.

"일어났어?"

"어…….”

자욱한 한숨 소리가 들려오는가 싶더니, 이내 주방 쪽에서 그의 목소리가 들려왔다.

"머리 많이 아프니?"

"어? ……어."

지난밤의 일을 물으려니 차마 말문이 열리지 않았다. 한창 출근 준비를 해야 할 시간에 찾아온 것만 해도 그렇고, 집 열쇠를 갖고 있는 것으로 봐서도, 간밤의 일이 충분히 짐작이 가고도 남았다.

'저놈의 휴대폰을 없애든지 해야지!'

만만한 휴대폰에 대고 화를 풀 요량으로 윤하는 침대 머리를 쳐다보았다. 보나마나 만취한 상태에서 보고하듯 준후에게 전화를 건 게 분명했다.

코트 주머니에 넣어둔 건지, 늘 같은 자리에 두는 휴대폰이 보이지 않았다.

머리는 지끈거리고 속은 미식거리고 팔다리는 두드려 맞은 것처럼 욱신거리고……. 준후만 아니라면 한바탕 소리라도 지르고 싶었다. 얼마나 고통스러운지.

놀리는 소리라도 할 줄 알았던 준후가 침묵을 고수하자, 윤하는 슬그머니 불안한 생각이 들었다.

설마 또 경찰서에 찾아가서 그를 찾아내라는 정신 나간 짓을 한 건 아니겠지. 그녀는 지끈거리는 머리를 겨우 움직여 주방 쪽을 바라보았다. 둥그런 대접에 꿀을 따르는 준후의 얼굴이 전에 없이 심각해 보였다.

'설마 내가 회사로 찾아간 건 아니겠지? 아, 미치겠네. 어쩌면 이렇게 기억이 하나도 안 날 수가 있지.'

잠든 사이 까맣게 잊고 있던 송정에 대한 살의가 스멀스멀 되살아났다.

적어도 그녀가 아는 준후는 이렇게 심각한 얼굴로 자신을 대할 사람이 아니었다. 언젠가 경찰서에서 그 난리를 부렸을 때에도, 땅이 꺼질 듯 한숨을 내쉬면서도 괜찮다며 등을 다독여 주었었다.

대접에 뜨거운 물을 붓는 그의 얼굴이 영 심상치 않아 보였다. 정말 자신이 그의 회사로 찾아가 박준후를 찾아내라고 생쇼를 한 건 아닌가 싶어, 가슴이 철렁 내려앉았다.

쟁반도 없이 김이 모락모락 나는 대접을 손에 들고 걸어오는 그의 모습이 두렵기까지 했다.

"마셔."

"어……."

"찬물 섞었어, 그냥 마셔도 돼."

"어."

긴장이 돼서 고맙다는 말도 나오지 않았다.

학창 시절 예방접종을 할 때도 그랬고 단체로 손바닥을 맞을 때도 그랬고, 순서를 기다리는 일이 고역이었다. 그의 입에서 나올 '어마어마한 소리'를 기다리고 있는 지금이 그렇듯.

준후는 창백한 얼굴을 한 그녀를 물끄러미 쳐다보았다.

과장된 표현 같지만 다 큰 딸을 둔 아버지가 된 기분으로 밤새 잠을 설쳤다. 한시라도 빨리 날이 밝기를 바라며.

그는 꿀물을 마시고 난 윤하에게 티슈를 건넸다.

조금은 화가 나기도 했지만 얼굴은 물론 손까지 푸석푸석하게 부은 그녀를 보고 있으려니, 조금은 안쓰러운 마음도 들었다.

분명 아무것도 기억하지 못하고 있을 터였다. 늘 그래 왔던 것처럼.

하지만 그렇다고 해서 모른 척 넘어가기엔 찜찜한 구석이 한두 가지가 아니었다.

"윤하야!"

"어?"

바짝 긴장한 윤하를 보니 의구심이 더욱 짙어졌다.

"어제 누구하고 술 마신 거야?"

"후배."

"후배 누구?"

"송정."

"감당할 자신 없으면 마시지 말라고 그랬잖아."

"그게 아니라……."

"휴대폰 어디 있어?"

"휴대폰? ……코트에 있나."

"휴우!"

짧게 한숨을 내쉰 준후는 지난밤 자신이 벽에 걸어둔 그녀의 코트를 내렸다. 그는 양쪽 주머니에 깊숙이 손을 넣어보았다.

"그럼 가방 안에 있나."

"가방?"

준후의 목소리가 살짝 높아졌다.

지난밤 윤하를 데리고 올 때 가방 같은 건 없었다. 그제야 두고 온 게 휴대폰만이 아니라는 생각이 들었다.

"가방 어디다 놨어?"

그는 천연덕스럽게 물어오는 윤하를 조금은 화가 난 눈으로 바라보았다.

"가방 없어."

"뭐?"

"올 때부터 가방 같은 거 없었어."

"가방이 왜 없어?"

"네가 모르는 걸 내가 어떻게 알아? ……다 큰 계집애가 늦은 밤중에 낯선 남자 차 안에서 잠이나 자고, 너 도대체 왜 그래?"

"내가?"

언성을 높인 준후의 말에 그녀의 눈이 화등잔 만해졌다.

낯선 남자의 차 안에서 잠이 들다니, 이건 또 무슨 해괴망측한 말인가.

"어제 술 마시느라고 전화 안 받은 거지?"

"……."

"전화만 받았어도 이런 일 없었잖아. 다른 땐 술 마시면 전화도 잘하더니, 왜 하는 전화를 안 받아?"

준후를 바라보는 윤하의 눈동자에 놀람이 깃들었다. 그도 잠시, 그가 진짜로 화를 내고 있다는 사실을 깨달은 그녀의 입가가 파르르 떨렸다.

까닭 모를 서러움과 함께 노여움이 밀려들었다.

"나이가 몇 살인데 휴대폰을 흘리고 다녀, 가방까지 말이야. 정말 할 말이 없다, 할 말이 없어. 계집애가 조신하게 굴지는 못할망정 그 밤중에 남자 차에서 잠이나 들고, 그게 할 짓이야?"

휴대폰은 물론 윤하의 가방까지 가지고 있는 남자는, 지난밤 늦은 시간 준후가 전화를 걸었을 때에도 끝내 받지 않았다. 네 번째 전화를 걸었을 땐 전화기가 꺼져 있다는 메시지가 흘러나오기까지 했다.

결코 상식적이지 않은 행동이었다.

윤하를 집까지 데려다 주지 못하고 자신에게 전화를 걸어온 걸 보면, 그는 윤하에 대해 그다지 아는 것이 없는 남자였다. 느낌대로라면 휴대폰의 통화 목록을 보고 자신에게 연락을 해온 게 분명했다.

그런 사람이 고의적으로 전화를 받지 않는 데 대해, 준후는 불안감을 지나 두려운 생각마저 들었다.

일을 만드는 건 대개가 투명하지 못한 사람들이었다.

남자는 휴대폰이니 가방을 들고 윤하의 학교로 찾아갈 것이었다. 중요한 건 윤하와 남자의 관계였다. 선후배 사이라면 모를까, 술자리에서 우연히 만난 사람이거나, 술에 취한 윤하를 차에 태운 사람이라면, 정말이지 심각한 일이 아닐 수 없었다.

"누구야, 그 남자?"

"나…… 가."

덜덜 떨리는 턱 끝에 손을 댄 윤하가 한 손으로 현관을 가리켰다.

"뭐?"

"나가달라고."

"정윤하!"

북받치는 서러움을 애써 참던 윤하의 눈에서 기어코 눈물이 떨어져 내렸다.

간밤의 일을 기억해 내지 못하는 것도 서러운데, 계집애 운운하면서 자신을 몰아대는 준후가 원망스러워 견딜 수가 없었다.

"너 같으면 화 안 날 것 같아? 난생처음 보는 남자한테서 전화가 와서 널 데리고 있다는데, 너 같으면 눈에서 불이 안 날 것 같으냐고. 아는 사람이야, 모르는 사람이야?"

"잘 아는 사람이니까 상관하지 마."

"가시나 말하는 것 좀 보게. 니 지금 머라고? 상관하지 마? 뭘 잘했다고 우는데?"

서울 생활 십여 년. 리듬감처럼 남아 있는 억양을 제외하고는 거의 표준어를 구사하는 그의 입에서 사정없는 사투리가 쏟아져 나왔다. 상관하지 말라는 윤하의 말에 이성이 달아난 때문이었다.

"집에까지 데려다 준 건 고마워, 됐지?"

"아는 놈이야, 모르는 놈이야?"

"상관하지 마, 내 일이야."

"하! ……너 정말 안 되겠구나. 그래, 상관 안 할게. 하지만 널 부탁한 아저씨한텐 전화로라도 알려야지. 니 이러고 사는 거 알면 상관없는 내가 욕먹을 테니까."

자리에서 벌떡 일어선 윤하는 성큼성큼 현관을 향해 걸어가는 그를 향해 달리듯 다가갔다.

"집에 전화하지 마!"

"니야말로 상관하지 마."

화가 머리끝까지 난 준후는 팔을 잡은 그녀의 손을 뿌리치며 대답했다.

"치사하게 이럴 거야 정말?"

"상관하지 마."

"박준후, 너 왜 이래?"

"상관하지 말라니까."

주체할 수 없을 것 같은 눈물이 쏟아지려 했다. 다른 사람도 아니고 준후가 어떻게 이럴 수가 있단 말인가.

윤하는 잡고 있던 그의 팔을 놓았다. 울컥하고 쓴물이 넘어올 것 같았다. 고개를 돌린 그녀는 손바닥으로 눈물을 닦았다.

나무랄 생각만을 하고 있는 준후에게 눈물을 보이는 일이 구차하게 느껴졌다.

찰칵 하고 문이 닫히는 소리가 난 뒤에도 윤하는 오랫동안 벽을 바라보며 서 있었다.

10 그해 겨울은 분주했네

10 그해 겨울은 분주했네

바람을 타고 흩날리는 싸라기눈은 조금도 곱지 않았다.

천근만근 같은 몸을 이끌고 지하도를 빠져나온 윤하는 귓불로 목으로 미친 듯 달려드는 눈발에 미간을 구겼다.

문득 고향 동네에 살던 꽃분이 생각이 났다. 외지(外地)에서 이사를 온 이들은 '미친년'이라는 말을 썼지만, 고향 사람들은 하나같이 그녀를 꽃분이라 불렀다.

평소엔 뭐가 그리 좋은지 히죽히죽 웃고 다니던 그녀는, 비가 오기 직전이면 살기등등한 얼굴로 어디에서 배웠는지 모를 욕을 해대기에 분주했다.

꽃분이가 고래고래 욕설을 퍼부으면, 하늘이 아무리 청명해도 노점상들은 비닐포장을 쳤고, 동네 아주머니들은 내다 널은 빨래를 걷었다.

기상청의 일기예보보다 정확한 그녀의 신통함(?)을 두고 할머니는 곧잘 그런 혼잣말을 하곤 하셨다.

"미친년이 기양 미친년이 아니제. 저것이 모지란 탓에 신기를 못 거둬서 저래 된 거제."

갈지(之) 자를 그으며 퍼붓는 싸라기 눈발이 궂을 날씨를 예견하듯 욕설을 퍼붓던 순간의, 그녀의 눈빛과 너무나도 닮아 있었다.

아니, 전혀 다른 사람이 된 것처럼 이런저런 생각이 요동을 치는 자신의 마음과 닮아 있었다.

송정에 대한 원망, 고작 유치하기 그지없는 그녀를 원망하는 스스로에 대한 실망감. 그럼에도 두 번 다시 보고 싶지 않은 생각에 치가 떨리는 마음, 하지만 가방과 휴대폰을 찾기 위해서라도 송정에게 말을 건네야만 한다는 현실. 생각하면 생각할수록 커져만 가는 준후에 대한 노여움. 그리고 왜 이러고 사는지 스스로가 한심스럽기만 한 자괴감…….

오르막길이 시작되는 삼거리에 있는 약국 안으로 들어선 윤하는, 쌍화탕 한 병과 조제 감기약 한 봉지를 사서 입 안에 털어넣었다.

여러 번 양치를 했는데도 불구하고 술 냄새가 진동을 하는 것만 같아, 구강 청정제도 한 병을 샀다.

눈발을 피하며 오르막길을 오르는데 계속해서 준후의 얼굴과 목소리가 머릿속을 어지럽혔다. 절로 혼잣말이 나왔다.

"제가 어떻게 나한테 그럴 수가 있어."

티슈를 반통이나 쓸 정도로 펑펑 울었는데, 냉정하기 그지없던 그의 목소리를 떠올리는 것만으로도 다시 눈물이 나올 것 같았다.

"정윤하!"

등 뒤에서 낯익은 목소리가 들려오는가 싶더니 민주와 구리구리가 옆으로 다가섰다.

"어, 얼굴이 왜 그래?"

푸석푸석한 윤하의 얼굴을 본 민주가 대번에 걱정스러운 목소리로 물었다.

"그냥."

"윤하야, 어디 아파? 얼굴이 말이 아니잖아."

"괜찮아."

구리구리마저 걱정을 해오자 풀어내지 못한 서러움이 왈칵 치밀어 올라왔다.

"너 어제 송정이하고 무슨 일 있었지, 그렇지?"

"아니 아무 일도 없었어."

"아니긴 뭐가 아니야, 송정이가 안 하던 여우 짓 할 때부터 수상하더라. 안 그래도 네가 송정이하고 같이 없어져서 얼마나 걱정했나 몰라. 전화도 안 받고."

전화 소리만 들어도 구역질이 날 것 같았다.

바짝바짝 약을 올리는 송정 덕분에 걸려오는 모든 전화를 다 무시한 일이 후회스러웠다. 준후가 됐든 민주가 됐든 어느 한 사람의 전화를 받고 자리를 피했더라면, 이렇게까지는 되지 않았을 텐데.

"병원에 가봐야 하는 거 아니야? 얼굴이 밀가루 뒤집어쓴 것 같아."

윤하는 걱정을 덜지 못하는 구리구리에게 미소를 지어 보였다.

이른 아침 준후로부터 모진 말을 들어서인지 동기랍시고 걱정해 주는 구리구리가 더 고맙게 느껴졌다.

"진짜 괜찮은 거야?"

"괜찮다니까."

"술 마셨어?"

"냄새 나?"

"지독해."

민주가 엄지와 검지로 코를 잡으며 대답했다.

걱정 어린 얼굴을 하고 있던 동근이 허공을 향해 한숨을 내쉬고는, 손바닥으로 윤하의 뒤통수를 문질렀다. 그리고는 달래듯 천천히 물었다.

"윤하야, 왜 그랬어?"

"미쳤었나 봐, 내가."

"옆에 사람이 미쳤겠지. 또 앞집 남자가 챙겨간 거야? 난 그분 정말이지 존경스럽다. 무슨 환경미화원도 아니고……."

"야, 구리구리! 내가 무슨 쓰레기봉투인 줄 알아?"

새삼 준후에 대한 서운함을 떠올린 윤하가 언성을 높였다.

"쓰레기봉투는 가볍기나 하지."

"정윤하, 너 송정이랑 둘이서 술 마셨니?"

이번엔 뒤통수에서 놀란 민주의 목소리가 들려왔다. 고개를 돌린 윤하가 힘없는 목소리로 대답했다.

"어."

"미쳤어! 걔가 술을 얼마나 잘 마시는데. 가만…… 어제 송정이가 술 마시자고 해서 나간 거야? 그런 거지?"

"아니야, 내가 마시자고 했어."

"네가?"

"휴우, 그렇게 됐어."

"그날 점심때부터 불안하더라. 선배 알기를 코 나간 스타킹처럼 아는 애가 살랑살랑거릴 때부터 냄새가 났어."

"그만 해, 안 그래도 후회막심이야."

"걔 너한테 먹은 마음 있지?"

"……"

그렇다고 대답하려니 아무리 친구 사이라지만 자존심이 상했다.

간밤에 무슨 일이 있었는지 기억조차 못하는 상황에서 송정을 보아야 한다는 사실도 걱정이 됐다. 얼마 전까지 그녀의 남자 친구였다는 남자가 송정에게 연락을 했다면······.

게워지는 것 같던 오한이 다시금 온몸을 엄습해 왔다.

"너도 그렇지, 어떻게 그렇게 홀랑 넘어가니. 경계를 해야지, 경계를. 걘 제가 대한민국에서 제일 잘난 줄 아는 애라고."

"머리 아파, 그만 해."

"내가 이런 말까진 안 하려고 했는데, 너 가만히 보면 가끔 또라이 짓 하더라."

"그만 해. 아침부터 축구공처럼 차이고 나왔거든."

"동거남한테 혼났구나? 싸지, 싸."

"씨, 동거남 아니라니까!"

목소리가 컸는지 앞서 가던 학생 몇 명이 고개를 돌리고 자신들을 쳐다보고 있었다.

일이 손에 잡히지 않는다. 상관하지 말라던 윤하의 괘씸함을 생각하면 모르는 척해야 마땅한데, 불편한 마음이 떠나질 않는다.

그다지 즐기지도 않는 자동판매기 커피를 연거푸 마셔가며 괜한 기우일 거라 스스로를 다독여 봤지만, 별다른 효과는 없다.

원치 않는 화를 내고 난 뒤의 후유증까지 겹쳐서인지 날씨만큼이나 마음이 무거웠다.

세심한 주의력을 필요로 하는 새해 1분기 매출 기획안을 작성하면서도, 벌써 세 번이나 오기(誤記)를 하고 말았다.

"후우……."

그는 딜리트 키를 눌러 작성한 문자열을 지우기 시작했다.

"박 대리, 무슨 일 있어?"

앞자리에 앉은 은하가 물어왔다.

"계속 오기를 하고 있네."

"컨디션 물어보는데 딴소리는."

"매일 좋을 수는 없잖아."

"박 대리답지 않아."

"뭐가?"

"그 표정 하며 말투 하며 눈빛 하며, 어디 먼 나라에 다녀온 사람 같아. 사랑싸움이라도 했어?"

"그게 혼자서 할 수 있는 건가."

"모르지, 꽁꽁 숨겨둔 여자 친구가 있는지. 그것도 아주 가까운 데 말이야."

은하가 키득거리며 눈동자를 위로 치켜떴다. 위층을 가리키듯.

"헛다리 짚지 마."

"이따가 오혜란 씨 얼굴 보면 알겠지. 둘이 싸운 건지, 아닌지."

"한가하면 지난번 기획안 나온 거 출력이나 좀 해주시지. 당최 계산이 안 되네."

회사 사람들이 드문드문 혜란과 자신을 오해하는 소리를 해오는지라, 그다지 신경이 쓰이지도 않았다.

"아!"

의자에서 일어서던 은하는 나지막한 한숨과 함께 손바닥을 이마에 얹는 그를 의아한 눈으로 바라보았다.

"왜 그래, 박 대리?"

"아니야, 아무것도."

까맣게 잊고 있었다. 이틀 전 혜란에게서 듣지 않으면 좋았을 이야기를 들었던 일이.

술이나 한잔하자는 그녀의 말을 거절하며 생각했었다. 조금은 무안했을 그녀를 위해 전화 한 통 정도는 걸어주어야겠다고. 휴게실 자판기에서 뽑은 커피라도 한 잔 사주며 변함없는 자신들의 관계를 확인시켜 주리라고.

반나절 내내 윤하에 대한 생각으로 일은 물론 사적인 생활마저 엉망이 되어버렸다고 생각하니, 더욱 씁쓸한 기분이 들었다.

"상관하지 마."

괘씸하기 그지없는 윤하의 목소리가 귓전을 스치고 지나갔다.

블라인드를 젖힌 유리창 밖으로 산만한 싸라기눈이 정신없이 퍼붓고 있었다. 정신없이 분주해질 겨울을 알리듯 그렇게.

　어제까지만 해도 진검승부를 하자던 송정에게선 찬바람이 일
었다. 얼굴이 마주쳤는데도 인사는커녕 고개를 돌려 버리는 그
녀의 태도에, 윤하는 할 말을 잃었다.
　허심탄회(虛心坦懷)…….
　그것도 할 만한 사람하고 해야 뒤탈이 없지, 하지 말아야 할
사람하고 허심탄회하게 마음을 풀어냈다간, 큰일이 난다는 교
훈을 뼈저리게 배웠구나 싶었다.
　하지만 점심시간이 지나고 난 뒤에야, 윤하는 아직 뼈가 덜
저렸다는 사실을 깨달을 수 있었다.
　그다지 다른 사람들의 행동이나 눈빛을 의식하지 않는 그녀
이지만, 자신을 대하는 몇몇 사람들의 눈빛이 눈에 띄게 달라졌
다는 걸 모를 만큼 둔하지는 않았다.
　민주를 비롯한 동기들과 함께 구내식당으로 향할 때도, 화장
실을 들락거릴 때도, 신경을 거스르는 눈빛들이 뒤통수를 찔러
댔다. 그것도 아주 따갑게.
　'이것들이 정말!'
　반사적으로 고개를 확 돌리기라도 할라치면 놀란 듯 고개를
돌리는 후배들이 보였다. 심증만 갖고 다가가서 이유를 따져 물
을 수도 없고, 이래저래 속이 터져 죽을 지경이었다.
　사건이 터진 건 저녁식사를 하러 가려던 무렵이었다.

"윤하 선배, 전우일 씨라는 분이 찾아왔는데요."

연구실 안으로 들어서며 무진이 말했다.

순간 윤하는 들을 수 있었다. 여러 개의 눈동자가 또르르 소리를 내며 자신에게 향하는 것을.

'빌어먹을!'

이름까지는 모르지만 송정 남자 친구의 얼굴을 모르는 사람은 연구실 안에 거의 없었다. 벌건 대낮에도 강의동 현관 앞에서 낯 뜨거운 구접(口接)을 서슴지 않던 유별난 연인이었다.

쳐다보는 눈동자가 한둘이 아닌데 모르는 사람이라고 시치미를 뗄 수도 없고, 우일이란 남자의 얼굴을 봤을 무진 또한 자신을 미심쩍은 눈으로 보는 것 같아 난감했다.

시선 둘 곳을 찾지 못한 채 윤하는 터벅터벅 문 쪽을 향해 걸음을 옮겼다. 막 문을 나서려는 순간 근처에 앉아 있던 후배 유림이, 들릴 듯 말 듯 작은 목소리로 말해왔다.

"선배, 실망이에요."

뜨악한 윤하의 얼굴이 그녀를 향했다. 잘못 들은 게 아니었다. 책상 의자에 반듯하게 앉은 유림이 딱딱하게 굳은 목소리로 말했다.

"어떻게 같은 여자로서 그럴 수가 있어요? 모르는 사람도 아니고 같은 연구실에 있는 후배 남자를……."

"무, 무슨 소릴 하는 거야, 지금?"

황당한 까닭에 말까지 더듬는 윤하를 향해 두 명의 여자 후배가 다가왔다. 그녀들 역시 할 말이 아주 많다는 얼굴이었다.

윤하는 반사적으로 송정이 앉아 있는 곳을 향해 고개를 돌렸다. 그녀는 자신과는 아무 상관 없는 일이라는 듯 열심히 자판을 두드리고 있었다. 책상 위에 놓아둔 커피까지 홀짝여 가며.

"헛소문인 줄 알았는데, 선배 진짜 실망이네요."

"은주야, 너까지 왜 이래?"

"선배가 송정 선배 남자 친구 빼앗겠다고 했다면서요?"

"뭐야? 하!"

정말 할 말이 없었다.

온종일 뒤통수를 따갑게 쪼아대던 눈초리와 여기저기서 들려오는 것 같던 수군거림의 정체를 알 것 같았다.

너무나도 어처구니없고 억울한 말 앞에서 윤하는 일순 눈앞이 뿌옇게 흐려져 왔다.

"선배 존경했는데…… 나빠요!"

울고 싶은 사람은 자신인데 평소 잘 따르던 미영이 손바닥으로 얼굴을 가린 채 훌쩍거리기 시작했다.

"니들 지금 무슨 헛소리를 지껄이는 거야!"

카랑카랑한 민주의 목소리가 제법 넓은 연구실 안에 울려 퍼지는 순간에도, 윤하는 망연한 모습으로 허공을 바라보며 서 있었다.

혀를 깨물고 죽고 싶다는 게 이런 마음이지 싶었다.

현명함이란 잡아주어야 할 때와 잠시 놓아야 할 때를 구분하는 지혜였다. 특히나 사랑하는 사람에 대해선 더더욱 그래야 했다.

그런 현명함에 있어 송정은 학점 미달에 가까웠다.

누구든 그렇겠지만 한 사람을 사랑하는 일은 찰나적인 감정이 아니었다. 잠시 눈에 혹한 감정을 두고 사랑 운운하는 사람은 없을 테기에.

스스로를 귀히 여길 줄 아는 그녀의 자존심을 사랑했고, 고고한 것들을 향한 이상을 사랑했었다. 아니, 그 모든 것보다 송정이라는 한 여자를 사랑했었다.

그녀의 자존심이 다른 사람들과 스스로를 비교하지 않고는 견디지 못하는 허름한 의복이라는 사실을 깨닫고 난 뒤에도, 그토록 높은 곳에 둔 것 같던 그녀의 이상이 한낱 종잇장에 불과한 명함 같은 것이라는 사실을 깨닫고 난 뒤에도……

충분히 많은 것을 갖췄음에도 불구하고 다른 사람들과 자신을 비교하는 송정을 볼 때마다, 더 잘해주지 못하는 자신을 탓한 시간이 길었었다. 끊임없이 타인과 나를 비교한다는 것은 결핍에서 비롯된 것이라고 이해한 때문이었다.

하지만 부어도 부어도 끝이 없는 그녀의 성정 앞에선 사랑 또한 점점 그 빛을 잃어갔다. 지쳐 갔다고 하는 편이 옳았다.

충전할 시간이 필요해 잠시 생각할 시간을 갖겠다는 자신에게, 송정은 다른 여자가 생긴 것 같다는 말도 안 되는 억지를 부리기 시작했다.

악화된 감정은 마음에 없는 소리를 끌어내는 법. 특히나 마음이 지쳐 있을 땐 더더욱 그랬다.

잠시 숨 돌릴 틈도 주지 않고 다른 여자가 생긴 것 같다는 의심을 해오는 송정에게, 마음에 없는 소리가 곧잘 나가곤 했던 걸 보면.

그렇게 한 번 두 번 나가기 시작한 애먼 말과 억지는 어느새 습관이 되어갔다.

그러기를 일 년…….

서로가 서로를 위해 못할 짓을 하고 있다는 결론을 내린 그는, 송정에게 헤어지자는 말을 꺼냈다. 그의 입장에선 최선의 선택이었다.

"어떤 여자야?"

한때는 전부를 걸고 사랑했던 여자로부터 싸늘한 조소와 함께, 부정(不貞)을 저지른 사람 취급을 받는 기분이란 참으로 더러운 것이었다.

"너처럼 속물적이지 않은 여자. 됐니?"

"맹물처럼 순진한 여자 하나 소개해줘야겠네. 죽어도 만나는 여자 없다고 잡아떼니 말이야."

헤어지자는 말을 꺼내고 난 뒤에도 이틀이 멀다하고 송정과 다투는 자신이 한심해 견딜 수가 없었다.

그랬다.

송정은 사랑하는 법도 사랑받는 법도 알지 못했지만, 사람을 자극하는 법만큼은 누구보다 뛰어나게 잘 알고 있는 여자였다. 그런 사실을 알면서도 계속해서 그녀의 언행에 자극을 받는다는 건, 아직까지 게워내지 못한 사랑 때문이라는 걸 그는 모르지 않았다.

오늘 아침만 해도 그랬다. 출근한 우일을 기다리고 있던 건 송정의 전화였다.

"옛 여자 친구 보는 앞에서 다른 여자를 데리고 사라졌으면 적어도 보고는 해줘야지. 안 그래? 멍청할 정도로 순진해서 한눈에 반하기라도 한 거야?"

오장육부를 뒤틀리게 만드는 묘한 웃음소리…….

애증이란 사랑의 그림자일 뿐, 사랑과 전혀 무관한 것이 아니었다.

자신을 천하의 정신없는 인간쯤으로 치부하는 송정에게 똑같은 식의 앙갚음을 하기 위해, 그녀가 다니는 학교로 찾아온 순간, 우일은 다시금 이성과 감정이 분리되는 고통을 맛보아야 했다.

끝내 자신을 고통스럽게 만드는 송정에게 똑같은 분량의 고통을 맛보게 해주리라는 모진 마음과 달리, 고작 이름 석 자밖에 알지 못하는 여자의 가방을 들고 선 자신이 너무나도 초라할 뿐이었다.

강의동 건물 밖에서 한참을 기다리는데도 윤하는 모습을 드러내지 않았다.

우일은 초조한 마음에 검지손톱을 자근거렸다.

비로소 실수를 했다는 생각이 들었다. 외우다시피한 연구실 전화번호를 두고 군이 연구실 학생에게, 윤하를 불러달라고 한 건 고의였다. 괘씸한 송정을 자극하기 위한.

뉘엿뉘엿 해가 지는 건물 앞에서 큼지막한 여자 가방을 들고 선 자신을 내려다보며, 그는 씁쓸한 미소를 삼켰다.

얼마쯤 기다렸을까.

낯설지 않은 여자가 건물 안에서 나오는 모습이 보였다. 우일은 다가서 그녀에게 하마터면 고맙다는 말을 할 뻔했다.

"죄송합니다."

싫은 소리를 할 줄 알았던 여자가 고개까지 숙여가며 사과를 해오자, 우일은 순간 머릿속이 멍해졌다.

"아, 아닙니다. 이렇게 찾아와서 실례를 한 것 같아 제가 죄송합니다. 가방 받으세요."

"고맙습니다."

심신이 한계에 달할 만큼 지쳐 있는 때문일까. 우일은 잔잔한 목소리를 지닌 그녀가 마치 천사처럼 느껴졌다.

"느닷없이 학교로 찾아와서 곤란하게 한 건 아니죠?"

어둑함 속에서도 찬연하게 빛나는 투명한 살결을 지닌 여자였다. 그런 그녀가 의미를 알 수 없는 미소를 지어 보였다.

"저한테 미안해하는 건가요?"

"네, 제가 생각이 조금 짧았던 것 같네요."

"그럼 저녁 사세요."

"네?"

우일의 눈이 휘둥그레졌다.

"저 그쪽 때문에 많이 곤란해졌거든요. 정말 미안하면 저녁 사시라고요."

수치심과 모멸감으로 부글부글 끓어오르는 윤하의 마음을 알리 없는 그는 얼른 고개를 끄덕였다.

"원래 사람 뒤통수 때리는 사람들이 겉으론 하나같이 순진한 척하지."

소요가 일다시피 한 연구실 안에서 목석처럼 자기 일에 열중하던 송정이, 자리에서 일어나며 내뱉듯 한마디 던지지만 않았어도, 그녀의 남자 친구였던 이와 식당에 앉아 있는 일 같은 건 없었을 것이다.

"선배, 진짜 자존심 없네요. 먹다 버린 빵, 먹으란다고 그렇게 냉큼 받아먹는 사람이 어디 있어요?"

연구실 문을 나서며 그녀가 냉소와 함께 못할 말을 던지지만 않았어도, 전우일이란 남자와 함께 커피숍에서 차를 마시는 일 같은 건 없었을 것이었다.

아니, 이른 아침 준후가 자신을 그렇게 책망하지만 않았어도, 이런 바보스러운 짓 따위는 없었을 것이었다.

퇴행한 이성이 계속해서 뒷걸음질 치는 소리를 듣는 일은 언짢았다. 조각 케이크가 담긴 자그마한 접시를 앞쪽으로 밀어주는 남자에게, '고맙습니다'라고 말하는 자신을 보는 일만큼이나.

식사를 하며 우일이 건네준 명함에는 승화그룹 경제연구소 연구원이라는 직함이 또렷하게 새겨져 있었다.

평소 송정이 대기업 연구원인 남자 친구에 대한 자랑을 아끼지 않던 일을 떠올리며, 윤하는 내친김에 그녀의 남자 친구를 제대로 빼앗아 버릴까 하는, 말도 안 되는 생각을 했었다. 아주 찰나적인 일이긴 하지만.

"어젠 많이 난감했어요."

"아, 예."

뚝 끊어진 기억 때문에 그가 하는 말에 제대로 대답을 할 수 없었다.

"친구 분이었나요?"

"네? ……아! 저희 오빠 친구예요. 제 친구 아니에요."

열 번 생각하면 열 번 모두 괘씸한 준후를, 그녀는 '친구'에서 '오빠 친구'로 격하시켰다. 그렇게나 걱정이 됐으면 연구실로 전화를 하던지 할 일이지, 온종일 전화 한 통 없는 그였다.

혹 미안하다는 메시지가 와 있나 싶어 메일박스를 수십 번은 열고 닫았었다.

"어쩐지."

"네?"

"조금 언짢아하는 것 같더라고요."

"아, 원래 그래요. 경상도거든요."

"네?"

이번엔 우일이 반문을 했다.

"원래 경상도 남자들이 자기들은 보수적이라고 우기는데 좀 쫀쫀해요. 남자는 날 샐 때까지 돌아다녀도 되는데, 여자는 해 지면 집에 콕 박혀 있어야 한다고 믿거든요."

"아, 그럼 윤하 씨도 고향이 경상도인가요?"

"대학 들어올 때까지 쭉 거기서 살았죠. 지금도 가족들은 다 김해에 계세요."

"그렇구나. 전 서울 출신이라 지방을 잘 몰라요. 김해면 경상 북도인가요?"

"아니요, 남도예요."

"많이 들어본 곳 같긴 한데 어딘지 잘 모르겠네요."

"조그만 시예요."

"그런데 사투리, 하나도 안 쓰시네요?"

"볼펜 입에 물고 표준어 훈련했거든요."

"네?"

진담인지 농담인지 분간을 못하는 남자를 보니 피식 웃음이 나왔다.

알맞게 식은 커피가 담긴 잔을 들며 윤하가 대답했다.

"서울 사람인 척하려고 무지 노력하는 거예요, 화나거나 급하면 저도 모르게 사투리가 나와요."

"안 그럴 것 같은데."

"안 그럴 것 같다니요?"

"윤하 씬, 절대 화 안 낼 사람 같아요."

"에이, 그런 사람이 어디 있어요."

그녀는 우일의 말에 미소를 지었다. 온종일 벼락을 맞아서 그런지 별스럽지 않은 그의 말이 위안이 돼주는 것 같았다.

"오빠 친구라는 분 말이에요, 화 많이 나셨죠?"

"신경 쓰지 마세요. 원래 그래요."

기껏해야 준후가 입을 꾹 다물고 인상을 굳혔으리라 생각한 윤하는, 심각하지 않게 그의 말에 대답했다.

일순 우일의 눈동자가 꿈틀거렸지만, 접시에 담긴 조각 케이크를 포크로 자르느라 윤하는 그런 그의 표정을 눈치 채지 못했다.

송정을 향해 네가 벌린 비열한 일, 네 뜻대로 해주겠다는 오기로 나선 길이었다. 하지만 그다지 모난 곳 없어 보이는 우일과 함께 저녁을 먹고 차를 마시는 동안, 그런 윤하의 마음은 많이 누그러져 있었다.

수더분한 여자들을 두고 왜 하필 송정과 사귀었을까 싶을 정도로, 우일은 소박하고 털털한 남자처럼 보였다.

무테 안경 너머로 보이는 눈동자는 언뜻 검사나 수사관을 연상시킬 정도로 예리해 보였지만, 이야기를 하면서 느낀 그는 마음이 따뜻한 사람 같았다.

'맞아, 순하고 여린 사람들이 모질고 독한 것들을 만나는 거라고 동네 아줌마들이 그러셨지. 그러고 보니 이 남자도 가엾다, 나만큼이나.'

일박이일이 채 못 되게 송정에게 당한 일을 생각하니, 우일에게 동병상련 비슷한 감정이 느껴지기도 했다.

"학교로 갈 건가요?"

카페 밖으로 나온 그가 윤하에게 물었다.

"아니요, 오늘은 일찍 들어가서 쉬려고요. 어제 무리했더니 몸살이 난 것 같아요."

"많이 안 좋아요?"

"자고 나면 괜찮을 것 같아요. 덕분에 식사 잘했습니다, 차도 잘 마셨고요."

그가 윤하를 바라보며 미소를 지었다. 윤하는 그에게 미소가 무척이나 잘 어울린다는 생각이 들었다.

"고마워요, 윤하 씨."

"뭐가요?"

"편하게 대해줘서요."

"별 말씀을 다 하시네요. 밥 먹는 동안 다 잊어버렸으니까 그만 생각하세요."

저녁을 먹는 동안 그는 정확히 세 번, 미안하다는 말을 했다.

내일 학교에서 사람들을 대할 일이 걱정이 안 되는 건 아니었지만, 그렇다고 해서 그 화를 우일에게 쏟아낼 수는 없는 일이었다.

어찌 됐든 그는 제삼자였다.

"부탁 하나 해도 될까요?"

그가 조심스럽게 윤하에게 물어왔다.

"뭔데요?"

"집에까지 모셔다 드리면 안 될까요?"

"아!"

순간 이건 아닌데 싶은 생각이 들었다. 하지만 아직 미안한 마음을 덜어내지 못한 듯한 그의 눈동자를 보니, 차마 곤란하다는 말을 하기 어려웠다.

'이 남자, 송정이하고는 정반대잖아. 어쩜 이렇게 숙맥 같을까. 거절하면 무안해할 것 같은 저 얼굴 좀 봐.'

"제가 곤란한 부탁을 한 건가요?"

"아, 아니에요. 태워다 주시면 저야 고맙죠. 그런데 그렇게까지 신세를 져도 되나 모르겠네요. 가방하고 휴대폰도 맡아주셨는데……."

환한 미소를 짓는 그를 보니 거절을 안 하길 잘한 것 같다는
생각이 들었다.

"박 대리, 무슨 걱정 있나?"

다음날 있을 회의 때문에 급조하듯 이뤄진 부서 회식 자리.
식당을 나서며 평소 말없기로 소문난 부장이 물어오자 준후는
뒷목이 다 후끈거렸다.

온종일 신경이 한곳에 집중된 까닭에 좀처럼 일상의 리듬을
찾을 수가 없었다.

황소고집 정윤하가 먼저 전화를 걸어올 리 없다는 사실을 알
면서도, 종일 휴대폰을 만지작거렸다.

가방과 휴대폰은 무사히 찾았는지, 몸은 괜찮은지 걱정이 됐
다. 보나마나 온종일 끙끙대며 밥도 제대로 먹지 못했을 게 뻔
했다.

식당 근처에서 일행들과 헤어진 그는 주차장에 세워둔 차에
올라탔다.

출발하기 전 그는 여전히 울릴 생각을 하지 않는 휴대폰을 주
머니에서 꺼냈다. 혹 진동음을 듣지 못하는 사이 윤하로부터 전
화가 걸려온 건 아닐까 하는 기대를 하며.

현재 시간을 알려주는 액정을 물끄러미 바라보던 그는, 나지
막하게 한숨을 내쉬었다.

윤하에게 조금은 심하게 행동한 데 대한 후회가 밀려들었다.

알아듣게 타일러서 이야기를 했었더라면 온종일 답답함에 눌리지는 않았을 텐데…….

오늘 끝내지 못한 다음 분기 예상 매출 기획안과 내일 중에 있을 결산 미팅에 대한 생각으로 복잡해야 할 머릿속에, 여전히 한 가지 걱정만이 부유하고 있었다.

드르르…… 드르르…….

생각에 잠긴 그가 집 근처에 다다랐을 즈음 휴대폰이 울리기 시작했다. 준후는 발신자를 확인하지도 않고 급하게 휴대폰을 귀에 가져다 댔다.

"여보세요?"

[어디냐?]

"어, 집에 가는 길."

[일 났다.]

"무슨 일?"

[일이 났지 싶어.]

"무슨 일인데 그래?"

[옆집 사는 윤하가 낯선 남자 차를 타고 집에 왔네.]

"뭐?"

[새로 생긴 오빠래.]

"후우……."

눈앞이 아뜩해지는가 싶더니 그토록 어지럽던 머릿속이 맑게 개이기 시작했다.

[난 안기부에서 나온 놈인 줄 알았어. 눈빛 한 번 죽이더라. 뭐가 그렇게 의심스럽고 궁금한지 사람을 뚫어져라 쳐다보는데 주먹 나가려는 거 참느라 혼났다. 안경 쓴 놈 얼굴 잘못 때리면 살인미수라며?]

"안경 썼어?"

[어, 무테안경. 윤하, 좋아서 죽더라. 그것도 여자라고…….]

"제 일 제가 알아서 할 테니까 신경 쓰지 마. 집에 거의 다 왔으니까 들어가서 보자."

[거의 다 왔냐?]

"건물 앞이야."

[나 슈퍼 앞에 있어. 경비실 앞에서 보면 되겠네. 아쉽다, 삼분 만 빨리 왔으면 너도 그 남자 얼굴 보는 건데.]

"관심없어. 일단 끊는다."

배신감이라는 게 이런 것일까.

팽팽하던 신경이 툭 하고 끊어진 자리에 싸한 통증이 일었다. 복잡하던 머릿속이 맑아지고 꼬박 하루 동안 바보짓을 한 자신에 대한 헛웃음이 치밀어 올라왔다.

혼자서 북 치고 장구 치고 한 셈이었다.

하긴, 생판 모르는 사람이었다면 아침에 윤하가 상관하지 말라는 식의 말을 했을 리 없었다.

필름이 끊기도록 술을 마신 어젯밤 그녀가 자신을 찾지 않았다는 사실이, 새삼 그의 뒷골을 띵하게 만들었다.

"진짜 어이없게 만드는군."

차가운 목소리로 혼잣말을 내뱉은 그는 주차장을 향해 거칠게 핸들을 꺾었다.

11 낯선, 그리고 불편한

11 낯선, 그리고 불편한

"**하,** 고집을 부리시겠다 이거지. 그래, 하고 싶은 대로
해. 난 아쉬울 거 없어."

준후에게서 연락이 끊긴 지 정확히 이틀이 지났다.

어쨌든 고향집에 내려가야 하니 좋든 싫든 내일은 얼굴을 볼
수밖에 없었다. 방학이 거의 없는 연구실 생활만 아니라면 혼자
버스를 타고 내려가고 싶었다.

내막도 모르는 남의 일에 왜 그리 관심들이 많은지 하루아침
에 몹쓸 년이 되어버린 학교 생활도 짜증스러웠고, 사람들의 동
정을 사고 싶은 건지 피죽도 못 먹은 시늉을 하고 다니는 송정
을 보는 일도 역겨웠다.

먹다 버린 빵 운운하던 일은 까맣게 잊었는지, 송정은 어제는 온통 하얀색 옷을, 그리고 오늘은 시커먼 옷을 입고 와 슬픔에 겨운 미망인(未亡人) 노릇을 하고 있었다.

초등학생이나 할 법한 유치한 발상밖에는 못하는 그런 송정에게 라이벌 의식을 느꼈던 자신이 우스웠다. 그녀가 놓은 덫에 걸려 허우적거리고 있다는 사실이 무색하리만큼, 송정이 딱하게 느껴지기까지 했다.

인심이 조석변[人心朝夕變]이라고 했던가.

지금껏 친하게 지내온 연구실 사람들이 정황을 알아볼 생각 대신 낯을 바꾸는 모습을 보며, 윤하는 새삼 옛 어른들의 말이 괜한 소리가 아니라는 걸 실감했다.

물론 연구실 사람 전부가 그랬다면 살맛이 나지 않았을 것이다. 대놓고 낯을 바꾼 사람은 열 명 중 두 명 정도였다. 중요한 건 그중 몇몇은 제법 친하게 지낸 후배들이라는 사실이었다.

"정윤하!"

잠시 여가 시간(?)을 활용해 근처 커피숍에서 혼자만의 시간을 갖기 위해 학교를 나서던 윤하는 등 뒤에서 들려오는 목소리에 고개를 돌렸다.

얼마나 빠르게 뛰어왔는지 숨이 턱에 찬 민주가 고개를 숙인 채 한참을 헉헉거렸다.

편치 않은 머릿속 때문에 일부러 민주와의 대화를 피해온 윤하는 약간 미안한 마음이 들었다.

걱정해 주는 마음을 모르는 건 아니지만 미로가 들어앉은 듯 복잡한 머릿속을 먼저 해결해야 했다.

"어디 가?"

"숨이 그렇게 찰 정도로 뛰니?"

"불러도 대답을 안 하니까 그러지. 땡땡이?"

"잠시 휴식."

"커피 값 내가 낼게."

"좋아."

진심으로 자신을 염려해 주는 친구의 마음을 더는 불편하게 하고 싶지 않았다.

정문 앞 횡단보도를 건넌 두 사람은 주택가로 통하는 넓은 길을 따라 제법 한참을 걸었다. 높은 담장의 주택들이 즐비한 골목을 지나자 가파른 내리막길이 나타났다.

우리 슈퍼, 제일 세탁소, 승리 이발관……

오래도록 그 자리를 지켜온 듯 빛바랜 간판을 단 가게들 사이에, 낡을 대로 낡은 나무 간판을 매단 숲새라는 이름의 커피숍이 자리하고 있었다.

나무로 된 문을 밀고 안으로 들어서자 문가에 세워둔 크리스마스트리가 그녀들을 반겨주었다.

가파른 주택가에 자리한 작은 카페이지만, 이곳을 찾는 사람들은 적지 않았다. 윤하가 파악한 바에 의하면 사색을 즐기려는 사람들의 아지트 같은 곳이었다.

방학 기간에 평일이기까지한데도 세 테이블에 손님이 앉아 있었다. 한 테이블마다 한 사람씩.

구석진 자리에 앉은 윤하는 커피 두 잔을 주문했다.

"어쩌려는 거야?"

조급증이 이는지 민주가 단도직입적으로 물어왔다.

"뭘?"

"몰라서 물어? 그 남자, 왜 자꾸 만나는 건데?"

"자꾸는 무슨."

그저께는 가방을 가지고 온 그를 본 것뿐이었고, 어제는 교문 앞에서 전화를 걸어온 우일을 만난 것뿐이었다.

"보기 안 좋다는 거 몰라? 가뜩이나 상황도 이상해지고 있잖아."

"진실은 살아 있어."

"진실 좋아하네. 어제까지만 해도 갸웃갸웃하던 애들이 네가 그 남자 만나는 거 보면서, 송정이 말이 맞았구나 하고 생각하는 건?"

"송정이하고 그 사람, 진즉 헤어진 사이야."

"그건 네 말이지."

"내 말이 아니고 사실이란 말이야."

"그걸 누가 알아주는데? 소문이 어떻게 퍼졌는지 알기는 해?"

"보나마나 내가 송정이 남자 친구 낚아챘다고 났겠지."

"하! 알면서 그러고 싶니?"

"내친김에 내가 가져 버릴까 생각 중이야."

"쿨럭!"

마시던 물을 뿜은 민주가 뜨악한 눈으로 그녀를 바라보았다.

일부러 시끄러운 길을 골라갈 필요는 없었다. 하지만 최선을 상실한 순간엔 차선책을 꼭 붙드는 것도 나쁘지 않을 것 같았다.

"나쁜 남자 아닌 것 같아."

"정윤하, 너 미쳤지?"

"처음엔 똑같이 미친 짓 한번 해주지 하는 마음이었는데, 그 남자…… 지극히 정상적이고 어떻게 보면 나보다 더 송정이한 테 당하는 것 같아서 딱한 마음도 들어."

"진짜 돌겠네. 네가 볼 때 송정이가 정상으로 보이니?"

"아니, 아픈 애 같아. 결핍 덩어리."

"그래, 내가 봐도 걔 정상 아니야. 특정 대상 지목해서 벼르는 거 그거 정신질환의 일종이야. 침 흘리고 다니는 것만 정신 아픈 거 아니야."

"알아."

"그런 애하고 몇 년씩 사귄 남자가 정상이라고 보니, 넌?"

"그럼 송정이한테 당한 나는?"

"하! 야, 그건 경우가 다르잖아. 그래서 요지가 뭐야? 내친김에 쉬어가고 떡 본 김에 제사 지내겠다고?"

"생각 중이야."

고개까지 끄덕여 보인 윤하는 막 나온 커피에 설탕을 넣었다.

"너 미쳤구나? 미치지 않고서야 이럴 수가 없지. 어쩌려고 그래?"

흥분한 민주와 달리 윤하의 얼굴엔 태연한 미소마저 감돌았다.

"어쨌든 미친년 돼버렸어."

근 삼십년지기인 준후와도 거리가 생겼고, 지금껏 잘 생활해온 연구실 안에선 졸지에 이상한 여자가 돼버리고, 심플 라이프에 길들여진 머릿속에 퍼런 이끼들이 무성하게 끼기 시작했다.

발칙하고 악랄한 송정의 개입으로 인해.

당한 만큼 되돌려 준다는 값싼 생각으로 살아온 적은 없었다. 살다 보면 억울한 일을 당할 수도 있고, 생각지 못한 일을 겪을 수도 있는 법이니까.

하지만 그렇게나 발칙한 일을 저질러 놓고도 눈엣가시처럼 구는 송정을 볼 때면, 똑같이 해주고 싶다는 생각이 불쑥불쑥 치밀어 올라왔다.

사랑방 같은 연구실이다. 내색은 안 하지만 교수님들이 근간의 좋지 못한 소문을 못 들었을 리 없었다. 어른으로서 그저 모르는 척해주는 것뿐.

송정으로 인해 망가진 건 비단 일상의 리듬만이 아니었다. 그동안 쌓아온 이미지가 폭격당한 건물처럼 와르르 무너져 내렸다.

다른 어떤 것보다 윤하는 그게 가장 분하고 억울했다.

"윤하야, 지금은 냉정하게 생각하고 행동해야 할 때야."

"충분히 냉정해. 감정대로 할 것 같았으면 송정인 벌써 내 손에 죽었어."

"너 지금 심각할 정도로 감정적이야."

"전혀."

"네가 손톱만큼의 이성을 가졌다면 절대 그 남자 안 만났어."

"나도 나름대로 생각이 있어서 그러는 거야."

"뻔하지, 보란 듯 송정이 속 뒤집어주겠다는 건데, 너 모르는 구나? 그거야말로 정말 걔 시나리오대로 움직여 주는 거라는 거."

커피 잔을 집어 든 윤하가 피식 웃음을 터뜨렸다.

가시적으로는 그렇게 보일 수도 있었다. 하지만 복잡한 머릿속에선 어느 정도의 판단이 세워져 가는 중이었다.

연구실 사람들은 아직 송정과 우일이 헤어졌다는 사실을 알지 못하고 있었다. 그리고 송정이 헤어진 남자 친구에 대한 미련을 아직 거두지 못하고 있다는 사실도 알지 못하고 있었다.

오직 윤하 자신만이 알고 있는 사실……. 그것만으로도 승부는 자신에게 유리한 쪽으로 흘러가고 있었다. 어쩌면 송정을 그러한 계산조차 하지 못하고 있을 수도 있었다.

머리카락을 몽땅 뽑아놓고 싶을 만큼 얄미운, 후배라고 부르는 것조차 꺼려지는 송정과 그런 그녀에게 일말의 미련도 남아 있지 않은 지칠 대로 지친 우일……. 그 두 사람 사이에서 가장 냉정하고 이성적인 사람은 윤하 자신일 수밖에 없었다.

무엇보다 우일이 깔끔하고 젠틀한 매너를 가진 남자라는 사실은, 윤하를 유리하게 만들어주었다.

윤하는 어제 그가 학교 정문 앞에서 전화를 걸어온 일이 자신에 대한 사적이 감정이라고 생각하지 않았다. 그 역시 자신처럼 송정에게 쌓인 감정이 많기에, 이런 식으로 앙갚음을 하는 게 분명했다.

비록 이렇다 저렇다 속을 털어놓지는 않았지만, 자신과 우일에겐 공통점이라는 게 있었다. 송정에게 지독하게 당했고 그런 그녀에게 갚아줄 무언가가 필요하다는 사실…….

"웃기만 하면 다야? 사람 정말 돌겠네."

"가만히 이 언니가 하는 행동을 지켜봐. 머잖아 송정이 그것이 잘못했다고 싹싹 빌 때가 올 거야. 아니면 알아서 꼬리를 내리고 풀죽어 다니든지."

"유치하게 왜 이래? 네가 바라는 게 그런 거야? 걔, 원래 그런 애야. 그냥 저 살던 대로 살게 내버려 둬. 왜 네가 그런 애한테 휘둘려?"

"휘둘리는 거 아니야."

민주는 윤하의 야무진 목소리에 어처구니없다는 표정을 지었다.

"윤하야, 진심으로 충고하는데 다시는 그 남자 만나지 마. 학교 사람들 보는 앞에서 그게 무슨 짓이니? 네가 그 사람 안 만나면 송정이 혼자 괜한 말을 떠드는 게 되지만, 지금은 네 행동이 송정이 말에 신빙성을 더해주고 있잖아. 모르겠어?"

"좋은 사람 같아."

"하!"

민주는 띵한 정수리를 손바닥으로 두드렸다. 일이 잘못되어도 크게 잘못돼 가고 있었다.

"넌 끼리끼리라는 말도 모르니?"

"남들 눈엔 나나 송정이나 똑같은 사람으로 보일 거야. 편견이라는 거지."

"너 미쳤⋯⋯."

"나도 내가 이렇게 뒤끝 있는 성격인 줄 몰랐어. 아니다, 나 원래 뒤끝 있다. 아무튼 송정이 걔가 날 제대로 건드린 거야. 두고 봐, 본때를 보여주고 말 테니."

"정윤하 씨, 우리 제발 정신 차립시다, 네?"

"내 머리, 충분히 차가워."

"야!"

좁은 카페가 떠내려 갈 듯 민주가 소리를 버럭 질렀다. 잔잔한 음악을 들으며 차를 마시던 손님 세 사람이 동시에 그녀들을 향해 고개를 돌렸다.

무슨 일이 있나 의아해하는 얼굴이 아니라, 혼자만의 느긋한 시간을 방해받은 데 대한 불편함을 노골적으로 담은 눈길로.

"창피하게 왜 그래?"

한껏 소리를 낮춘 윤하가 나무라듯 그녀에게 말했다. 벌떡 자리에서 일어선 민주가 화난 목소리로 말했다.

"나 너한테 정말 실망이야."

톡 쏘듯 한마디를 한 민주가 빠른 걸음으로 카페를 빠져나갔다.

윤하는 못마땅한 듯 자신을 힐끔거리는 손님들의 시선을 모른 체하며, 속으로 웅얼거렸다.

'계집애, 가려면 그냥 갈 일이지, 괜히 소리는 질러 가지고.'

멋쩍은 표정을 가리기 위해 커피 잔을 입으로 가져가던 윤하는, 때마침 벨소리를 내는 휴대폰을 사랑스러운 눈으로 바라보았다.

"바쁜데 찾아온 거냐?"

현수는 전에 없이 인상을 굳힌 친구의 모습이 낯설게 느껴졌다. 점심식사를 하는 내내 준후는 굳은 얼굴을 단 한 번도 펴지 않았다. 마치 불편한 자리에 앉아 있기라도 한 것처럼.

"아니야, 기분이 좀 안 좋아서 그래."

"우거지 씹은 얼굴 그만 해."

씁쓸한 미소를 지어 보인 준후가 숟가락을 내려놓고 물컵을 들었다.

회식이 있던 날에 이어 오늘도 과묵하기로 소문난 부장에게 한 소리를 듣고 말았다.

"자네, 집에 무슨 우환이라도 있나?"

별것도 아닌 일을 가지고 안팎으로 표시가 날 정도로 예민하게 구는 자신에게 화가 났다. 현수로부터 함께 점심식사를 하자는 전화가 왔을 때, 흔쾌히 그러자고 대답한 사람은 자신이었다.

그와 이런저런 이야기를 하다 보면 얹힌 것 같은 가슴이 조금은 시원해지지 않을까 생각했었다. 그래 놓고 오랜 친구의 입에서 저런 말이 나올 정도로 어리석게 굴다니……

"준후야!"

"어?"

"너도 알다시피 내가 궁금한 건 못 참는 성격이잖아."

"……?"

"네가 너답지 않게 성질난 표정을 하고 있어서 꾹 참았는데, 더는 못 참겠어. 윤하하고 왜 싸운 거야?"

"싸우긴, 내가 걔하고 왜 싸우냐."

"사람 바보 만들래?"

"그런 거 없어."

한동안 물끄러미 준후를 바라보던 그가 물었다.

"니들 연애하지?"

"연애 같은 소리 하네. 인마, 몇 번을 아니라고 말을 해야 알겠어? 절대 아니야."

현수는 자신이 놓은 덫에 단번에 걸려든 그의 발을 살며시 잡아당겼다.

"하긴, 아니니까 윤하가 새로 생긴 오빠하고 다니겠지."

아니나 다를까, 물컵을 손에 든 준후의 눈동자가 심하게 흔들렸다.

알 수 없는 게 사람 마음이었다.

오랜 친구인 준후가 자신의 첫사랑인 윤하와 서로 좋아하는 사이라는 착각을 하던 순간엔 알 수 없는 서운함이 스멀스멀 밀려들더니, 막상 그 두 사람이 데면데면하게 구는 모습을 보게 되자, 그 둘 사이에 전혀 새로운 인물이 등장하게 되자 괜한 조급증이 일었다.

정확히 사흘 전.

만취한 윤하가 그의 등에 업혀오던 날부터였다. 두 사람 사이에 살얼음판 같은 기운이 느껴진 건.

혼자만의 상상으로 모든 일을 유추해 내기란 고역이 아닐 수 없었다. 밑도 끝도 없이 이는 오만 가지 생각의 귀퉁이들을 이어가면서 추리를 하는 건, 은근히 사람의 진을 빼놓는 일이기도 했다.

대략적인 사건의 추리를 정리하면 다음과 같았다.

12월 25일— 준후의 등에 업힌 윤하를 보고 둘 사이에 의구심을 갖다.

12월 27일— 새벽부터 준후의 집을 찾아온 그녀를 보고 확증을 갔다. 같은 날 저녁, 어디론가 차를 몰고 달려간 준후가 만취한 그녀를 등에 업고 돌아오다.

12월 28일— 자고 일어났더니 전에 없이 심각한 준후의 얼굴이 보였다. 그리고 그 밤, 낯선 남자의 차를 타고 집으로 돌아온 윤하를 보다.

12월 29일— 영 이상한 기류가 두 사람 사이에 흐르는 걸 느끼다.

"대체 뭐 때문에 그러는 거야?"

"아무 일도 없다니까 그러네."

결코 윤하와 그런 사이가 아니라고 하던 그의 말을 믿지 못했었다. 내밀한 둘 사이의 관계를 자신에게 감추는 것 같아 서운하다 생각했었다.

현수는 자신할 수 있었다.

사흘 전엔 친구의 말을 믿지 못하고 넘겨짚는 실수를 했지만, 지금은 준후가 거짓말을 하고 있는 게 분명하다고. 아무 일도 없었다고 믿고 싶은 건 그의 마음이라는 걸.

"윤하, 오늘 내려가는 것도 깜박 잊고 있더라. 내일인 줄 알았대."

준후가 기가 막힌다는 듯 헛웃음을 웃었다.

"정신없이 바쁜가 보지."

"새로 생긴 오빠 때문에?"

"인마, 왜 자꾸 그 얘길 나한테 해? 오빠가 생기든지 말든지 내가 알 게 뭐람."

현수는 이때다 싶은 순간을 놓치지 않았다.

"나쁜 놈이면 어떻게 하지?"

"뭐…… 가?"

"어제도 그 남자가 근처까지 데려다 줬다고 하던데, 혹시라도 질이 안 좋은 사람이면 어떻게 하지?"

"어제도?"

"어, 제가 그러더라. 새로 생긴 오빠가 이틀 연속 집에 데려다 주면 뻔한 거잖아."

"뭐가 뻔해?"

"사귀는 거지."

"인, 인마, 집에 데려다 준다고 다 사귀는 거냐?"

"나이 서른을 코앞에 둔 애가 남자 차 타고 집에 오는 건, 당연히 사귀는 거지. 당사자야 눈에 콩깍지가 씌면 아무것도 안 보인다지만, 옆에서 관찰해 줘야 하는 거 아닐까?"

"제, 제가 알아서 하게 놔둬."

속이 타는지 거푸 컵에 물을 따르는 친구를 보니 현수는 조금 측은한 마음이 들기까지 했다.

해봐서 안다. 누군가를 좋아하고 있다는 사실을 모르는 채 좋아하는 일이 어떤 것인지.

"오늘 내려갈 거지?"

"응."

"윤하는?"

"제가 알아서 하겠지."

전 같았으면 고향집에 내려가는 일을 잊고 있다는 윤하에게 바로 전화를 했을 녀석이었다. 그런 준후의 입에서 저렇게 냉정한 말이 아무렇지 않게 나오는 걸 보면, 두 사람 사이에 무언가 커다란 문제가 생긴 모양이었다.

'혹시 그 녀석 때문인가?'

현수는 며칠 전 집 앞에서 언뜻 보았던 남자의 얼굴을 떠올렸다.

소프트웨어의 등급은 알 길이 없지만, 하드웨어는 그런대로 상급에 속하던 남자였다.

둘 중 하나였다.

서로가 서로에게 마음이 있다는 사실을 알지 못한 채 무의식적으로 밀고 당기기를 하던 두 사람 사이에, 전혀 새로운 남자가 끼어드는 바람에 준후가 배신감을 느꼈던가, 아니면 윤하에게 남자가 생김으로 인해 준후가 뒤늦게 자신의 감정을 깨닫고 허우적거리고 있든지.

윤하 역시 준후에 대해 적잖이 화가 나 있는 걸 보면, 전자(前者)일 가능성이 컸다.

둘 사이에 문제가 생기자 윤하가 대뜸 남자를 대동하고 나타났다…….

어느 정도 사태의 아귀가 맞아떨어졌다.

"네가 데리러 갈 거라고 말했는데."

"뭐? 누가 누굴 데리러 가?"

"학교 늦게 마칠 것 같다기에 네가 학교로 데리러 갈 거라고 했지."

"인마, 그걸 왜 네 마음대로……."

"당연히 네가 갈 줄 알았지, 내가 널 하루 이틀 보냐."

점점 더 우거지 씹은 얼굴을 하는 준후를 보니 예감이 맞아떨어지는 것 같았다.

"넌 몇 시에 출발할 건데?"

"나? 나, 어쩌면 오늘 같이 못 내려갈 수도 있어."

"그건 또 무슨 소리야?"

"말했잖아, 이상한 물건 하나 들어왔다고."

"휴우……."

"오늘 내려갈 수 있으면 이따 전화해 줄게. 윤하한테는 네가 아홉 시까지 학교로 갈 거라고 했으니까, 네가 알아서 해. 부모님 선물은 준비했어?"

"퇴근하고 사야지."

"윤하 걘 내려가는 날짜도 까먹은 애가 선물은 아예 준비도 못했겠지?"

무슨 말인가를 하려던 준후가 입을 다무는 게 보였다. 그리곤 이내 현수에게 말했다.

"그만 일어나자, 들어가 봐야겠다."

상품기획 MD의 연말은 온통 새해에 초점을 맞추어야 했다. 캘린더의 날짜는 2007년 12월을 가리키고 있지만, MD들의 삶은 이미 2008년의 문턱을 넘어선 지 오래였다.

경계가 뚜렷한 여느 시즌과 달리 크리스마스를 비롯해 연말연시가 맞물린 12월의 경우엔, 동시에 두 해의 삶을 살아내야 하기도 했다.

여전히 연말 상품 판매에 주력하고 있는 매장의 상황을 예의주시하면서, 연휴가 끝나자마자 구정 시즌과의 사이를 자연스럽게 연결해 줄 정기 세일 준비에 심혈을 기울여야 했다.

해마다 추동상품의 수요가 급격히 감소하는 상황인지라, 구정 시즌 판매 전략에도 각별한 주의가 필요했다.

현수를 만나 점심식사를 하고 회사로 돌아오기 무섭게, 정신이 퍼뜩 들 분량의 업무가 그를 기다리고 있었다.

슈트를 벗고 소매를 걷어 올린 와이셔츠 바람으로 해당 부서를 찾아다니며, 연휴 전에 끝내야 할 업무 파악을 하느라 어느새 그의 이마엔 굵은 땀방울이 배어났다.

사회생활을 시작하면서 자연스럽게 동행이 된 긴장이 오늘따라 버겁게 느껴졌다. 세 시간에 걸쳐 연휴 기간의 판매 시스템을 빠짐없이 확인한 준후는, 돌아가며 당직을 맡게 될 어시스턴트 MD들과 짧은 미팅을 가졌다.

"택배 물량은 이미 마감이 됐으니까 그 부분에 대해선 깔끔하게 넘어가도 됩니다. 연휴 기간 동안 여러분이 가장 신경을 쓰고 주의를 기울여야 할 곳은 물류센터입니다. 총 인원의 80% 이상이 휴무인 상태에서 아르바이트생을 고용하기 때문에 정확도가 떨어질 가능성이 매우 큽니다. 자료에 별첨한 열일곱 군데의 매장은, 여차한 경우엔 여러분들이 직접 물류센터에 나가 출고를 확인하는 것이 효과적일 수도 있습니다."

특근 수당이 나온다고는 해도 남들 다 쉬는 연휴에 출근을 하는 일은 썩 유쾌한 일이 아니었다.

나름대로 언젠가는 전문적인 MD가 되겠다는 의지를 갖고 있는 이들이지만, 인간의 성정은 나중을 위한 수고와 노력을 뛰어넘는 성향이 있었다.

아무리 강조를 하고 또 강조를 해도 연휴 기간 내 원치 않는 사고가 몇 건은 터질 것이고, 그러한 것들에 대한 책임이 연휴가 끝남과 동시에 자신에게로 돌아올 거라는 사실을 준후는 모르지 않았다.

"연휴 기간 동안만큼은 여러분들이 MD이고 나아가 할당된 파트의 PM이라는 사실을 주지하고, 업무에 임해주길 바랍니다."

일방적인 전달사항을 알리는 미팅을 끝낸 그는 남아 있는 자질구레한 업무들을 위해 사무실로 향했다.

"나쁜 놈이면 어떻게 하지?"

누군가 귓가에 대고 속삭이는 듯 선명한 목소리가 스쳐 지나
갔다.

"후우!"

탈진할 것 같은 자신을 애써 추스르며 그는 허공을 향해 마른
한숨을 토해냈다.

경솔했었다. 윤하의 성격을 모르는 것도 아니고 그런 순간 언
성을 높이는 게 아니었다.

썩 달갑지 않던 남자의 첫인상이 계속해서 마음에 걸렸다. 나
이가 무색하리만큼 순진한 윤하이기에 더더욱 걱정이 앞섰다.

서로 얼굴을 붉힌 그날, 화해를 했어야 했다. 그녀 역시 홧김
에 내뱉은 말이었을 텐데…….

한편으로는 지금껏 문자 메시지 한 통 보내지 않는 윤하가 얄
밉기도 했다.

계속해서 고집을 부릴 윤하를 생각하면 이쯤에서라도 윗사람
인 자신이 전화를 거는 편이 옳기는 했다. 마침 고향집에 내려
갈 일도 있고 하니 그리 어색하지는 않을 것이었다.

준후는 사무실로 향하던 걸음을 멈추고 복도 중앙과 연결된
비상계단 입구로 향했다.

[여보세요?]

귓전에 들려오는 그녀의 목소리에 얼핏 짜증이 배어 있었다.

"바빠?"

[어.]

큰마음을 먹고 건 전화인데 윤하가 시큰둥하게 대답하자 순간 감정이 상했다.

"내려갈 거야, 말 거야?"

[아홉 시까지 온다며?]

"저녁은 어떻게 할 건데?"

[약속 있어.]

냉큼 잘도 내뱉는 윤하의 대답에 그가 대번 미간을 구겼다. 새로 생긴 오빠 어쩌고 하던 현수의 말이 귓전을 스치고 지나갔다.

"그래서 어떻게 할 건데?"

[아홉 시까지 준비하고 있으면 되잖아.]

"부모님 선물은?"

[선물?]

더는 큰소리를 칠 상황이 아니라 판단됐는지 순간 그녀의 목소리가 낮아졌다.

"약속 취소하고 퇴근 시간 맞춰서 회사 근처로 와. 나도 사야하니까."

[뭐 살 건데?]

"가봐야 알지."

[그런 걸로 전화할 거면 좀 빨리빨리 하면 안 돼? 퇴근 시간이 얼마나 남았다고…….]

"둥에서 콩 튈 시간도 없이 바빠. 도착하면 전화해."

[알았어, 끊어. 잠깐만······.]

여전히 냉랭한 목소리이지만 처음과 달리 많이 누그러진 감정이 느껴졌다.

"왜?"

[약속 최소 안 될 수도 있으니까 내가 다시 전화해 줄게.]

"뭐?"

[취소할 수 있는지 아닌지 통화를 해봐야 알지.]

준후는 손바닥으로 정수리를 쓸어내렸다.

기껏해야 그날 한강 둔치에서 보았던 남자와의 저녁 약속일 텐데, 취소를 못할 수도 있다고 미리 말하는 그녀가 얄미워 견딜 수가 없었다.

준후가 차분한 목소리로 말했다.

"네 선물은 네가 준비해, 아홉 시까지 학교 근처로 갈 테니. 사무실 들어가 봐야 해서 먼저 끊을게."

답답하게 조여드는 가슴을 느끼며 준후는 서둘러 휴대폰의 종료 버튼을 눌렀다.

"오빠!"

준후는 등 뒤에서 들려온 나직한 목소리에 반사적으로 고개를 돌렸다.

"어!"

조금은 놀란 그가 뭐라 말할 사이도 없이 정은이 손등을 입을 가린 채 수줍은 미소를 지었다.

건물 안에 흡연 구역이 따로 있는지라 통상 비상계단과 계단 사이는 직원들이 사적인 전화를 받을 때나 드나드는 곳이었다. 왜 이 시간에 정은이 이곳에 있는 건지…….

궁금한 그의 마음을 알아차리기라도 했는지 정은이 말했다.

"실장님이 화가 아주 많이 나셔서 피난 나왔어요."

"피난?"

"신입이라고 봐주는 거 요만큼도 없어요. 제가 좀 큰 실수를 하긴 했지만요."

"무슨 실수를 했는데?"

"전화 메모를 쪽지에 했는데 깜박하고 버렸지 뭐예요."

"혼날 짓 했네."

"비서실 전체가 완전 살얼음판이에요. 대리님이 잠깐 자리 피하라고 해서 나왔는데, 어쩌면 이 큰 건물 안에 갈 데가 없어요?"

영락없는 사회 초년생의 표정을 한 그녀를 보며 준후가 피식 웃음을 터뜨렸다.

그날 이후로 정은에게서 단 한 통의 전화가 걸려오지 않은 걸 보면, 자신의 묵언을 충분히 이해했다는 뜻이었다.

"여기보다는 옥상이 넓고 편할걸."

"대리님이 거긴 가지 말라고 했어요."

"왜?"

"남자들이 우글댄다고요."

"하하."

"딱 보면 안대요, 이 시간에 제가 옥상으로 올라가면 아 쟤 사고 치고 피신 왔구나, 그런대요."

"입사하고 실수 안 하는 사람이 어디 있나."

"중요한 건요, 그게 이사실로 갈 메모였거든요."

"하! 입사 첫 주에 시말서 쓰게 생겼구나."

"휴우……."

정은이 고개를 끄덕였다.

고요한 공간에 휴대폰 진동음이 울리자 반사적으로 휴대폰을 들여다보던 정은이, 두 눈을 질끈 감았다. 그러고도 안 되겠는지 아예 휴대폰을 계단 위에 내려놓았다.

"누군데 그래? 실장님?"

"아빠요."

"……?"

"어떻게 알았는지 조금 전에도 한바탕 난리났었어요."

"상무님이?"

"그런 식으로 일할 거면 당장 사표 쓰라고……. 아빠, 화나면 정말 무섭거든요."

"전화 안 받으면 더 화내실 거잖아."

"아니에요, 일단 화 풀리고 나서 얘기해야 해요. 근데 오빠는 여기 무슨 일이에요? 아, 맞다…… 통화 중이었지."

"너처럼 도망 나왔을까 봐?"

준후는 땅이 꺼져라 한숨을 쉬는 그녀를 보며 미소를 지었다.

"여기 얼마나 있었던 거니?"

"한 시간 됐나."

"그렇게나 오래?"

"대리님이 전화하면 들어오라고 하더니 여태 연락이 없어요."

"대리가 사수야?"

"그건 아닌데……."

"아직 수습이라 시말서 써도 크게 문제될 일 없으니까 무조건 들어가."

"지금이요?"

"대리가 네 대신 시말서 써줄 사람 같으면 여기서 버티고, 아니면 들어가서 깨져. 그게 정석이야."

"휴우……."

"실장님도 너처럼 실수하면서 그 자리까지 오른 거야. 어떻게 보면 자리 피한 일이 더 괘씸할 수도 있어."

"그렇죠? 저도 그런 생각이 들었어요."

"야단 좀 듣는다고 어떻게 되는 거 아니니까 들어가서 배부르게 들어."

"겁나요."

"그런 게 사회생활이야. 얼른 들어가서 정리하고 내려와."

"네?"

"수습 기간에 사고 친 후배, 밥은 사줘야지."

"오빠!"

기대하지 못했던 준후의 말에 그녀의 눈이 휘둥그레졌다.

"대신 오래는 못 있고 근처에서 밥만 먹는 거야. 뭐 해, 얼른 올라가지 않고."

"네!"

언제 우울했었나 싶게 환한 표정을 한 정은이 밝은 목소리로 대답했다.

"인마, 엘리베이터 타고 올라가야지."

"위층에 올라가서 타면 돼요. 다 혼나고 전화할게요."

준후는 손까지 흔들어 보이며 계단으로 올라서는 그녀를 바라보며 미소를 지었다.

12 맞불을 놓았습니다

12 맞불을 놓았습니다

이틀 만에 걸려온 전화였다. 액정 위에 뜬 준후의 이름을 확인한 찰나, 그때껏 어둡던 사위가 환하게 밝아지는 것 같았다.

처음이었다. 다툼이라는 걸 하고 하루를 넘겨보기는.

절로 안도의 한숨이 나왔지만 속없이 헤헤거릴 수는 없었다. 아직 서운함이 덜 풀렸다는 사실을 말하고 싶어 슬며시 튕겨본 것뿐인데, 대뜸 한다는 소리가 네 선물은 네가 사란다.

머릿속에서, 가슴 속에서 비누거품 이는 소리가 들려왔다.

애당초 있지도 않은 선약이었다.

점심 무렵 준후를 만나러 가는 길에 잠깐 들렀다며 정문 앞에서 전화를 걸어온 현수에게, 저녁에 선약이 있다고 한 건 태연하게 잘 지내고 있는 자신을 보여주고 싶어서였다.

곡자를 손에 든 채 설계 테이블 앞에 서서 커다란 제도 용지를 노려보던 윤하는 지우개를 찾기 위해 주변을 두리번거렸다. 굴러다니는 지우개가 몇 개쯤 있으련만 오늘따라 단 한 개도 눈에 띄지 않았다.

"지우개 본 사람?"

멋대로 그려진 선에 시선을 둔 채 그녀는 뒤쪽을 향해 제법 큰 목소리로 물었다.

절반 이상은 저녁식사를 하기 위해 구내식당에 가고 없고, 그나마 남아 있는 사람들도 저녁식사를 먹을 준비를 하는 중이라, 딱히 방해될 이유가 없었다.

"지우개 없……."

윤하는 반응은커녕 누구 하나 대답하는 사람이 없는 뒤쪽을 향해 고개를 돌렸다. 못 들었을 리 없건만 책을 들여다보는 시늉을 하는 사람이 둘, 뚫어져라 모니터를 쳐다보며 자판을 두드리는 사람이 넷, 다리를 꼬고 앉아 한심한 듯 자신을 바라보고 있는 민주까지…….

상실된 의욕이 들고 있는 곡자를 집어 던지고 싶은 충동을 일으켰다.

그녀는 앉아 있는 이들을 향해 낮고도 또박또박한 목소리로 물었다.

"지우개 가진 사람 없어?"

엉거주춤 자리에서 일어서려던 태빈이 옆에 앉은 송정의 눈치를 보는 모습이 보였다. 다문 입술 사이로 씁쓸한 웃음이 새어나오려 했다.

"관두자."

혼잣말에 가까운 소리를 웅얼거리며 윤하는 곡자를 테이블 위에 내려놓았다.

그때였다.

"선배, 제가 사다 드릴까요?"

언제 자리에서 일어섰는지 어울리지 않게 나직한 목소리로 송정이 물어왔다. 윤하는 순간 입술을 세게 깨물었다. 정제되지 못한 막말이 튀어나갈 것만 같았다.

걸려도 더럽게 걸렸다는 건 이런 경우를 두고 하는 말이었다. 진검승부의 의미조차 제대로 파악하지 못한 이상한 후배에게 제대로 찍힌 자신이 딱해 눈시울이 시큰거렸다.

멍한 머릿속으로 함박눈이 펑펑 쏟아져 내리는지 도통 아무런 생각도, 아무런 말도 할 수가 없었다.

그만두라는 듯 태빈이 송정을 만류하는 모습이 보이고, 그다지 곱지 못한 사람들의 시선이 느껴졌다.

울고 싶다…….

오기를 부려서라도 그녀의 코를 납작 눌러주고 싶던 마음은 간 데 없고, 길을 잃은 어린아이처럼 막막함이 찾아들었다.

테이블 위에 올려둔 휴대폰이 진동음을 울려댔다. 멍한 표정으로 휴대폰을 집어 든 윤하는 액정 위에 떠 있는 우일의 이름을 볼 수 있었다.

연구실 안에 앉아 있던 모든 이들이, 그 이름을 본 것 같아 뒷목이 화끈거렸다. 윤하는 전의를 상실한 패잔병처럼 힘없는 걸음으로 연구실을 빠져나왔다.

복도 구석에 있는 창가로 다가선 윤하는 휴대폰을 귀에 가져다 댔다.

"어쩐 일이세요?"

[저녁 먹었어요?]

"아직이요."

[목소리에 힘이 없네, 무슨 일 있어요?]

휴대폰을 거머쥔 손이 떨리고 입술이 떨렸다. 무슨 일이 있으면 당신이 도와줄 거냐고, 괜한 화를 그에게 퍼붓고 싶었다.

잔잔하던 일상 속으로 난데없이 뛰어든 두 사람…….

송정이 내게 저지른 몫의 책임을 당신이 져줄 수 있느냐고, 말도 안 되는 억지를 부리고 싶었다.

"아무 일도 없어요."

[무슨 일인지는 모르지만 힘내요, 윤하 씨 힘없는 목소리 들으니까 나까지 힘이 빠지려고 하네요. 아무리 속상하고 힘든 일도, 지나간다는 거 알죠?]

송정처럼 독해 빠진 애가 어떻게 해서 이렇게 착한 남자의 사랑을 받았던 것일까. 새삼 사람 사는 세상의 일이 아이러니하다는 생각이 들었다.

어쩌면 우일이란 남자가 착한 사람이라는 믿음 같은 것이 있기에, 불쑥 그에게 화를 쏟아내고 싶은 충동을 가졌던 것인지도 몰랐다.

"힘낼게요, 고마워요."

[연구실에서…… 많이 힘들죠?]

"아……."

[나 그렇게 둔한 사람 아니에요, 나도 한몫했다는 거 인정해요.]

"아, 아니에요."

[그 친구, 우리하고는 상식이 조금 달라요. 그래서 더 걱정이 돼요.]

"안 그러셔도 돼요. 제 일인걸요."

[일조한 사람으로서 책임감 느껴요. 적잖이 경솔했었다는 후회도 들고요.]

"우일 씨가 일조한 게 뭐가 있다고, 그런 생각하지 마세요. 저녁은 드셨어요?"

[윤하 씨하고 통화하고 먹으려고 했는데, 나도 안 먹을래요.]

"우일 씨……."

[내가 그날 가방 들고 학교에 찾아가지만 않았어도 일이 그렇게 커지진 않았을 거예요. 신중하게 생각한다고 하는데, 왜 늘

후회는 늦게 찾아오는 건지 모르겠어요.]

"너무 마음에 두지 말아요. 이미 지난 일이잖아요."

[오늘 늦게 마칠 것 같아요?]

"고향집에 가요."

[오늘이요? 몇 시예요?]

그의 목소리에서 약간의 놀람이 느껴졌다.

"학교에서 바로 출발할 것 같아요."

[그런 얘기 없었잖아요. 기차 타고 가는 거예요?]

"아니요, 친구하고 같이 가요."

[잠깐 얼굴 볼 수 있어요?]

"지…… 금이요?"

예감이란 체득되어진 오감(五感)을 초월하는 지극히 이성적인 감각이었다. 감정적인 행동의 뒤를 쫓는 지극히 이성적인 감각…….

그 예감이 속삭였다. 이건 아니라고. 더는 아니라고.

"시간 안에 끝내야 할 과제가 있어서…… 죄송해요."

[아니에요, 다녀와서 보면 되죠.]

초월적인 이성은 다만 속삭이는 목소리만을 들려준 건 아니었다. 그것은 걷잡을 수 없는 후회를 동반했다.

첫날 가방을 들고 학교로 찾아온 그를 만나는 게 아니었다. 며칠 사이, 우일과 자신 사이에 가로놓인 '앎'에 대한 후회가 아니었다.

송정이 아무리 치졸하게 자극을 했더라도 그런 식으로 반응하는 게 아니었다.

우일과의 통화를 끝낸 윤하는 허공을 올려다보며 무거운 한숨을 내쉬었다.

어느 순간 스스로를 초라하게 만든 건 송정의 비겁한 행동 때문이 아니었다. 그에 상응하는, 한 치의 나음도 없는 행동이 자초한 결과였다.

"후우……."

거푸 한숨이 새어나왔다.

윤하는 코트를 연구실 안에 벗어두고 나왔다는 사실도 잊은 채 무작정 건물 밖으로 향했다. 잠시 끊겼던 물길이 잇닿아지듯 어느 순간 멈춰 선 생각들이 하나둘 돌아오는 소리가 들려왔다. '돌이킬 수 없음' 이라는 후회의 의미와 함께…….

사람이 늘 한결같은 모습만을 보일 수는 없지만 서로가 서로에게 웃는 낯을 보일 수 있다는 건 고마운 일이었다. 다행스러운 일이었다.

자칫 서운함에서 비롯된 서먹서먹함으로 멀어질 수 있었던 정은과 편안한 마음으로 식사를 하는 내내, 준후는 새삼 사람과 사람 사이의 관계를 떠올렸다.

관계란 흐르는 물처럼 자연스럽게 흘러가는 거라 믿었었다. 의도적인 혹은 의식적인 노력이 개입되는 순간, 오히려 자연스러움을 잃는 것이 관계라 생각했었다.

　살아오는 동안 단 한 순간도 흔들려 본 적 없던 확신이, 이즈음에 무너지기 직전의 성(城)처럼 흔들리고 있었다.

　친구인 혜란의 뜻하지 않은 고백 앞에서도, 아끼는 후배인 정은의 난데없는 등장 앞에서도 흔들린 적 없던 주관이었다.

　"오빠, 무슨 고민 있어요?"

　"그래 보이니?"

　커피 잔을 내려놓은 정은이 고개를 끄덕였다.

　"저 때문은 아니죠?"

　"나한테 잘못한 거 있구나?"

　"다른 일 때문인 거죠?"

　"응, 조금 신경 쓰이는 일이 있어서 그래."

　"그래도 오빠가 아무 일 없었던 것처럼 대해주니까 되게 좋네요."

　"일? 무슨 일 있었어?"

　무안한 듯 눈을 흘기는 시늉을 한 그녀가 미소를 지었다.

　"오빠, 한 가지 물어봐도 돼요?"

　"뭔데?"

　"음…… 알고 있었죠?"

　"뭘?"

　"제가 오빠 좋아하는 거 말이에요."

　"솔직하게 말해, 아니면 듣기 좋게 말해?"

"솔직하게."

입가에 미소를 띠고 있기는 하지만 그녀를 바라보는 준후의 눈빛에는 흔들림이 없었다.

"그러다 말겠거니 했어."

"그게 다예요?"

"응, 그게 전부야."

"너무한다."

"인마, 너무하긴 뭘 너무해?"

"정말 처음부터 줄곧 그렇게 생각했어요?"

"거짓말 같아?"

"피이…… 기분 이상하잖아요."

"이상할 거 없어."

"난 오빠가 소개팅 나갈 때마다 얼마나 마음 졸였는지 알아요?"

투정 섞인 정은의 말에 그가 나직한 웃음소리를 냈다.

어색함을 사이에 두고 멀어질 뻔한 누군가와 솔직한 이야기를 할 수 있다는 건 고마운 일이었다.

"선배가 소개팅하는데 네가 왜 마음을 졸여? 몰랐는데 고얀 녀석일세."

"진짜 단 한 번도 나한테 마음 둔 적 없어요?"

"없어."

"진짜 독하다. 어떻게 망설이지도 않고 그렇게 쉽게 대답할 수 있어요?"

"사실이니까."

"앞으로 절대 꿈도 꾸지 말라는 경고처럼 들리는 거 알아요?"

"인마, 사회에 나왔으면 눈을 크게 뜨고 넓게 봐야지. 회사 안
에 괜찮은 남자, 아주 많아. 눈 크게 뜨고 잘 찾아봐. 정말 마음
에 드는 사람 나타나면 이 오빠한테 넌지시 말해. 지원사격 해
줄 테니까."

정은은 미소를 잃지 않는 그를 물끄러미 쳐다보았다.

알 수 없는 것이 사람 마음이라고 했다. 어느 순간 자기 자신
조차 낯선 타인이 되곤 하는 것일까. 그 마음의 동요를 가늠할
수 없는.

계단에서 그를 만날 때까지만 해도, 저녁을 사주겠다는 말을
들을 때까지만 해도, 욕심 따위는 마음에 남아 있지 않았다.

차가운 바람처럼 멀어지는 그의 발자국 소리를 들은 것이 불
과 며칠 전의 일이었다. 다가설 수 없을 만큼 거리를 두던 준후
의 차가운 목소리를 생각하면, 오늘의 우연한 만남이 얼마나 다
행스러운 일인지 몰랐다. 그런데……

회사 근처 식당에서 식사를 하는 사이, 차를 마시는 사이, 다
시금 욕심이 자라나고 있었다. 아니라는 명확한 대답을 듣는 순
간에도 욕심은 제 키를 더하고 있었다.

"좋아하는 사람, 있어요?"

조심스러운 그녀의 말에 준후가 미소를 지었다. 조바심이 인

정은이 입술을 달싹였다.

"아무 때나 생각나고, 머릿속을 어지럽히는 그런 사람 말이에요."

그의 입가에 걸린 미소가 흐릿해졌다.

벌써 며칠째 생각을 잠식한 윤하의 얼굴이 떠올랐다. 지금쯤 준후 자신이 알지 못하는 낯선 이와 저녁식사를 하고 있을 그녀를 생각하자, 다시금 머릿속이 혼란스러워졌다.

떨쳐 내려 애쓸수록 복잡해지는 생각, 그리고 생각들.

"노코멘트."

"어!"

놀랐다는 듯 정은의 두 눈이 휘둥그레졌다.

인기몰이를 하던 그이긴 해도 곁에 여자가 있는 모습을 본 기억이 없었다. 뚫어질 것처럼 그를 쳐다보던 정은이 물었다.

"그 언니죠?"

"그 언니라니? 인마, 쓸데없는 소리 그만 하고 일어나자."

커피 잔을 밀어내고 계산서를 집어 드는 그의 귀에 나직한 정은의 목소리가 들려왔다.

"윤하 언니, 맞죠?"

'아우, 씨!'

윤하는 새어나오려는 욕설을 삼킨 채 두 눈을 꾹 감았다. 아무것도 못 보았다고 믿고 싶었다.

해진 옷처럼 너덜너덜해진 가슴을 안고 이곳까지 찾아온 자신이 후회스러웠다.

두런거리는 목소리…….

익숙한 그 목소리에 두 귀를 막고 싶었다.

"오빠……."

"정은아, 먼저 들어가라. 다음부터는 그런 실수 하지 말고."

마뜩찮은 표정을 한 정은을 빌딩 안으로 들여보낸 그는, 화단 앞에 서 있는 윤하를 향해 다가섰다.

밤바람이 제법 찬데 윤하는 코트도 걸치지 않은 채 화단에 기대 서 있었다.

"어쩐 일이야?"

걱정되는 마음과 달리 차가운 목소리가 새어나갔다.

"어…… 조금 일찍 마쳤어."

뭐가 그리 좋은지 연방 미소 띤 얼굴로 정은과 걸어오던 그를 생각하니, 가슴 한구석으로 차가운 바람이 불어오는 것 같았다.

주체 못할 바람에 휩싸인 채 바보 같은 짓을 계속하고 만 스스로를 깨닫던 찰나, 못 견디게 준후의 얼굴이 보고 싶었다.

차마 연구실 안으로 돌아갈 자신이 없어 지나가던 후배에게 오천 원을 빌려, 무작정 그의 회사를 찾아왔다.

"옷이 그게 뭐냐?"

"어, 그, 그렇게 됐어. 밥 먹고 오는 길인가 보네?"

"들어가자."

"저 안에?"

두 눈을 둥그렇게 뜬 윤하가 검지로 건물 현관을 가리켰다.

"올라가서 정리하고 내려올 테니까 로비에서 기다려."

"그러면 되겠네. 난 여기도 괜찮은데."

허둥지둥거리는 윤하를 보니 마음이 좋지 않았다. 천하의 짠순이가 택시를 타고 여기까지 왔을 리는 만무하고, 얄팍한 셔츠를 걸치고 지하철을 탔을 일이 영 마음에 걸렸다.

준후는 슈트를 벗어 그녀의 어깨에 걸쳐 주었다.

"나 안 추워."

딱딱하게 굳은 그의 눈이 어깨에 걸친 슈트를 거둬내는 윤하를 향했다.

"안 추운데 코는 왜 그렇게 빨개?"

그녀가 멈칫하는 사이 준후는 현관을 향해 먼저 걸음을 옮겼다. 벗은 슈트를 건네주면 한차례 소리라도 지르려고 했는데, 다행히 윤하는 순순히 뒤를 쫓아오고 있었다.

연휴를 목전에 둔 저녁.

회사 로비는 사람들로 북적이고 있었다. 오가는 이들과 일일이 인사를 나누며 준후는 그녀를 일층 코너에 있는 휴게실로 데려갔다.

"저녁은?"

"먹었어. 전화하고 올 걸 그랬나?"

물끄러미 윤하를 바라보던 그는 자판기에서 율무 차 한 잔을 뽑았다.

"금방 내려올 테니까 마시고 있어."

"천천히 와도 돼. 자, 옷……."

"걸치고 있어."

종이컵을 두 손으로 꼭 그러쥔 윤하는 휴게실을 빠져나가는 그의 뒷모습을 먹먹한 눈으로 바라보았다.

어깨에 걸친 슈트와 손 안에 쥔 종이컵이 따뜻한 온기를 전해 주었지만, 괜히 준후를 찾아왔다는 후회는 조금도 게워지지 않았다.

"무슨 일 있어?"

사무실로 돌아오기 무섭게 퇴근 준비를 하는 그에게 은하가 물었다.

"어, 조금 급하게 돼서."

"매장 체크는 하고 가야지."

"……!"

"어머, 깜박했다는 얼굴이네."

잠시 망연한 표정을 하고 있던 준후가 잰걸음으로 은하에게 다가섰다.

"한 번만 도와줘."

"하! 이것 보세요, 강 대리님. 저도 오늘 안에 끝내야 할 일이 산더미랍니다. 뭐야, 정말. 밥 먹고 온다던 사람이 옷은 어디다 버려두고 와서, 한다는 소리가 매장 체크를 해달라고?"

"연차 하루 빌려줄게. 아니, 이틀."

"어머! 진심이야?"

준후는 초조한 표정으로 손목에 찬 시계를 들여다보았다.

"책임지고 이틀 쓰게 해줄 테니까, 오늘 하루만 좀 봐줘."

"호호, 그렇게까지 해준다는데 안 해줄 수가 없지. 대신 나중에 입 씻기 없기야."

"걱정 마."

"누구 왔어?"

"어."

"슈트 벗어준 사람?"

준후가 그녀를 바라보며 미소를 지었다.

"서류 건네줄 테니까 기본사항만 체크하면 돼."

"누구야?"

"별걸 다 알고 싶어하네."

"회사 사람 아니야?"

"어, 아니야."

책상 앞으로 다가선 그는 은하에게 넘겨줄 서류를 찾기 시작했다.

약속이 있다고 똑 부러지게 말해놓고 이 시간까지 저녁도 못 챙겨 먹은 윤하의 얼굴이, 안 그래도 급한 마음을 더 급하게 만들었다.

"강 대리, 사귀는 사람 있었어?"

"그런 거 아니야."

"에이, 아니긴. 강 대리처럼 냉정한 사람이 슈트 벗어줄 정도면 보통 사이는 아니잖아. 누구야? 나한테만 말해봐."

"친구."

"오호, 부인하지 않는 걸 보니 더 수상한걸."

"자, 여기 있으니까 이것 보고 체크해 줘. 상이한 점이 있으면 어시들한테 넘기면 돼. 아래쪽에 메일 주소 있어."

서류에는 관심 없다는 듯 은하가 그를 바라보며 생글생글 미소를 지었다.

"연차 사양할게, 친구 얼굴 좀 보여주지?"

"뭐? 나 참, 어이가 없어서."

"궁금해 죽겠단 말이야. 강 대리가 어떤 여자한테 슈트를 벗어줬을지. 보나마나 예쁘겠지? 그러지 말고 살짝 얼굴만 좀 보여주라, 응?"

"나중에."

"어! 사양 안 하네. 어쩐지, 처음부터 뭔가 있다 싶더라."

"있긴 뭐가 있어?"

분주한 손놀림으로 책상 위를 정리하고 가방을 챙기며 그가 물었다.

"여자들이 그렇게 줄 서는데 목석처럼 나 몰라라 하는 남자, 십중팔구는 숨겨둔 여자가 있는 거잖아."

"오버하지 마, 친구야."

"자기가 무슨 연예인인 줄 알아. 아무튼 오늘로서 감 잡았으니까 나중에 꼭 얼굴 보여주는 거야. 알았지?"

"일단 나 먼저 퇴근할 테니까 뒷일 부탁해. 들어갈게. 먼저 들어갑니다!"

남아 있는 직원들에게 인사를 한 그는 뒤도 보지 않고 사무실을 나섰다.

한 손에 가방을 들고 다른 한 손에 코트를 들고 휴게실 안으로 들어선 그는, 테이블에 엎드린 채 잠이 든 윤하를 어처구니없는 눈으로 바라보았다.

휴게실에 있는 사람들의 시선이 간간이 그녀를 향하고 있었다.

그렇게나 괘씸하고 서운했던 그녀인데 막상 새근거리는 숨소리를 내며 잠든 모습을 보니, 안쓰러운 마음이 들었다.

테이블 위에 가방과 코트를 내려놓은 준후는 조심스럽게 윤하의 어깨를 두드렸다.

"윤하야!"

"어?"

윤하가 놀란 얼굴로 퍼뜩 고개를 들었다.

발그레해진 뺨이며 귓불이 추위 속에서 오소소 몸을 떨었을 그녀를 알게 했다.

"나가자."

"응."

따뜻한 한 잔의 율무 차와 절로 몸을 녹게 만드는 히터 바람 앞에서, 깜박 잠이 들었던 모양이었다. 덜 달아난 졸음이 손마디와 다리를 무력하게 만들었지만 윤하는 얼른 자리에서 일어났다.

휴게실을 빠져나와 로비를 지나 엘리베이터를 나는 동안, 준후는 쉴 새 없이 사람들과 인사를 나누었다.

웃는 얼굴, 웃는 목소리……. 윤하는 지금껏 자신이 알지 못했던 그를 보는 것 같아 기분이 묘했다.

지하에 있는 주차장으로 내려온 두 사람은 그의 차가 세워져 있는 곳을 향해 걸음을 옮겼다.

"강준후?"

나직하지만 낭랑한 여자의 목소리가 지하 주차장 안에 맑은 공명을 낳았다.

준후가 그랬듯 윤하 역시 반사적으로 고개를 돌렸다.

엷은 노란색 바탕에 큼지막한 프린트가 들어간 원피스를 걸친 혜란이 그들을 향해 다가섰다.

"뒷모습을 보니까 너 같았어."

"퇴근하는 길이니?"

그제야 그날 이후로 지금껏 혜란에게 연락을 해주지 못한 일을 떠올린 준후가 미안한 목소리로 물었다.

"응, 오늘 조금 늦었어. 오랜만이구나. 정윤하, 맞지?"

"아, 안녕하세요?"

"준후 만나러 회사까지 왔구나."

가히 친하게 지낸 사이는 아니지만 어쨌든 학교 선배였다. 여러 번 밥을 얻어먹은 기억도 있고, 함께 술자리를 한 기억도 있는.

그런 혜란이 전에 없이 고압적인 미소를 보내오자, 윤하는 순간 어리둥절했다.

"오늘 고향에 내려가거든."

"그렇구나."

"다녀와서 연락할게, 지난번에 못 산 술 사야지."

"거절할까?"

"안 할 거 알아, 인마. 연휴 잘 보내고."

"너도."

윤하는 뜻을 알 수 없는 눈웃음을 보내는 그녀를 향해 꾸벅 고개를 숙여 인사를 했다.

그와 함께 차에 올라탄 윤하는 무슨 말인가를 하려다 그만두었다.

사방이 벽으로 둘러싸인 것만 같은 지금, 준후 역시 멀게만 느껴지는 벽이기는 마찬가지인데, 그런 그에게 혜란의 저의를 묻는 일이 조금은 우스운 듯했다.

"밥부터 먹어야지."

"밥 먹었다니까."

지상으로 연결된 램프 길을 올라오던 준후는 조수석에 앉은 그녀를 바라보았다.

　"옷하고 가방은 어디 있어?"

　"어?"

　"무슨 일 있지?"

　"아니야. 아무 일도 없어. 시간이 남아서 온 거야. 정말이야."

　준후는 대답 대신 그녀의 얼굴을 쳐다보았다.

　고작 이틀이 지났을 뿐인데 오랜 공백을 사이에 두고 다시 만난 것처럼, 아득한 감정이 밀려들었다.

　너무 오래 길을 걸은 탓에 두고 온 것들이 잊혀진 것처럼, 왜 윤하와 다투었는지조차 생각이 나지 않았다.

　"거짓말 같아?"

　천연덕스럽게 물어오는 윤하가 안쓰러워 그는 흐릿한 미소를 지었다.

　"가방하고 옷, 학교에 있지?"

　뾰족하게 입을 모은 윤하가 멋쩍은 얼굴로 고개를 끄덕였다. 때마침 휴대폰 벨소리가 들려오자 윤하는 안도의 한숨을 내쉬었다.

　한 손으로 핸들을 손에 쥔 준후가 휴대폰을 귀에 가져다 댔다.

　"네, 강준후입니다."

　[난데, 윤하 학교에 없네.]

　"학교야?"

[어, 내려갈 수 있을 것 같아서 윤하 데리고 너한테 가려고 했는데, 이 자식이 없잖아. 또 어디로 샌 거야, 새로 생긴 오빠지 기생인지……]

"잘됐다."

[잘됐다니, 그게 무슨 소리야?]

"윤하, 지금 나하고 같이 있으니까, 윤하 옷하고 가방 좀 챙겨. 십오 분 정도면 도착할 거야."

[같이 있다고?]

"그렇게 됐어. 연구실 사람 불러내서 부탁해. 괜히 불쑥 연구실 안으로 들어가지 말고."

[알았다, 교문 앞에 있을 테니까 도착하면 연락해.]

"고맙다."

잘된 일이란 생각이 들었다.

"강현수?"

"학교에 있다고 해서 가방하고 옷 챙겨오라고 했어."

"휴우……"

다행이라는 듯 나직하게 한숨을 내쉬던 윤하가 혀끝을 입술 사이에 물었다. 아차, 하는 얼굴로.

순간 준후의 눈동자가 밤바다처럼 흔들렸다. 칠흑 같은 파도 속으로 한줄기 섬광이 뛰어든 듯, 가슴이 무섭게 뛰기 시작했다. 어찌나 가슴이 심하게 두근거리는지 핸들을 잡은 손바닥으로 울림이 전해질 정도였다.

그는 갈증이 묻어나는 입술을 혀로 축였다.

수년처럼 길게만 느껴지던 지난 이틀간의 긴장이 풀린 때문이라고 믿고 싶었다. 다른 어떤 이유가 아닌.

"눈이 오려나, 날이 왜 이렇게 후덥지근하지."

괜한 혼잣말을 웅얼거리며 준후는 차창을 조금 내렸다. 시원한 바람이 화끈거리는 뺨에 닿았다.

무슨 생각을 하는지 창밖을 향해 고개를 돌리고 있는 윤하를 보니, 슬며시 화가 나려 했다.

상관하지 말라는 말 한 마디로 사람을 나락으로 곤두박질하게 만들어놓고, 난데없이 나타난 모습을 보는 순간 언제 그랬나 싶게 마음을 풀어지게 만들어놓고, 다시금 다른 곳을 바라보고 있다니…….

"왜 전화도 안 하고 찾아왔어?"

"그냥……."

고개를 돌린 윤하는 여전히 심기가 불편해 보이는 그의 표정을 살폈다.

무턱대고 널 찾아간 그 일을 무척이나 후회하고 있다고 말해버리고 싶었다. 하지만 그러기엔 준후의 얼굴이 지나치게 심각해 보였다.

한참 동안 그를 물끄러미 쳐다보던 윤하가 물었다.

"연애해?"

"누가?"

"너."

"연애 같은 소리 하네. 왜, 난 연애하면 안 돼?"

그를 바라보는 윤하의 입매에 팽팽한 긴장이 고여들었다.

이미 두 눈으로 똑똑히 확인한 바인데, 새삼 그의 입에서 나온 말이 왜 이렇게 서운하게 느껴지는 건지. 너무 서운해서 피식 웃음이 나올 것만 같았다. 씁쓸하기 그지없는 웃음이……

"시비 거는 거야? 주정은이하고 데이트하는데 눈치없이 찾아가서 미안해, 됐지?"

"……."

자승자박이라고 해야 하는 걸까, 아니면 역습이라고 해야 하는 걸까.

준후는 순간 할 말을 잊고 말았다.

"다음부터 그런 일 없을 거야."

숫제 정은과의 연애를 사실로 믿는 얼굴이었다. 고의적으로 맞불을 놓으려던 건 아닌데 결과가 그렇게 되고 말았다.

그렇다고 거짓말을 하려니 마음에 걸리고, 아니라고 솔직하게 말을 하려니 어쩐지 손해를 보는 기분이 들었다.

뭐라 설명할 수 없는 묘한 기분 앞에서 준후는 침묵을 선택했다. 폐부를 휘젓고 지나는 세찬 바람에, 간담이 서늘해지고 만 윤하의 기분을 알지 못한 채.

13 불쑥 후회가 밀려들다

13 불쑥 후회가 밀려들다

"**무**슨 분위기야?"

윤하가 고향집에 내려갈 준비를 하기 위해 집으로 들어가고 나자, 현수가 의아한 목소리로 물었다.

"뭐가?"

준후는 그의 말에 건성으로 대꾸하며 열쇠로 현관문을 열었다.

"소 닭 보듯 하는 묘한 분위기잖아."

"그렇게 보이냐?"

도리어 모르겠다는 듯 반문한 준후가 문 안으로 들어서자, 영문을 알 수 없는 현수가 두 어깨를 가볍게 들었다 내렸다.

"어른들 선물은 샀어?"

"현찰 좋아하시잖아."

"그래도 기분인데 선물 하나는 들고 내려가야지."

"상품권으로 드리려고."

"그것도 괜찮네."

"현수야, 나 옷 갈아입을 동안 가서 윤하 밥 좀 챙겨줄래?"

"밥?"

"먹었다고 우기는데 안 먹은 것 같아."

"시간이 몇 신데…… 같이 있었다면서 저녁도 안 먹은 거야?"

"그렇게 됐어."

"솔직히 말해봐, 무슨 일이야?"

"아무 일 없어."

"이 자식이 누굴 바보로 아나. 아무 일 없는데 쟤가 왜 코트도 안 입고 너한테 가냐? 저 자식, 그새 채인 거야?"

"그걸 내가 어떻게 알아. 가서 밥이나 챙겨 먹여."

이름도 모르는 남자에 대한 이야기만 나오면 자신도 모르게 화가 나곤 했다. 사사건건 남자에 대한 이야기를 입에 올리는 현수가 밉살스럽기도 했다.

"인마, 잡을 땐 확 잡아. 손이 됐든 목덜미가 됐든. 슬금슬금 눈치 보지 말고."

"쓸데없는 소리 그만 해."

"너 윤하한테 아주 마음 없는 거 아니잖아."

"그만 하라니까."

"그렇게 자신이 없으면 화해를 하든지. 지켜보는 사람이 더 피가 마르겠다. 내가 보기에 네가 윤하, 제법 많이 좋아하는 것 같은데, 모르는 거 아니야?"

"강현수!"

"아, 난 네가 모르는 것 같아서 지적해 준 것뿐이야."

알았다는 듯 현수가 두 손을 들어 보였다.

준후는 그가 집을 빠져나가고 난 뒤에야 허리에 손을 얹은 채 긴 한숨을 내쉬었다.

지극히 편안했던 윤하와 왜 이런 감정적인 소모를 주고받고 있는 건지, 답답하기 그지없었다. 얄팍한 셔츠 바람으로 찾아온 그녀에게 아무 일 없었던 듯 편안하게 대해주지 못한 일이 못내 후회스러웠다. 아무 일도 없었던 것처럼 웃어주지 못한 일이.

'내가 무슨 짓을 한 거지?'

송정이 쳐놓은 덫에 옴팡 걸려든 일을 미처 후회하기도 전에, 가눌 수 없는 무참함이 바람처럼 달려들었다.

진한 슬픔이 묻어나는 가면을 쓰고 승자(勝者)인 양 구는 송정 보다, 대학 후배인 정은과 웃는 얼굴로 걸어오던 준후가 더 야 속하게 느껴지는 건, 기대치의 문제이리라.

"난 연애하면 안 돼?"

떨쳐지지 않는 그의 목소리가 귓전을 울리고 지나갈 때마다, 민망함에 절로 얼굴이 붉어졌다.

마치 준후가 자신을 향해 그렇게 말하는 것만 같았다.

'난 너하고 달라. 사람들의 웃음거리가 되는 것도 모르고, 실 없는 사람을 만나고 다니지는 않아.'

자그마한 가방에 간단한 옷가지와 책 몇 권을 챙겨 넣는 내내, 윤하는 기억에서 지우고 싶은 영상에 시달렸다.

되는 게 없다는 건 오늘 같은 날을 두고 생겨난 소리였다. 연구실에서부터 하다못해 몇 년 만에 만난 혜란까지…….

난데없이 찬물 세례를 받았다고 해도 오늘처럼 정신이 퍼뜩 들지는 않았을 것 같았다.

좋지 못한 기억은 지워 버리면 그만이지만, 스스로에 대한 회의는 어떻게 해야 하는 건지 알 수 없었다.

난 왜 이렇게 바보처럼 사는 걸까…….

난 왜 이렇게 어리석은 걸까…….

침대 귀퉁이에 앉아 있는 현수만 아니라면 목을 놓아 울고 싶은 심정이었다.

"라면 끓여줄까?"

무너질 것 같은 속을 알 리 없는 그는 진즉부터 밥을 먹으라고 채근을 해대고 있었다.

"배 안 고프다고 몇 번을 말해야 알아?"

"고집하고는. 너 하는 짓 보면 굶든지 말든지 신경 안 쓰고 싶은데, 강준후가 꼭 챙겨 먹이라고 해서 이러는 거야. 내가 네가 예뻐서 이러는 줄 알아? 어려서부터 꿈은 야무지더니."

가방 지퍼를 닫던 윤하가 황급히 고개를 돌리는 찰나, 놀란 얼굴을 한 현수가 침대에서 벌떡 일어섰다.

"야, 너 울어?"

"미쳤구나, 네가."

닦을 사이도 없이 왈칵 솟은 눈물을 손등으로 찍어낸 윤하는, 그를 향해 고개를 돌렸다. 눈치하고는 담을 쌓은 현수가 가까이 다가오고 있었다.

"왜 울어?"

"울긴 누가 울었다고 그래! 하품 나오는 거 참으니까 그러는 거지!"

"그…… 러냐? 그래도 여자라고 하품 나오니까 고개도 돌리고 제법이네. 진짜 밥 안 먹을 거야?"

"어."

"저녁 안 먹었다며?"

"먹었어."

"이건 무슨 고래싸움에 새우등 터지는 것도 아니고."

하품이 났다는 윤하의 말을 곧이곧대로 믿은 건 아니지만, 그는 짐짓 모르는 척해주기로 했다.

연휴를 앞두고 있는 까닭인지 고속도로는 출근 시간 무렵의 강남대로를 방불케 했다. 부러 차를 두고 준후의 차에 올라탄 현수는, 짜증스런 표정으로 차창 밖으로 고개를 내밀었다.

뒷좌석에 앉은 준후의 목소리가 들려왔다.

"새벽에 출발할 걸 그랬나 봐."

"그러게, 이러다 길에서 날새겠다. 스키장 가는 인간들이 왜 이렇게 많아?"

"모처럼 연휴잖아."

"토요일이 휴무니까 레저 문화만 발전하는군."

못마땅한 듯 중얼거린 현수는 룸미러를 통해 보이는 두 사람의 표정을 살폈다. 그리 큰 차도 아니건만 멀찍한 간격을 사이에 두고 앉아, 각자 창밖을 향해 시선을 둔 모습이 가관이었다.

"내가 운전할까?"

"괜찮아. 윤하, 넌 안 자? 잠 온다고 하더니."

망연히 창밖을 내다보던 윤하가 고개를 돌렸다.

회의는 근본적인 것들을 향해 돌진하고 있었다.

어쩌다가 후배에게 그리 쉽게 보이고 말았을까. 송정이라는 특정인물을 통해 일이 불거진 것일 뿐, 진즉부터 다른 사람들에게 그처럼 녹록한 사람으로 보인 것인지도 모른다는 생각에 이르자, 지나온 시간들이 주마등처럼 뇌리를 스치고 지나갔다.

하긴, 어수룩하게 살았으니 학생 신분에 빚까지 짊어지고 있는 것이리라. 똑 부러지지 못하게 살아왔기에…….

회사 로비에서 보았던 준후의 모습이 계속해서 눈에 밟혔다. 웃는 얼굴, 웃는 목소리로 사람들을 대하던. 지금껏 자신이 알아온 모습과 달리 성숙한 사회인의 모습이 느껴졌었다.

눈에는 눈 이에는 이 하는 마음으로 송정의 옛 남자 친구를 두 번이나 만난 자신과 정은과 나란히 걸어오던 그의 모습은 하늘과 땅 차이였다.

"뭐라고 했어?"

"안 자?"

"괜찮아. 차가 많이 밀리네."

조금은 놀란 눈으로 준후가 그녀를 바라보았다.

처음 듣는 것 같은 말투에, 처음 보는 것 같은 눈빛을 한 그녀가, 천천히 창 쪽을 향해 고개를 돌리고 있었다. 저절로 그의 입술이 열렸다.

"배 안 고파?"

"어."

고개조차 돌리지 않고 대답하는 윤하의 뒷모습이 낯설게 느껴졌다.

가다 서다를 반복하는 차 안엔 약속이나 한 것처럼 내내 침묵이 자리하고 있었다. 심상치 않은 기류를 눈치 챈 현수는, 벌써 여러 개의 CD를 바꿔가며 딴 짓을 하는 시늉을 하고 있었다.

둘 사이에 무언가가 있다는 확증은 있는데, 이렇다 할 물증이 없으니 끼어들기도 난감했다.

'멍석을 깔기는 깔아줘야 하는데……'

CD 케이스를 뒤적거리던 그는 윤하가, 소름 끼치도록 잘 불러서 듣기 싫다는 조수미의 오페라 음반을 꺼냈다.

아니나 다를까, 첫 트랙의 선율이 나오자마자 목석처럼 창밖을 내다보던 그녀가 고개를 돌리는 모습이 보였다.

하지만 현수가 기대했던 것과 달리 그녀는 이내 다시 창 쪽을 향해 고개를 돌렸다. 반응은 그녀가 아닌 준후에게서 돌아왔다.

"현수야, 다른 거 틀어."

"잠 깨는 데는 오페라가 최고야."

"내가 운전할게."

"아니야, 너무 서행하니까 졸려서 그런 거야. 누가 해도 마찬가지야."

"다른 CD 없어?"

두 시간 가까이 침묵을 지키던 그가 윤하의 눈치를 살피는 모습이 보였다.

"좋기만 한데, 왜?"

"좀 그래서."

"차 안에서 CD 선택은 드라이버가 하는 거야. 오케이?"

살짝 고심하는 듯 보이던 준후가 물어왔다.

"휴게소 아직 멀었니? 거의 다 와가지?"

"아마도."

"들렀다 가자."

"배고프냐?"

"약간."

현수는 정확하게 보았다. 자신의 말이 끝나기 무섭게 윤하가 준후를 향해 눈을 흘기는 모습을.

흘겨보았다기보다 서늘할 정도로 무서운 눈으로 그를 쳐다보곤, 이내 고개를 돌렸다고 말하는 편이 옳았다.

분명하게 짚어지는 건 없지만 둘 사이에 묘한 감정의 기류가 흐르고 있는 것만은 확실했다.

묘한 감정…….

까맣게 서로를 모르고 살아온 두 사람 혹은 여러 날 동안 친구처럼 지내온 두 사람 사이에, 싹트기 시작한 감정…….

현수는 확신할 수 있었다. 준후와 윤하, 그 두 사람이 이제야 '삽질'을 시작했다는 걸. 당사자에겐 더없이 심각하고 무거운 일이겠지만, 제삼자가 보기엔 괜한 근심의 구덩이를 파는 삽질이 아닐 수 없었다.

"이야, 날 좋다."

그는 창밖으로 스쳐 지나가는 우중충한 밤하늘에 걸린 흐릿한 달을 보며 혼잣말을 웅얼거렸다.

늦은 시간 때문인지, 아니면 을씨년스러운 날씨 때문인지, 휴게소에 내리자마자 안개를 머금은 듯 습한 기운이 밀려들었다.

코트 주머니에 손을 넣고 목을 움츠리던 윤하는 등 뒤에서 들려온 소리에 고개를 돌렸다.

"우동 먹자."

밉살스러울 정도로 태연한 얼굴을 한 준후가 자신을 바라보고 있었다.

"화장실 간다!"

현수가 손까지 흔들어 보이며 저만치 사라졌다.

주머니에 찔러 넣은 손을 꼼지락거리며 윤하 역시 화장실이 있는 쪽을 향해 걸음을 옮겼다.

"배고프잖아, 우동이라도 먹고 가자."

"배 안 고파."

윤하는 자르듯 짧게 대답한 뒤 이내 화장실을 향해 빠른 걸음으로 걸어갔다.

준후는 그런 그녀의 뒷모습을 바라보며 답답한 한숨을 토해냈다.

꼬여도 단단하게 꼬인 매듭을 어디에서부터 어떻게 풀어야 하는 건지 난감했다.

"윤하는?"

화장실에서 나온 현수가 자판기에서 뽑은 커피를 마시는 준후에게 물었다. 준후는 대답 대신 턱 끝으로 여자 화장실을 가리켰다.

힐끔 여자 화장실을 쳐다본 현수가 물었다.

"도움이 필요한 타이밍?"

"모르겠어."

현수는 물끄러미 준후를 바라보며 그의 손에 들린 종이컵을 빼앗았다. 장난기 어린 반격이 없다는 건, 그만큼 심각하다는 뜻이리라.

"왜 저러는 건데?"

"휴우……."

"니들 삽질하는 거지?"

"삽질이라니?"

"넌 윤하가 여자로 보이는 거고, 윤하는 네가 남자로 보이는 거 아니야?"

"그런 거 아니야."

"아니긴 뭐가 아니야. 안 그러면 분위기가 이렇게 무거울 이유가 뭐가 있어? 윤하, 새로 생긴 오빠 때문이야?"

"자식…… 그 소리가 입에 붙었지."

못마땅한 듯 준후가 그의 손에 들린 종이컵을 빼앗았다.

이름은 물론 성도 모르는 남자에 대한 얘기만 나오면 이상할 정도로 속이 거북했다. 며칠 전 한강 둔치에서 보았던 남자의 눈빛이 영 마음에 안 들어서인지, 아니면 끝내 전화를 받지 않던 그의 태도가 괘씸해서인지 모르지만, 어쨌든 생각하는 것조차 싫은 남자였다.

"아니야?"

"우리가 왜 제삼자 때문에 싸워? 말이 되는 소리를 해라, 좀."

"살살해라, 인생 그렇게 어려운 거 아니니까."

"무슨 소리야?"

"들끓는 자기 속도 모르는 게 사람이란 말이다."

"……?"

"자식은 조금만 어렵게 말하면 얼굴색이 변한단 말이야. 짚어 줘? 내가 보기엔 니들 남자 여자로서 삽질 시작한 것 같단 말이야, 됐냐?"

"그런 거……."

"그런 거 아니라는 대답, 네 입술이 하는 거야, 아니면 마음이 하는 거야? 내가 니들을 하루 이틀 보냐? 무슨 일인지 모르지만 전 같았으면 윤하 머리 몇 번 쓰다듬어 주고 끝났을 일 아니야? 차 안에서 답답해서 죽는 줄 알았다."

"내가 운전할게."

"윤하 조수석으로 데려가."

"왜?"

"멍청하게 먼 산 보는 녀석 옆에 앉아서 가기 싫어. 인마, 질 투가 나면 그냥 질투가 난다고 말을 해. 그게 시원하지 않아? 괜히 뭔가 있는 것처럼 무게만 잡고 있으면 뭐가 달라지냐? 또 그런 거 아니니 어쩌니 하는 소리는 꺼내지도 마."

현수는 연방 여자 화장실 쪽을 힐끔거리며 마음에 담고 있던 말을 친구에게 쏟아냈다. 그는 대답 대신 빈 종이컵을 구겨서 휴지통에 넣는 준후를 바라보았다. 무슨 말인가를 할 줄 알았던 현수가 동전 세 개를 자판기에 집어 넣었다.

"또 마셔?"

싱겁기 그지없는 대답이 돌아왔다.

"네가 반 이상 마셨잖아. 윤하야, 우동 먹으러 가자!"

현수는 오버하듯 막 화장실에서 나온 윤하에게 씩씩하게 말하는 그를 물끄러미 쳐다보았다.

준후를 바라보는 그녀의 얼굴에 전에 없이 서글프게 보였다.

'쟨 또 왜 이래?'

현수는 싫다는 말을 할 것 같은 윤하에게로 다가갔다.

"우동 먹기 싫으면 다른 거 먹어, 이 오빠들이 사마."

"바보……."

절반의 승낙을 한 윤하가 휴게실 쪽을 향해 걸어가자, 종이컵을 현수에 손에 쥐어준 준후가 그녀의 뒤를 쫓았다.

따끈따끈한 커피가 담긴 종이컵을 들여다보며 현수가 혼잣말을 웅얼거렸다.

"진짜 놀고들 있네."

지우고 싶다…….

그럴 수만 있다면 깨끗하게 지워내고 싶다…….

김치를 송송 썰어 넣은 잔치국수를 먹는 내내 윤하는 오롯한 생각에 잠겨 있었다.

기억을 더듬어보니 공부를 잘하는 아이에서 공부만 잘하는 아이로 자란 자신의 모습이 보였다.

중고등학교 때까지만 해도 공부만 잘하는 아이, 라는 말은 듣기 싫은 소리가 아니었다. 하지만 대학을 졸업하고 박사과정을 밟고 있는 지금까지, 같은 말을 듣고 있는 건 가히 좋은 일이 아니었다.

'오늘'은 쌓이고 또 쌓인 '어제'의 결과라고 했던가.

깨끗하게 지워내고 싶은 마음이 간절한데, 어디서부터 지워내고 싶은 것인지, 어디서부터 지워내야 하는 것인지, 그 시작을 알 수 없었다.

그나마 어디론가 훌쩍 사라지고 싶다는 마음이 들지 않는 건, 스스로에 대한 애착이 남아 있기 때문이리라.

삶아놓은 지 오래된 면발이 입 안에서 헛웃음처럼 툭툭 터졌다.

지금껏 심각하게 생각해 본 적 없던 일들까지 헛헛한 그림자가 되어, 윤하의 마음을 무겁게 내리눌렀다.

동방그룹 로비에서 보았던 준후의 모습과 스물여덟을 코앞에 둔 자신의 모습이, 빛과 그림자처럼 극명한 대비를 자아냈다.

'어디서부터 잘못된 걸까?'

나름대로 맺고 끊는 법을 안다고 자신했었는데…….

무의식적으로 젓가락으로 국수를 들어 올리려던 윤하는, 생경한 느낌에 퍼뜩 고개를 들었다.

"도 닦아?"

국수 그릇을 손에 든 현수가 못마땅한 표정으로 물었다.

"뭐 좀 생각하느라고."

"같이 생각하면 안 될까?"

여느 때 같았으면 핀잔을 주고 냅다 국수 그릇을 빼앗았을 테지만, 그럴 의욕조차 남아 있지 않았다.

준후가 자신의 앞에 놓인 국수 그릇을 슬그머니 그녀의 앞으로 밀어주자, 현수가 들고 있던 국수 그릇을 그에게 건넸다.

앞에 놓인 국수 그릇을 물끄러미 쳐다보던 윤하가 말문을 열었다. 윤하의 것이 맞나 싶을 정도로 나직한 목소리였다.

"박준후!"

"어?"

"내 거 도로 내놔."

"뭐?"

"국물밖에 없잖아."

젓가락을 내려놓은 윤하가 고개를 돌리기도 전에, 그는 반사적으로 그녀의 그릇에 국수를 덜어주었다. 아주 익숙하고 빠른 솜씨로.

현수는 우스꽝스러운 짓을 하면서도 짐짓 심각한 표정을 한 두 사람을 어처구니없는 눈으로 바라보았다. 하지만 여느 때처럼 면박을 줄 만한 타이밍이 아니었다.

'이것들 바보 아니야? 국수 그릇을 바꾸면 될 걸 가지고.'

여간 배가 고팠는지 윤하는 이내 국수를 먹기 시작했다.

"천천히 먹어, 체하겠다. 김밥도 사 올까?"

준후의 말에 한입 가득 국수를 밀어 넣은 그녀가 고개를 끄덕였다. 자리에서 일어선 그가 김밥을 사러 가고 난 뒤 현수가 물었다.

"준후가 바람피웠냐? 그래서 냉전인 거야?"

"쿨럭!"

국수 국물이 코로 넘어갈 뻔한 윤하가 그를 향해 휙 고개를 돌렸다. 그의 입에서 나온 '바람'이라는 말이, 광풍(狂風)처럼 가슴을 흔들고 지나갔다. 마치 진짜 그런 일이 있기라도 한 것처럼.

"저 자식이 인물값 하는 게 하루 이틀 일은 아니지. 인마, 그럴 때일수록 여우같이 대해야 하는 거야. 곰처럼 입 열댓 발 내밀어봐……."

윤하는 젓가락으로 집어 든 단무지 두 개를 그의 입에 구겨 넣었다. 졸지에 입 안으로 밀려든 단무지를 우걱거리는 현수를 바라보며, 그녀가 말했다.

"꼭 저 같은 소리만 하지."

자리로 돌아온 준후가 김밥 세 줄이 놓인 하얀색 플라스틱 접시를 윤하의 앞에 놓았다. 현수가 무언가를 입에 넣고 우물거리며 피식피식 웃는 걸 보니, 자리를 비운 사이 윤하와 한차례 실랑이를 벌인 모양이었다.

휴게소에 도착하는 내내 입을 꾹 다물고 있던 윤하를 생각하면, 다행스러운 일이 아닐 수 없었다.

어물쩍 넘어가기엔 그녀와 자신 사이에 놓인 골이 깊다는 걸 인정하지 않을 수 없었다. 물론 시작은 지극히 경미한 것에서부터 비롯되었다. 상관하지 말라는 윤하의 말이 시발점이었으니. 아니, 그런 그녀의 말에 자극을 받은 것이 시발점이었으니.

하지만 꼬박 이틀 동안 그를 뒤흔든 감정은 실언(失言)에서 비롯된 화와는 거리가 먼 것들이었다. 현수의 말처럼 평소 같았으면 당시엔 감정이 상했을지라도, 이내 철딱서니 없는 말을 내뱉은 윤하의 머리를 쓰다듬는 것으로 끝났을 일이었다.

"먹기 싫다더니 잘만 먹네."

윤기가 자르르 도는 김밥을 집어 드는 그녀를 보며 놀리듯 현수가 말했다. 문득 준후는 그가 부럽다는 생각이 들었다.

준후는 간간이 국수 국물을 마셔가며 김밥을 먹는 그녀에게서 눈을 떼지 못했다.

쌀쌀한 밤바람을 맞으며 화단 앞에 서 있던 윤하의 모습이, 애틋한 그림자처럼 눈앞을 어지럽혔다.

어쩌다가 이렇게 된 걸까. 어쩌다가 여기까지 오게 된 걸까.

국수 한 그릇으로 허기가 해결되지 못했는지 묵묵히 김밥을 먹던 그녀가, 코트 주머니에서 휴대폰을 꺼냈다.

순간 준후의 얼굴에 팽팽한 긴장이 스치고 지나갔다. 노이로제에 걸린 것처럼 남자의 얼굴이 떠오른 때문이었다.

김밥을 입에 넣은 윤하는 액정을 들여다보고는, 이내 휴대폰을 귀에 가져다 댔다.

"어."

[어떻게 된 거야?]

"그렇게 됐어."

그녀는 걱정이 묻어나는 민주의 물음에 침착한 목소리로 대답했다.

[낮에 내가 괜한 말 해서 그런 거니?]

"아니야."

[휴우…… 말이 너무 심했던 것 같아, 미안해.]

"괜찮아."

정작 민주가 사과하고 싶은 건 낮에 카페에서의 일이 아니라 저녁 무렵 연구실에서의 일일 거라 생각하며, 윤하는 김밥 하나를 입 안으로 밀어 넣었다.

걷잡을 수 없는 파도처럼 밀려드는 후회 뒤에 겨울바람처럼 냉정한 생각이 되돌아왔으니, 마냥 부끄러워할 수만도 없었다.

[어디야? 출발했어?]

"휴게소에서 김밥 먹는 중이야."

[아까 지난번에 봤던 사람이 와서 네 옷이랑 가방 가져갔는데 받았어?]

"응, 받았어."

[윤하야! 살다 보면 고비 같은 게 있다고 하잖아…….]

"잘될 거야."

윤하는 다시금 조언을 하려는 것 같은 민주의 말을 잘라냈다.

그녀의 마음을 모르지 않았다. 하지만 애석하게도 그런 민주에게조차 보여선 안 될 모습을 보이고 만 것이 현실이었다. 적어도 자신을 염려하는 민주의 진심을 알고 있다면, 지금 이 순간부터 바짝 정신을 차린 모습을 보여주는 것이 옳았다.

[어?]

"걱정하지 말라는 말이야."

[그래.]

마지못해 대답하는 민주의 마음이 느껴졌지만 그녀는 모르는 척하기로 했다.

"올라가서 연락할게."

[그 안에 내가 전화할 거야.]

"알았어, 편히 쉬어."

[조심해서 내려가.]

전에 없이 짧은 통화였지만 윤하는 마냥 어두웠던 마음이 조금은 개이는 것 같았다.

'그래, 이렇게 조금씩 달라지면 되는 거야. 덥석 달려든 후회를 반복하지 않게 정신을 똑바로 차리면 되는 거야.'

격려하듯 마음속에 다짐을 새기며 윤하는 접시에 놓인 김밥 하나를 집어 입 안으로 넣었다.

14 오해일까? 의심일까?

14 오해일까? 의심일까?

세 사람이 김해 시(市)에 도착한 건 새벽 세 시가 조금 못된 시간이었다. 미리 부모님께 연락을 한 준후와 달리, 윤하는 집에 간다는 연락을 하지 않은 상태였다.

이른 시간, 연락도 없이 집으로 가는 것보다는 날이 밝은 뒤에 들어가는 것이 좋을 것 같다는 준후의 말에, 그녀는 흔쾌히 고개를 끄덕였다.

지금은 며칠이 있으면 스물여덟 살이 되는, 하지만 아직 십원 한 푼의 수입도 없는, 부모님 몰래 빚까지 진 철딱서니 없는 대학원생 딸이지만, 여기가 전부가 아니라고 생각하기로 했다.

각자 샤워를 한 세 사람은 온기가 느껴지는 찜질방에 자리를 하고 앉았다. 둥그렇게 만 수건을 머리에 쓴 윤하는, 먼저 와 있던 두 사람의 옆에 앉았다.

"몇 시야?"

윤하가 묻자 휴대폰을 꺼낸 준후가 시간을 알려주었다.

"세 시 이십 분. 안 피곤해?"

"괜찮아."

커다란 방석 세 개를 뭉쳐 쿠션을 등에 받친 윤하는 가지고 온 책을 폈다. 어처구니없다는 듯 현수가 물어왔다.

"공부하게?"

"응."

"쉴 땐 쉬고 놀 땐 노는 거야."

가차없이 책을 빼앗아 든 그를 물끄러미 바라보던 윤하가 손을 내밀었다.

"이리 내."

"분위기 파악해라. 지금이 혼자 책 펴고 공부할 때냐?"

"그래, 윤하야 피곤할 텐데 잠깐이라도 눈 좀 붙여."

거들듯 준후가 말했다.

"별로 안 피곤해."

"하여간 고집 하고는."

더 말해봐야 달라질 게 없다고 생각했는지 현수가 순순히 책을 건네주었다.

일순 어색한 침묵이 감돌았다.

준후는 벽에 등을 기댄 채 물끄러미 그녀를 바라보는 현수와 달리, 방석 두 장을 두 겹으로 접어 베개처럼 베고 자리에 누웠다. 깍지 낀 손을 가슴에 얹은 채 잠을 청하려던 그의 귀에 현수의 목소리가 들려왔다.

"정윤하, 너 연애하지? 새로 생긴 오빠 얘기나 해봐."

'이 자식이 정말!'

마치 자신에게 묻기라도 한 것처럼 가슴이 쿵하고 내려앉는 기분이었다. 펼친 책을 가슴 위에 얹은 윤하가 물끄러미 그를 바라보는 모습이 보였다.

도톰한 그녀의 입술이 달싹이는 순간, 준후는 자신도 모르게 숨을 크게 들이마셨다. 윤하의 입에서 어떤 말이 나올지 두렵기까지 했다.

"무슨 얘기?"

"그래도 양심은 있어서 잡아떼지는 않네. 뭐 하는 사람이야?"

"회사원."

"나이는?"

"몰라."

"나이도 모르는 사람하고 사귀냐?"

탁 소리가 나게 책을 바닥에 내려놓은 윤하가 벌떡 몸을 일으켰다. 그리곤 차분한 목소리로 따지듯 그에게 물었다.

"내가 그 사람하고 사귄다고 말한 적 있어?"

"그 나이에 새로 생긴 오빠면 뻔한 거 아니야?"

"……."

넋이 나갔을 때의 일이다. 정확히 말하면 절반쯤 정신이 나갔을 때의 일이었다. 이제는 과거가 된…….

"왜 말을 못해? 옳아, 반반인가 보네."

"명확한 사람 생기면 말해줄게. 됐지?"

"고로 그 사람은 아니다?"

뚫어지게 그를 쳐다보는 윤하의 눈빛이 대답을 대신하고 있었다.

피식 실없는 웃음을 터뜨린 현수와 달리, 준후는 안도의 한숨을 내쉬는 자신을 발견했다. 마침내 어둡고 눅눅하던 터널을 빠져나온 것 같은 기분이었다.

내려놓았던 책을 도로 집어 든 윤하가 책장을 펼치며 말했다.

"연애는 내가 아니라 준후가 할걸."

"그게 무슨 소리야?"

현수가 반문을 하는 순간, 자리에서 벌떡 일어난 준후가 뜨악한 표정으로 그녀를 바라보았다.

윤하가 아닌 현수의 눈빛이 그를 향했다.

"연애하나?"

멍한 얼굴을 한 준후가 고개를 가로저었다. 그의 눈동자는 책에서 눈을 떼지 않는 윤하에게 고정돼 있었다.

연애라니. 이 무슨 청천벽력 같은 소리란 말인가.

우연히 마주친 정은과의 일을 염두에 두고 하는 소리인 게 분명했다. 하지만 놀란 나머지 어떤 말도 나오지 않았다.

확실하게 감을 잡은 현수의 얼굴에는 웃음이 가득했다.

죽었다 깨어나도 서로에게 아무런 감정도 없다고 잡아떼던 두 사람이, 비슷한 시기에 복병을 만난 게 틀림없었다. 누가 먼저인지는 알 수 없지만 일련의 사건들에 자극받은 두 사람이, 묘한 감정의 기류에 휩싸였으리라.

"준후, 너 연애해?"

"내, 내가 언제?"

딱 잡아떼는 윤하와 달리 말까지 더듬는 걸 보면, 준후가 열세인 듯했다. 더욱이 태연하게 책을 보는 시늉을 하는 윤하와 달리, 준후는 그녀에게서 눈을 떼지 못하고 있었다.

싸움은 말리는 게 도리라고 했지만 이럴 땐 싸움을 부추기는 게 예의였다.

"누구야? 회사 사람? 자식, 좋은 일이 있으면 진즉 말을 했어야지. 윤하한테만 말하고 나한테는 왜 안 하는 거야? 누구야? 혹시 오혜란?"

안 그래도 머릿속이 뒤죽박죽 엉기고 있는데 현수가 쉴 새 없는 질문을 해오자, 준후는 그야말로 눈앞이 캄캄했다.

바스락 소리와 함께 책장을 넘기며 윤하가 나직한 목소리로 말했다.

"주정은."

"야, 정윤하! 내가 언제……."

"뭐? 너, 주정은이 개하고 사귀는 거야? 며칠 전까지만 해도 개 부담돼서 싫다고 그랬잖……."

아차 싶은 현수가 하던 말을 멈추었지만 이미 엎질러진 물이었다.

'아, 이놈의 주둥이!'

현수는 원망스럽게 자신을 바라보는 그의 눈빛을 외면했다.

데면데면하게 구는 두 사람을 제대로 대면하게 해주려던 바람이, 전혀 다른 결과를 낳고 말았다.

여자가 누구던가. 타고나길 오해와 착각의 귀재인 그녀들이 아니던가.

아나나 다를까, 책을 들고 자리에서 일어선 윤하가 어디론가 걸어가는 모습이 보였다.

"좌우지간 너 때문에 되는 일이 없어. 거기서 그런 소릴 왜 하냐?"

한차례 원망의 말을 쏟아낸 준후가 그녀를 쫓는 모습을 보며, 현수는 어깨를 으쓱 들었다 내렸다.

말이 좋아 최신식 찜질방이지 남녀 사우나실 두 개와 소금방 하나, 그리고 마루처럼 널찍한 공간이 전부인 찜질방이었다.

구겨질 대로 구겨진 마음을 안고 굵직한 소금이 깔린 방으로 들어선 윤하는, 혹 하고 치미는 열기에 손끝으로 코를 움켜쥐었다. 도로 나가려는데 안으로 들어서는 준후의 모습이 보였다.

그녀는 이깟 더위쯤 하는 마음으로 가마니처럼 생긴 것들이 덮인 벽에 등을 기대고 앉았다. 바닥에서 피어오르는 후끈한 열기가 이내 목이며 얼굴에 굵은 땀방울들을 자아냈다.

밤이라고 하기엔 심하게 늦은 시간, 새벽이라고 하기엔 턱없이 이른 시간이어서 그런지 소금방 안에는 곤히 잠든 노인 두 분이 전부였다.

"정말 그렇게 생각해?"

옆에 앉은 준후가 한껏 낮춘 목소리로 물었다.

"뭘?"

그는 그다지 알고 싶지 않다는 표정을 짓는 윤하의 손에서 책을 빼앗았다. 고개를 돌린 그녀가 준후를 무표정한 얼굴로 바라보았다.

"내가 언제 정은이하고 사귄다고 했어?"

"아니면 아니지, 왜 화는 내고 그래?"

"안 믿잖아."

"내가 믿든 안 믿든 그게 뭐가 중요한데?"

"하…… 나와봐."

그녀의 손목을 잡은 준후가 소금방을 빠져나왔다. 안 그래도 델 것처럼 뜨거운 바닥 때문에 곤혹스럽던 윤하로서는 다행스러운 일이 아닐 수 없었다.

소금방에서 나온 준후는 그녀를 데리고 찜질방 안의 구석진 곳으로 향했다.

성업(成業)을 이루던 즈음에 썼던 것으로 보이는 운동기구들을 모아둔 곳에서 걸음을 멈춘 그는, 답답한 얼굴로 윤하를 쳐다보았다.

"대체 무슨 생각을 하는 거야?"

"내가 뭘?"

"내가 정은이하고 사귄다고?"

딱 잘라 대답하기 곤란한 윤하는 고개를 돌렸다.

명확하게 그렇다고 하진 않았지만 분명 그런 것 같은 뉘앙스를 풍겼었다.

차비까지 꾸어서 무작정 준후를 찾아갔던 일이며, 정은과 나란히 걸어오던 그를 보며 두 눈을 질끈 감아버린 일이, 마치 조금 전의 일처럼 떠올랐다.

"부정하지 않았잖아."

"그건……."

"네 말처럼 네가 연애를 하든 말든 나하곤 상관없어. 그런데 왜 이래? 억울하면 현수 붙들고 얘기하든지."

그녀를 바라보는 준후의 눈동자가 흔들렸다. 자신이 내뱉은 말을 고스란히 되돌려 주는 것뿐인데, 어떻게 이럴 수가 있나 싶을 만큼 섭섭한 마음이 들었다.

서운함이란 마음에 닿는 감정일진대, 어찌 된 일인지 관자놀이 언저리가 욱신거렸다. 일말의 요동도 찾아볼 수 없는 윤하의 다부진 눈빛 때문이었다. 진심으로 네가 연애를 하든 말든 나와는 상관없다는 듯한.

"진심이야?"

"뭐가?"

잊고 싶은 순간의 기억을 자극하는 그의 말에 윤하는 슬며시 짜증이 났다.

덧붙여 그가 현수와 둘이서 정은에 대한 이야기를 나누었다는 사실도 짜증에 일조를 했다.

"정말 내가 연애를 하든 말든 너하곤 아무 상관 없어?"

"나한테 허락 받고 사귈 거 아니잖아."

별소릴 다 묻는다는 듯 윤하가 피식 웃음을 터뜨렸다.

괜스레 맥이 풀린 준후는 그때껏 쥐고 있던 그녀의 팔목을 놓았다.

연애라…….

강준후가 연애를 한다…….

단 한 번도 상상해 본 적 없는 일이었다. 아니, 언젠가부터 당연 그런 일 같은 건 생기지 않을 거라 확신해 온 것 같기도 했다.

궤도를 벗어난 성운이 되어버린 것 같은 가슴을 안고 무작정 달려갈 수 있던 유일한 곳, 그곳에서 맞닥뜨린 전혀 생각지 못한 준후의 모습에 번쩍 정신을 차린 건, 가늠할 수 없는 배신감 때문인 모양이었다. 믿을 수 없게도 그런 모양이었다.

윤하는 미끄러지듯 멀어지는 그의 손을 바라보며 요동치는 마음을 애써 추슬렀다.

무슨 말을 꺼내려는지 달싹이는 그의 입술이 보였다. 오래도록 머뭇거리던 그의 입술 사이로 나직한 목소리가 새어나왔다.

"관두자."

힘없이 돌아선 그의 등이 조금씩 멀어지는 모습을 보며, 윤하는 주먹을 세게 쥐었다. 앙다문 입술이 파르르 떨렸다.

살갗을 누르는 손톱이 자아내는 통증 따위는 아무것도 아니었다. 까닭없이 욱신거리기 시작한 가슴에 비하면…….

"이거 가지고 가."

차에서 내리려던 윤하는 그가 내미는 봉투를 쳐다봤다.

"뭔데?"

"부모님 선물."

"그, 그걸 내가 왜 갖고 가. 네 거잖아."

불편한 침묵을 끌어안고 찜질방에서 보낸 몇 시간. 무심하게 등을 돌리고 누운 준후와 코까지 곯아가며 깊이 잠든 현수를 번갈아 쳐다보며, 윤하는 새삼 깨달아지는 낯설음에 어깨를 옹송 그려야 했다.

다시는 준후와 이전 시간으로 돌아갈 수 없을지도 모른다는 불안감은, 찜질방 근처의 설렁탕집에서 이른 아침식사를 하는 동안에도 그녀의 마음을 무겁게 내리눌렀다.

터무니없는 액수의 빚을 끌어안고 사업을 정리하던 순간에도, 지금처럼 마음이 무겁지는 않았었다.

실패는 좋은 경험으로 삼으면 그만이었고, 빚이야 갚으면 그만이었다. 하지만 돌이킬 수 없이 서먹해진 관계는 어떻게 해야 하는 것일까.

"갈게."

운전석에 앉은 그에게 인사를 한 윤하는 문을 열고 차에서 내렸다. 뒷좌석에 앉아 있던 현수가 열린 창으로 고개를 내밀었다.

"부모님께 말씀드려, 이따 오후쯤 인사드리러 간다고."

"알았어."

운전석의 문을 열고 차에서 내린 준후가 코트 깃을 여미는 그녀의 곁으로 다가섰다.

"가지고 들어가."

"싫다니까 그러네."

"네 몫으로 준비한 거야."

"안 그래도 돼."

"너 정말······."

도무지 말로는 답답한 마음을 풀어낼 수 없는 준후는, 코트 주머니에서 빼낸 그녀의 손에 상품권이 담긴 봉투를 쥐어주었다.

"네가 드리는 거라고 말씀드릴게."

"아니, 나중에 네가 벌어서 갚아. 그러면 돼. 들어가."

"알았어. 나중에 봐."

그에게서 받은 봉투를 가방에 넣은 윤하는 대문 앞으로 향했다. 막 벨을 누르려는데 등 뒤에서 준후의 목소리가 들려왔다.

"웃고 들어가, 부모님 걱정하신다. 오후에 들를게."

차에 올라탄 준후는 어느새 조수석에 와 있는 현수를 달갑지 않은 눈으로 쳐다봤다.

스물여섯 달의 군생활보다 길게 느껴지던 새벽이었다.

"고의로 그런 거 아니야."

제가 뭘 잘못했는지는 아는 모양이었다.

"시끄러워, 인마."

"니들은 당사자나 되지, 분위기 살벌한 데서 밤샌 나는 안 힘들었는지 알아? 그리고 너, 아니면 아니라고 확실하게 못을 박아야지, 그게 뭐야?"

"시끄럽다고 했다."

"넌 여자를 몰라도 너무 모른다. 보면 모르겠냐? 네가 정은이하고 사귄다니까 질투나서 저러는……."

"내가 개랑 왜 사귀어!"

생각할수록 억울한지 준후가 언성을 높였다. 흠칫해하는 현수를 보며 그는 무거운 한숨을 내쉬었다.

"저 혼자 오해한 거야. 정은이하고 저녁 먹고 오다가 만났어. 그게 전부야……."

준후는 간헐적으로 한숨을 섞어가며 지난 저녁에 있었던 일을 그에게 털어놓았다.

주책없는 소리를 꺼내서 사람을 곤란 지경으로 밀어 넣긴 했어도, 그나마 속을 털어놓을 수 있는 유일한 친구였다.

묵묵히 그의 말을 듣고 있던 현수가 물었다.

"윤하가 왜 연락도 없이 너한테 간 거 같아?"

"모르겠어."

"뭔가 다급한 일이 있어서 그런 것 아닐까?"

"나도 그렇게 생각해, 겉옷도 안 입고 온 걸 보면."

"그런데 넌 때마침 주정은이하고 저녁을 먹고 오는 길이었다?"

핸들을 손에 쥔 준후가 고개를 끄덕였다.

"왜 정은이하고 밥 먹었는지 말해줬어?"

"그럴 만한 여유가 없었어."

"여유가 아니라 융통성이 없었겠지."

무슨 소리냐는 듯 준후가 그를 향해 고개를 돌렸다.

"여자들은 말이야, 꼭 집어주지 않으면 알아서 해석하는 고약한 습관이 있어. 어찌나 제멋대로 해석들을 하시는지, 그때그때 수습하지 않으면 너처럼 골머리 앓기 십상이라고. 너 그거 아냐? 여자들 말이야, 제 기분에 따라서 해석의 기준이 달라지는 거."

"머리 아프다."

"제 기분이 좋으면 한없이 관대하다가, 어느 순간 꼬이는 게 여자야. 이 형님의 노련한 직감으로 볼 때, 윤하는 그 남자 문제로 널 찾아간 게 틀림없어. 상상을 해봐, 연구실에다 가방이니 옷이니 다 놔두고 갔을 땐, 그만큼 문제가 심각하다는 뜻일 수도 있고, 그런 상황에서 널 제일 먼저 떠올렸다는 뜻일 수도 있어. 안 그러냐?"

"……!"

미간을 찌푸리고 있던 준후의 얼굴에 팽팽한 긴장감이 감돌았다.

"여자들은 단순해. 절박한 문제를 갖고 널 찾아나선 순간, 널 만나는 일이 더 절박해지지. 그런 타이밍에 주정은이하고 있는 모습을 봤으니……."

"돌아버리겠네."

"나 역시 돌아버리겠다."

잔뜩 심각해하는 준후를 돌아보며 그가 키득거렸다.

"뭐야, 그 웃음은?"

"그런 게 있다."

"뭐냐니까!"

"자식, 어울리지 않게 계속 버럭버럭거리네. 인마, 세상엔 모르고 넘어가는 게 좋은 일이 수두룩……."

"셋 셀 동안 말해. 셋, 둘……."

"날밤 한번 새더니 제대로 까칠해졌네."

"뭐냐니까?"

행여 그가 자신이 모르는 윤하의 근황을 알고 있는 것 같아 준후는 마음이 조급했다. 한참 동안을 낄낄대며 웃던 그가 마침내 말문을 열었다.

"내가 윤하 좋아했던 거 아냐?"

"헛소리 그만 하고 빨리 말해."

"농담 같냐? 하긴, 내가 생각하기에도 농담 같아서 진즉 포기했으니까."

"진…… 심이야?"

손바닥으로 콧잔등을 가린 현수가 멋쩍은 듯 키득거리기 시작했다. 하지만 준후는 웃을 수가 없었다.

"윤하에 대한 사랑만큼은 처음부터 지금까지 진심이지. 옆에서 네가 든든하게 잘 지켜주니까 크게 마음 쓸 일도 없고, 나야 언제든 제가 눈짓만 하면 낚아챌 준비가 돼 있었지."

"미친놈."

"인마, 원래 사랑은 미쳐야 하는 거야, 제정신으로 사랑하는 사람 봤냐?"

"시끄러워, 인마. 있는 여자들이나 잘 챙겨."

"수십 명의 여자와 만나고 헤어져도 첫사랑은 늘 한 사람이지. 안 그래?"

"욕 나간다, 그만 해라."

"더욱이 그 첫사랑이 멀리서 바라보기만 하던 사람일 경우엔……."

"너 지금 만나는 여자 있잖아!"

객쩍은 소리 그만 하라는 듯 준후가 버럭 소리를 질렀다. 하지만 느긋하게 팔짱까지 낀 현수의 얼굴에선 느물느물한 웃음기가 가시지 않았다.

"첫사랑이란 미제(謎題) 같은 거지, 언제든 기회만 닿는다면 제대로 시작해 보고 싶은. 나한테 더욱 그렇지."

얼굴이 벌게진 준후는 입을 굳게 다물었다.

세상에 믿을 사람 없다더니, 감쪽같이 자신을 속여온 현수가 괘씸하기 그지없었다. 게다가 미제 운운하면서 웃는 모습이라니…….

화가 난 사람처럼 한동안 묵묵히 운전을 하던 그가 현수에게 물었다.

"진심이야?"

장난기 가득한 미소를 띤 현수가 고개를 끄덕였다.

"진짜 어이가 없군. 그러면서 어떻게 그렇게 감쪽같이……."

"어차피 처음부터 욕심낼 수 없는 대상이었어. 이번에 귀국해서 너하고 둘이 사귀는 줄 알고 순간 얼마나 실망을 했는지."

"그게 왜 실망할 일이야?"

"썩 유쾌한 일은 아니지."

"진짜 이해 안 되네."

연애 역시 먹고 자는 것과 같은 본능이기에, 멈출 이유가 없다고 설파하는 녀석이었다. 그런 현수의 첫사랑이 윤하라니, 믿어야 하는 건지 농담으로 듣고 말아야 하는 건지 좀체 갈피를 잡을 수 없었다.

하지만 당황스러움도 잠시, 그저 그러려니 하고 넘겼던 이런 저런 일들이 주마등처럼 뇌리를 스쳐 지나갔다.

굳이 오래전의 일들을 뒤적이지 않아도, 현수의 말을 뒷받침해 주는 정황이 하나둘 그 모습을 드러냈다.

무턱대고 윤하의 학교로 찾아가 점심식사를 했던 일이며, 떠보듯 자신에게 연방 그녀에 대한 이야기를 캐내던 일이며…….

"강현수, 확실하게 짚고 넘어가자."

"뭘?"

"너, 지금 만나는 사람 있는 거지?"

"현재로선."

"그럼 그 사람한테 충실해. 허튼 생각 집어치우고."

"하하…… 허튼 생각이 뭔데?"

"며칠 전에 윤하 얘기 했었잖아!"

분명 그랬었다. 사귀는 사람이 없다면 제가 대시를 한번 해볼까 한다고.

"박준후, 넌 여자를 사귈 때 전부를 걸고 사귀냐?"

"무슨 소리야?"

"난 아직까지 내 전부를 걸고 사귄 여자가 없어."

"그래서?"

"언제든 헤어질 수 있는 가능성을 내포하고……."

"쓸데없는 소리 집어치우고, 네 현재에 충실해."

"윤하는 절대 넘보지 마라?"

준후는 키득거리는 그를 곱지 않은 눈으로 바라보았다. 안 그래도 상해 있던 감정이 배(倍)로 상했다.

흥미진진한 일에 빠진 양 연방 키득거리던 현수는 자신들이 탄 차가 널찍한 골목 안으로 들어서는 순간, 운전석에 앉은 준후에게 물었다.

"윤하에 대한 네 감정은 뭐야?"

15 답답해······ 답답해

15 답답해…… 답답해

"**어**마야! 우짠 일이고, 연락도 없이?"

은숙은 이른 아침 연락도 없이 찾아든 막내딸을 보고 놀란 입을 다물지 못했다.

"명절이잖아."

"퍼뜩 들어온나. 여보, 이리 좀 와보이소, 윤하 왔네요!"

막 식사를 마치고 안방에서 텔레비전을 보고 있던 태길은, 아내의 목소리를 듣고 급하게 거실로 나왔다.

"왔나?"

"저 왔어요, 아빠."

"연락이나 하고 오제. 뭐 타고 왔는데? 준후하고 함께 왔나?"

"네."

"앉자, 이리 온나."

"윤하야, 니 왜 이래 살이 빠졌나, 어데 아프나? 아가 마, 해
쓱해졌네."

반가움을 감추지 못하는 부모님을 보니 애써 쥐고 있던 긴장
이 스르르 달아나는 것 같았다. 코트를 벗은 윤하는 거실 소파
에 힘없이 걸터앉았다.

텔레비전을 놓아둔 장식장이 바뀐 걸 제외하고는 모든 것이
그대로였다. 창에 걸린 커튼도, 째깍거리는 소리를 내는 뻐꾸기
시계도, 겨울이며 늘 거실 바닥에 깔아두곤 하는 자줏빛 카펫
도.

"아침 먹어야제?"

"먹고 왔어."

"어데서?"

"새벽에 도착해서 찜질방에 있다가 설렁탕 먹고 오는 길이
야."

"집 놔두고 뭐 하러 한 데서 자나?"

"너무 늦어서 그랬지."

"미리 연락을 하고 오제, 그럼 늦게라도 기다릴 거 아이가. 와
이리 얼굴이 상했는데?"

"밤에 잠을 못 자서 그래."

"얼굴이 몬쓰게 됐네. 무슨 걱정 있는 건 아니제?"

"그런 게 어디 있어."

"엄마가 오랜만에 니를 보니까 반가워서 저러는 갑다. 아가 아직 학생인 먼 걱정이 있겠노? 가서 따뜻한 커피나 가져온나."

"잠잘 애한테 커피는 무슨……."

구시렁거리며 일어난 아내가 주방으로 들어가자, 태길은 눈에 넣어도 안 아픈 막내딸의 손을 꼭 잡았다.

"명절엔 짝지 달고 오는 거가?"

"네에?"

말도 안 된다는 듯 윤하가 두 눈을 크게 떴다.

"일마야, 니가 나이가 몇인데 그래 놀라나? 서울 가서 여태 하나 못 맹글었나?"

"아빠도…… 내, 내가 공부하러 서울 갔지, 연애하러 갔나."

"공부는 하는 만큼만 하면 되는 기라, 연애를 해야지, 연애를!"

"아빠 딸은 졸업할 때까진 공부만 열심히 할 거야."

"이누무 자슥, 말하는 것 봐라. 일마야, 이젠 공부보다 사람 만나는 일에 신경을 써야제! 아홉수엔 식도 몬 올린데이."

"스물아홉 넘어서 하면 되지."

"서른 넘은 아를 누가 델꼬 가노?"

"다 데려가. 걱정하지 마세요."

태길은 연애와는 담을 쌓은 것 같은 딸을 측은한 눈으로 바라보았다.

객지 생활이라는 것이 남자들에게도 외로울 텐데, 그 어린 나이에 혼자 올라가 지금껏 지내는 딸을 생각하면, 늘 마음 한구석이 짠해지곤 했다.

"일마야, 공부는 대학 드갈 때까지만 열심히 하는 기고, 그 다음엔 짝지를 찾아야 하는 기라. 니 그런 소리 몬 들었나? 나이 사십 넘으면 지식의 평준화가 된다 아이가. 그때 가믄 더 배우고 덜 배우고 아무 소용 없데이. 바라, 나이 사십 딱 넘고 나믄 너그 친구들 사이에서도, 누가 시집을 더 잘 갔나, 누가 더 행복하게 잘사나, 그걸로 잘사는 걸 따지제, 어느 학교 나왔는지 마 아무 소용 없다."

윤하는 고개까지 저어가며 열변을 토하는 아버지를 물끄러미 바라보았다.

막내이자 하나뿐인 딸을 염려하는 아버지의 목소리와 주방에서 들려오는 달그락거리는 소리가, 말할 수 없는 편안함을 느끼게 해주었다.

작은 쟁반에 커피 세 잔을 받쳐 나온 은숙이 들뜬 목소리로 물었다.

"니 남자 생깃나?"

"남자는 무슨, 그런 게 어디 있어."

"연애 잘하는 것도 효도라 안 카더나. 참말 없나?"

"없다."

스르르 긴장이 풀리는 소리를 들으며 윤하는 어머니가 건네주는 커피 잔을 받아 들었다.

"와 없는데?"

"그걸 내가 어떻게 알아."

"가시나야, 그만히 반반하게 낳아줬는데 와 남자 친구 하나 없냐 말이다. 생기길 몬했나, 공부를 몬하나, 니가 빠지는 게 뭐가 있는데?"

"엄만 오자마자 그런 얘길 하고 그래? 관심없단 말이야."

"선혜하고 영주는 진즉 시집가서 얼라들 놓고 사는데, 안 부럽나?"

"별게 다 부럽네. 엄마, 있잖아. 사람은 다 자기 길이 있는 거야. 일찍 결혼해서 주부로 사는 사람도 있고, 나처럼……."

"평생 헛똑똑이로 살라꼬?"

"엄마!"

은숙의 입에서 나온 '헛똑똑이'라는 말에 두 눈이 휘둥그레진 윤하와 달리, 태길은 껄껄대며 웃기까지 했다. 마치 아내의 말에 전적으로 공감하기라도 한다는 듯.

"하모, 니가 헛똑똑이 아이고 뭐가? 윤하야, 니 내려온 김에 선 한번 볼래?"

"엄마! 아빠, 엄마 왜 이래요?"

"왜 그라긴, 나이 찬 딸내미 얼렁 보내고 싶어 그러지."

"니가 헛똑똑인 거 모르고 설서 공부한다니까 지천에서 중매가 들어오는데, 야야, 니 이참에 선 한번 보자. 탐나는 자리도

있다 안 카나. 머라카더라, 서울서 큰 기업에 다니는 사람인
데⋯⋯."

"엄마, 내가 몇 살인데 선을 봐?"

"꽉 찬 나이 아니가? 준후는 만나는 사람 있제?"

한숨을 내쉰 윤하는 어머니 표 커피를 홀짝였다.

"준후는 있나?"

덩달아 아버지마저 물어오자 달짝지근하던 커피 맛이 쓰디쓰
게 느껴졌다.

"와 대답이 없나?"

"없대."

"와?"

이번엔 어머니가 물어왔다. 윤하는 잔에 남은 커피를 한 번에
마셨다. 갑작스럽게 졸음이 밀려들었다.

베개를 베고 누우면 곧바로 잠이 들 것처럼 나른한 의식 너머
로, 준후의 얼굴이 흐릿하게 떠올랐다.

"준후는 와 여자가 없는데?"

"가만, 전화 오는 소리 아니가?"

윤하는 아버지의 말이 끝나기도 전에 벌떡 자리에서 일어났
다. 벗어둔 코트 주머니를 뒤적이자 진동음이 느껴졌다.

'준후일 거야.'

까닭없이 가슴이 뛰기 시작했다.

하지만 막상 휴대폰을 꺼낸 윤하의 얼굴엔 한줄기 실망의 빛

이 스쳐 지나갔다.

"여보세요?"

[잘 내려갔어요?]

"네."

[밤에 전화하려다 늦어서 안 했어요.]

"네."

[자다가 받았어요?]

"아니요."

[목소리에 기운이 없네요. 난 오늘 출근했어요.]

"휴일인데 출근했어요?"

[오늘 안에 끝내야 할 일이 있어서요. 뭐 하고 있었어요?]

"부모님하고 차 마시고 있어요."

[안 좋은 일 있어요?]

"그런 거 없는데……."

[윤하 씨답지 않게 목소리에 기운이 없어요.]

윤하는 답답한 가슴 위에 손바닥을 얹었다.

엄밀히 따지면 모르는 사람이다. 그런 사람에게 너답지 않다
는 말을 듣고 있는 자신이 한심해 견딜 수가 없었다.

"그런 거 없어요. 일 잘 마치세요. 부모님하고 얘기하던 중이
라 길게 통화하기 힘들 것 같아요."

[윤하 씨!]

"네?"

[내가 실수한 거 있어요?]

"아니요."

[언제 올라와요? 2일?]

"아직 확실하지 않아요."

1일 오후에 출발하기로 했지만, 어쩐지 그렇게 대답하는 게 옳을 것 같았다.

[올라올 때도 오빠 친구 차로 오는 건가요?]

"네."

[저녁에 전화할게요.]

"저…… 할 얘기 있으세요?"

[윤하 씨 기분이 안 좋은 것 같아서 덩달아 다운되네요.]

각별한 사이라도 되는 듯 말하는 우일의 말에, 윤하는 뒤통수가 얼얼했다.

치명적인 실수를 저지른 건 인정하는 바이지만, 그렇다고 해서 무언가 착각하고 있는 것 같은 우일을 용인할 이유는 없었다.

"무슨 말씀을 하시는 건지 잘 모르겠네요."

[정말 내가 잘못을 하긴 했나 보네요. 말해봐요, 왜 그러는지.]

여차하다가는 송정에게 휘둘린 것 이상으로 실수를 할 수도 있는 상황이었다. 윤하는 뚫어져라 자신을 쳐다보고 있는 부모님을 피해, 방문을 열고 안으로 들어섰다.

닫은 방문에 기대선 그녀는 옷장 문에 달린 거울을 물끄러미 쳐다봤다. 어리석은 정윤하가 휴대폰을 귀에 댄 채 거울을 들여다보고 있었다.

"저 기분 안 좋은 일 없고요, 전우일 씨 때문에 기분 상한 일도 없어요."

[느낌이라는 게 있잖아요. 뭔가 달라진 것 같아요.]

"휴우……."

[연구실에 문제 생겼어요?]

이쯤에서 그만 했으면 하는 바람과 달리 그는 더욱더 집요하게 기분이 다운된 이유를 캐물었다.

설령 그를 만난 일이 실수에서 비롯된 것이라 할지라도, 이쯤에서 반듯하게 선을 긋는 것이 옳았다. 하지만 무슨 말을 어떻게 꺼내야 하는 건지 난감했다.

"저……."

윤하는 어렵사리 말문을 열었다.

[그래요, 윤하 씨, 무슨 말이라도 좀 해봐요.]

"제 얘기 오해 없이 들으셨으면 해요. 솔직히 전 전우일 씨가 왜 저한테 그런 얘길 하는지, 이해가 잘 안 되네요."

[윤하 씨, 그건…….]

"기분이 좋을 수도 있고 나쁠 수도 있지만, 그 이유를 제가 우일 씨한테 설명해야 하나요?"

[나 때문에 그러는 것 같아서 그래요.]

"보통 그런 건 아주 친한 사이에서나 물어보는 이야기잖아요."

[우리, 친한 사이 아닌가요?]

윤하는 순간 자신이 잘못 들은 건 아닐까 싶었다.

[윤하 씨, 난 말이에요, 비록 우리가 알고 지낸 시간은 짧지만 서로에 대해 좋은 감정을 갖고 있다고 생각해요.]

"네에?"

[알아요, 시작부터 평범하지 않았다는 거. 하지만…….]

"지, 지금 무슨 얘길 하시는 거예요?"

잠결에 찬물 세례를 받는 기분이 이런 것이리라. 윤하는 나른하게 내려앉던 졸음이 일제히 달아나는 소리를 들었다.

[나도 윤하 씨처럼 당황스럽기는 마찬가지예요. 감정에 충실한 성격도 아니고, 나름대로 냉정하다고 생각해 온 내가 윤하 씨한테 이런 감정을 느낀다는 사실이 생소하고 당황스럽기까지 해요. 하지만 어쩔 수 없는 일인 걸 어떻게 해요. 알아요, 오랫동안 지쳐 있던 내게 윤하 씨가 커다란 힘이 돼주었다는 거. 그래서 더 끌린다는 것도 모르지 않아요. 윤하 씬 아주 오랫동안 알아온 친구 이상으로 편한 사람이에요, 나한테.]

아뿔싸!

눈앞이 캄캄했다. 송정이 놓은 덫에 걸려 허우적댄 일은 아무것도 아닌 셈이었다. 절로 혼잣말이 새어나왔다.

"미치고 팔짝 뛰겠네."

[네? 뭐라고 그랬어요?]

"아, 아무것도 아니에요. 미안한데요, 전우일 씨, 전 지금 무슨 말씀을 하시는지 잘 모르겠네요."

[저 때문에 연구실 생활이 편치 않을 거라는 거 알아요. 어떤 도움도 되지 못해서 미안해요.]

"후우······."

[많이 힘들었죠?]

이 남자, 아예 소설을 쓰고 있구나!

윤하는 휘청거리는 걸음으로 침대 앞으로 다가섰다. 어머니가 자주 청소를 하시는지 손끝에 닿는 침대 시트의 느낌이 보송보송했다.

비약적으로 표현하자면 전우일이라는 남자는 망상 수준에 가까운 생각을 하고 있는 것 같았다. 전혀 사실과 무관한 자신의 생각과 감정을 사실처럼 믿어버리는 것······.

그런 사람에게 감정을 촉발하는 말을 한다는 건 상당히 위험한 짓이었다.

'내가 벌집을 건드렸구나.'

절로 나오려는 한탄을 뒤로 미룬 채 윤하는 곰곰이 생각했다.

[윤하 씨, 울어요?]

"아니요."

윤하는 지금껏 한 번도 그래본 적 없는 차가운 목소리로 대답했다. 휴대폰 너머에서 흠칫하는 기색이 느껴졌다. 그녀는 이때다 싶은 마음으로 말문을 열었다.

"전우일 씨가 무슨 말씀을 하는지 아주 모르는 건 아니지만, 전 그렇게 생각해 본 적이 없습니다."

[윤하 씨!]

제대로 된 벌집이다, 제대로 끊어내지 않으면 두고두고 벌에 쏘이고 말 것이다. 팽팽하게 긴장한 이성(理性)이 윤하를 부추겼다.

"뭔가 잘못 생각하시는 것 같네요."

[갑자기 이러는 이유가 뭐예요? 김해라고 했죠? 제가 퇴근하고 그리로 내려갈게요. 만나요, 우리 만나서 얘기해요.]

'헉!'

와락 무섬증이 일었는지 손끝이 짜르르 저리기 시작했다.

"전우일 씨, 다시 말씀드리지만 전 그쪽한테 사적인 감정 같은 거 없습니다."

[송정이 때문이지? 송정이가 무슨 짓을 한 거지, 그렇지?]

비록 목소리뿐이지만 그의 말투에선 약간의 광기가 느껴졌다. 적어도 윤하가 느끼기엔 그랬다. 냉정하려 애를 쓰는데도 두려움으로 떨리기 시작한 가슴을 달래기에는 역부족이었다.

"그런 일 없습니다."

[아니야, 두 시에 퇴근하고 바로 내려갈 테니까 만나서 얘기해.]

머릿속이 텅 비는 느낌…….

마치 자신이 아주 오래전부터 우일을 알아온 건 아닐까 하는
착각이 들 정도였다. 고작해야 두 번을 만났을 뿐이다. 한 번은
가방과 휴대폰을 전해 받기 위해, 다른 한 번은 그가 학교로 찾
아오는 바람에. 아니, 두 번 모두 송정의 코를 납작하게 눌러주
기 위해서였다.

　'내 손가락으로 내 눈을 찔렀구나. 미쳐!'

　"전 그쪽을 만날 이유가 없습니다."

　[만나! 만나서 얘기해. 아무 이유 없이 이럴 사람 아니라는 거
모르지 않아.]

　휴대폰을 바짝 귀에 가져다 댄 윤하는 자신도 모르게 그에게
묻고 말았다.

　"미쳤어요?"

　자잘한 먼지처럼 들러붙어 있던 사념들을 내려놓고 마음 편
히 쉴 수 있는 곳. 긴 여행 같은 삶의 여정에서 언제든 돌아갈
수 있는 곳. 언제든 내 자신을 누일 수 있는 곳.

　그래서 '집'이니 '가족'이니 하는 단어들은 늘 그만그만한 그
리움과 애틋함을 내포하고 있는 건지도 몰랐다. 그것이 지척에
있든 먼 곳에 있든 간에.

　시내에서 철물점을 운영하는 부모님이 느지막이 출근을 하고
난 뒤, 준후는 현수와 함께 거실 소파에 기댄 채 편안한 휴식을
누리고 있었다.

리모컨으로 이리저리 텔레비전 채널을 돌리던 현수가 그에게
물었다.

"윤하한테 전화 안 해?"

"신경 끄지."

"풋, 어째 넌 빠지라는 말투 같다?"

"인마, 있는 사람이나 잘 챙겨."

"내가 안 챙겨도 제가 알아서…… 여봐라, 알아서 재깍재깍
전화하잖냐."

현수가 때마침 울리는 휴대폰을 들고 방 쪽으로 걸어갔다.

뒷목을 받치고 있던 손을 풀어낸 준후는 크게 기지개를 켰다.

아침까지만 해도 심각하게 여겨졌던 일이, 집으로 돌아와 잠
시 쉬는 동안 그리 크지 않은 일이 되어 있었다.

별것 아닌 일이 빌미가 되어 윤하와 어색한 사이가 되긴 했지
만, 그야말로 별것 아닌 일이었다.

사람은 언제고 자신에게 벌어진 문제를 확대해석 하는 경향
이 있었고, 점점 더 문제 속으로 빠져들어 가다 보면 문제와 자
신이 일체(一體)를 이루기 십상이었다.

준후는 지난 사흘 동안 자신이 문제도 아닌 문제에 지나치게
집착했던 일을 시인했다. 몇 발자국 떨어진 곳에서, 타인에게
일어난 일을 보듯 관조했어야 함이 옳았다.

서운한 소리?

절친한 사이에 서로 서운한 소리를 하는 일이 큰일일 수 없

었다.

오해 또한 마찬가지였다. 이해란 오해에서 비롯된다는 말이 있지 않은가.

답답한 걸 견디기 싫어하는 조급한 성정에게 쫓겨 다닌 지난 사흘이었다. 하지만 이제는 자신이 있었다.

윤하와의 사이에 놓인 거북하고 어색한 감정은 그리 오래가지 않을 것이었고, 쌓인 눈이 녹듯 오해가 풀리기까지 이전과 다름없이 윤하를 대하면 그만이었다.

만사가 사람의 마음속에 그 답을 지니고 있다고, 객관적인 시야를 확보하고 나니 왜 그랬나 싶을 만큼 마음이 편안해졌다.

시내에서 직장 생활을 하는 동생이 점심시간 무렵 퇴근을 한다고 했으니, 동생을 보고 난 뒤에 윤하 부모님께 인사를 드리러 가면 될 것 같았다. 저녁엔 모처럼 고향 친구들을 만나야 하니…….

휴대폰을 들고 방으로 들어간 현수는 통화가 길어지는지 모양이었다. 그가 두고 간 리모컨을 집어 든 준후는 뉴스 채널을 찾았다.

마침 눈에 익은 경제 전문가가 나와 2008년의 경제전망을 논하고 있었다. 호기심 어린 눈으로 텔레비전을 보며 그는 어머니가 챙겨주신 귤 바구니를 끌어당겼다. 새콤한 냄새를 풍기는 귤을 하나 집어 껍질을 까는데, 바닥에 내려놓은 휴대폰이 벨소리를 내기 시작했다.

그는 텔레비전에서 눈을 떼지 않은 채 한 손으로 휴대폰을 집었다. 저녁에 만나기로 한 친구 녀석들 중 누군가가 시간과 장소를 전해주는 것이려니 생각하며.

"네, 강준후입니다."

준후는 미처 까지 못한 껍질을 사이에 소담하게 안긴 귤 한 쪽을 떼어내 입 안으로 밀어 넣었다. 절로 기분이 좋아질 정도로 상큼한 향이 입 안 가득 퍼졌다.

[통화 가능해?]

"윤하니?"

[지금 통화 가능해?]

한껏 소리를 낮춘 그녀의 목소리는 뉴스에 집중돼 있던 그의 시선을 여지없이 분산시켰다. 비스듬히 소파에 기대 있던 상체를 일으킨 준후는 리모컨으로 텔레비전의 전원을 껐다.

"무슨 일인데 그래?"

[옆에 누구 없어?]

"어."

[강현수는?]

"방에서 전화 받아. 현수가 알면 안 되는 얘기야?"

[응.]

"그럼 잠깐만, 내가 안방으로 들어갈게. 집이야?"

준후는 서둘러 안방으로 향했다. 때마침 현수가 자신의 방에서 나오는 모습이 보였다.

"현수야, 나 중요한 전화 좀 받고 나올게."

"오케이!"

안방으로 들어선 그는 윤하에게 무슨 일이 있는지를 물었다.

[휴우…… 나, 미치겠어.]

"왜, 무슨 일인데 그래?"

[나 모자라나 봐. 미쳤어, 미쳤어…….]

준후는 용건 대신 알아들을 수 없는 혼잣말을 웅얼거리는 그녀를 묵묵히 기다려 주었다. 한참 동안 윤하의 혼잣말을 들어주던 그가 물었다.

"무슨 일 생긴 거니?"

[응.]

목소리로 볼 때 울상을 하고 있을 윤하의 모습이 눈에 보이는 듯 했다.

"말을 하려니까 정리가 잘 안 돼?"

[응.]

"잠깐 나올래, 그럼?"

[그래도 돼?]

"현수한테는 잠깐 나갔다 온다고 말하면 돼. 어디서 볼래?"

[아무 데나.]

"그럼 이십 분 뒤에 집 앞에 나와 있어. 차 가지고 갈게. 지금이 열한 시 사십 분이니까 열두 시 정각에 나오면 되겠다."

[고마워.]

준후의 입가에 머쓱한 미소가 깃들었다.

기우(杞憂)는 말 그대로 기우일 뿐이었다. 이렇게 자연스럽게 풀릴 일을 두고 그토록 고심했던 자신이 멋쩍었다.

지나가던 벼락이 하필 목덜미에 걸린 기분이랄까, 아니면 정확히 관자놀이를 관통하고 지난 기분이랄까.

[전쟁 나도 저녁 여덟 시까지는 도착할 테니 기다리고 있어요.]

우일은 상대방의 말을 듣지 않기로 작정한 사람처럼, 시종 제 말만을 고집했다.

처음엔 오든지 말든지 휴대폰을 꺼놓으리라 생각했었다. 한데 다시 생각해 보니 그게 아니었다.

통화를 하면서 느낀 그는 무언가에 꽂혀서 전후좌우를 전혀 분간하지 못하는 사람 같았다. 그런 그가 이런저런 수단과 방법을 동원한다면 고향 집의 전화번호를 알아내는 것쯤은 식은 죽 먹기란 생각이 들었다. 자신을 주적(主敵) 취급하는 송정이 있어 더더욱 마음에 걸렸다.

어제 회사 앞에서 그런 꼴을 당해놓고 이게 무슨 짓인가 싶었지만, 준후의 얼굴만이 오롯하게 생각이 났다.

"어데 가노?"

코트를 입고 방에서 나오는 윤하에게 어머니가 물었다.

"어, 요 앞에."

"요 앞 어데? 니 일나면 점심 먹으려고 다 챙기났는데 나가믄 우야노?"

"친구 좀 만나고 올게. 아빠 어디 가셨어?"

"딸내미 왔다고 고기 재러 안 가셨나."

"가게 나가셨어?"

"가게에 억수로 맛있는 고기가 있다 아이가. 니 일나믄 구워 준다고 그거 가지러 안 갔나."

내밀한 이야기를 털어놓듯 은숙은 목소리까지 낮춰가며 분위기를 잡았다.

"금방 올게."

"준후 만나러 가나?"

"그걸 어떻게 알아?"

"마 척 보면 착이제. 니가 요 앞서 만날 아가 준후밖에 더 있나? 쯧쯧, 못난 것들. 인물들은 멀쩡해가 와 제 짝을 못 만나노? 현수도 안즉 없나?"

"현수는 한 열 명쯤 될걸."

"니!"

"……?"

바짝 다가선 어머니가 검지를 들이대자 화들짝 놀란 윤하가 두어 걸음 물러섰다.

"와? 놀랐잖아!"

"니 지금 머라 켓나? 현수? 현수가 니 친구가?"

할 말이 없는 윤하는 입술을 오므렸다.

"와 말을 몬하노?"

"그, 그냥 편하게 부르는 건데 뭐."

"가시나야, 네 오빠 친구 아이가? 니 준후한테도 그카나?"

"……."

"어마야, 이기 무슨 일이고! 서울은 애도 없고 어른도 없드나? 기냥 마구잡이로 저기 서양맨치로 피차 이름 부름서, 그것이 멋이라 카드나? 몬쓴다!"

"안 그러면 되잖아."

"한 번만 더 그딴 소리 해봐라, 마 주둥이를 실로 꽁꽁 묶어버릴 테니!"

"갔다 올게."

어물쩍 어머니의 눈치를 살핀 윤하는 달음질치듯 현관으로 향했다. 현관문을 닫는데 빨리 오라는 어머니의 목소리가 들려왔다.

힘없이 터벅터벅 걸어오는 윤하의 모습에 걱정이 앞섰지만, 묵은 체증이 내려간 시원함은 여전했다.

조수석에 올라탄 그녀의 얼굴을 보니 멀리서 보던 것 이상으로 수심이 가득했다.

"무슨 일인데 그래?"

"이 골목부터 벗어나. 아빠 고기 가지러 가게 가셨대."

"어디로 갈까?"

"조용한데."

"고백하려고?"

긴장이 컸던 때문이리라, 불쑥 농담이 나온 걸 보면.

눈을 부라리는 윤하의 머리를 가볍게 쓰다듬은 그는 이내 차를 출발시켰다.

지천으로 보이는 산하(山河)에는 겨울 빛이 무성한데, 그만그만한 높이의 비닐하우스가 즐비한 이곳엔 초록이 가득했다.

개발 열풍과 함께 야금야금 현대식 건물이 들어서고, 아파트 단지가 들어서는 동안 흙냄새 풀 냄새 가득했던 시(市)는, 하루하루 제 빛깔을 잃어갔다.

그래서인지 이곳 화훼단지를 찾아올 때면 어린 시절의 추억들이, 엊그제 일처럼 새록새록 떠오르곤 했다.

뽀얀 흙먼지를 뒤집어쓰고 뛰어놀던 유년 시절의 기억을 갖고 있다는 건, 정말이지 근사한 일이 아닐 수 없었다. 잿빛 아스팔트와 조악한 인공 잔디가 추억의 전부가 될 도시 아이들을 볼 때면, 편리라는 것이 과연 인간의 삶을 행복하게 해주는 조건일까 하는 의문이 들기도 했다.

"공기가 다르지?"

주머니에 손을 꽂은 채 시원한 겨울바람을 한껏 들이마신 그가, 곁에 선 윤하에게 물었다.

"짜증나."

"뭐?"

준후가 그녀를 향해 비스듬히 돌아섰다.

"나한테 짜증난다고."

"후후, 그럴 때도 있지. 사람이 어떻게 완벽하게 살 수 있겠어. 허술한 자신한테 화도 나고, 회의도 느끼고 그러면서 성숙해 가는 거지."

"나 모자라?"

발끝에 부딪치는 자잘한 돌멩이를 툭툭 차며 윤하가 물었다. 미소 띤 눈으로 한동안 윤하를 바라보던 그가 물었다.

"난 모자라는 애 친구로 둔 적 없어."

"휴우……."

"땅 꺼지겠다. 무슨 일인데 그래? 차근차근 말해봐."

"나 어떻게 하지?"

코트 주머니에 손을 꽂은 윤하는 자신보다 한참이나 큰 그를 올려다보았다.

16 어머나!

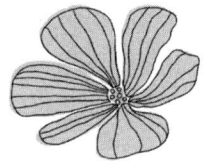

16 어머나!

"**그**자식 전화번호 이리 내."

"준후야……."

차근차근 풀어보자던 그였다. 순리를 쫓아서 풀어가다 보면 제아무리 크게 느껴지던 일도, 결국엔 별일 아닌 게 되고 만다고 말하던 그였다.

그런 그가 불과 십여 분 사이에 독초(毒草)를 먹은 강아지의 눈을 하고 있었다.

"휴대폰에 있지?"

준후는 조수석에 앉아 있는 윤하에게 손을 내밀었다. 어서 휴대폰을 달라는 듯.

"어쩌려고 그래?"

"일단 휴대폰부터 이리 내. 뭐 그런 이상한 인간이 다 있어? 하, 진짜 어이가 없네. 빨리 이리 내!"

"주면 되잖아."

맹세코 준후가 지금처럼 화를 내는 모습을 본 기억이 없었다. 차 지붕을 뚫고 오를 것처럼 벌게진 얼굴이며 씩씩대는 숨소리는 윤하를 긴장하게 했다.

준후는 건네 받은 휴대폰의 슬라이드를 위로 올렸다. 통화 버튼을 가볍게 누르자 최근 통화 목록이 액정 위에 떠올랐다.

가장 최근 목록은 자신의 번호였다. 준후는 그 다음 번호를 눈으로 훑었다.

"이 번호야?"

"뭘 어쩌려고?"

"가만히 있어, 넌."

설마 우일에게 전화를 걸지는 않겠지 생각했던 그녀는, 통화 버튼을 꾹 누른 준후가 휴대폰을 귀에 대는 모습을 경악에 찬 눈으로 쳐다보았다.

"여보세요?"

단단히 화가 난 그의 목소리를 들으며 윤하는 본능적으로 두 손으로 귀를 막았다.

[누구십니까?]

준후는 열 번 스무 번을 생각해도 괘씸한 남자의 소리에 치가 떨렸다. 번연히 윤하의 휴대폰 번호를 확인하고 전화를 받았을 텐데, 시치미를 뚝 떼는 저 말투라니.

"저 정윤하 씨 남자 친구 되는 사람입니다."

[네? 잠깐만요…….]

남자가 장소를 옮기는지 부산한 소음과 급한 발소리가 간간 이 들려왔다.

[다시 말씀해 보시죠, 뭐라고 하셨습니까?]

"전 같은 말 두 번 안 합니다."

[윤하 씨 남자 친구라고 했습니까?]

"이야기 들었습니다."

[정말 윤하 씨 남자 친구냐고 묻고 있습니다.]

"분명히 말했습니다, 난 같은 얘기 두 번 안 한다고. 당신, 뭐 하는 사람입니까?"

[뭐, 뭐요?]

"아니라는데 왜 당신 말을 고집합니까?"

[윤하 씨한테 남자 친구가 있다는 얘긴 들은 적 없습니다.]

"윤하한테 들은 적은 없어도, 직접 얼굴을 본 적은 있지요."

[뭐라고요? 다, 당신…….]

"술 취한 사람 가방 핑계로 너무 구차하게 구는 거 아닙니까? 그것도 얼마 전까지 여자 친구였던 사람의 선배한테, 이거 너무 구차하지 않습니까?"

"헉!"

하얗게 질린 윤하는 두 손으로 입을 가렸다.

준후가 아니었다. 지금껏 그녀가 알아온 그는 이렇게 모질고 냉정한 말을 아무렇지 않게 내뱉는 사람이 아니었다.

우일이 무슨 대답을 했는지 준후의 입가에 싸늘한 미소가 감돌았다.

"아니, 그럴 필요 없습니다. 제가 올라갈 겁니다. 분명 윤하가 아무런 감정이 없다는데도 불구하고 괜한 고집을 부리는데, 가만히 있을 이유가 없지요."

[윤하 씨하고 얘기하겠소.]

"거 정말 말귀를 못 알아들으시네. 당신, 직장 어디야?"

[지, 지금 뭐라고 했습니까?]

"어떤 개념없는 회사에서 당신처럼 개념없는 인간을 연구원으로 쓰는지, 구경이나 해봅시다. 지금 출발할 테니 회사 위치 대요."

[다, 당신, 무슨 자격으로 이러는 거야? 엄밀하게 이건 나하고 윤하 씨 문제라고.]

"하, 네 밥 내 밥 구분 못하는 걸 보니, 군대도 안 갔다 온 모양이군."

[이봐!]

"잘 들어, 윤하 일이 내 일이야. 알았어!"

차 안이 쩌렁쩌렁 울릴 정도로 언성을 높인 그가 운전석의 문을 열고 밖으로 나서는 모습을, 윤하는 멍한 눈으로 바라보았다.

정상적이거나 상식적인 사람은 아니었다, 하던 업무를 그만두고 곧바로 KTX를 타겠다는 걸 보면.

오후 네 시.

남자는 그 시간에 대구역에서 보자는 말을 해왔고, 준후는 흔쾌히 그러겠다고 대답했다.

문제는 부모님이었다. 현수만 아니라면 슬쩍 나갔다 오면 되겠지만 그럴 수 있는 상황이 아니었다.

"대체 무슨 일인데 그래?"

"급한 일이 생겨서 그러니까 네가 알아서 둘러대."

"뭘 알아야 둘러대도 둘러대지, 무턱대고 뭐라고 말씀드려? 윤하 일이지?"

준후는 눈치 빠른 그의 말에 아니라고 대답할 수가 없었다.

"네 선에서 대충 알아서 말씀드려."

"몇 시간이나 걸릴 것 같은데?"

"모르겠어."

"자식이 사람 난감하게 만드네. 인마, 사 년 만에 너 따라온 길이야. 그런데 오자마자 너는 없어지고, 나 혼자 이 집을 지키고 있다고 대충 둘러댄다는 게 말이 돼? 윤하, 사고 쳤냐?"

준후는 하는 수 없이 고개를 끄덕였다.

"어른들한텐 절대 윤하 얘기 하면 안 돼. 알았지?"

"내가 바보냐. 그건 그렇고 그 녀석은 무슨 사고를 친 거야."

"그건 나중에 얘기하자. 나 지금 출발해야 하니까, 네가 뒷일
좀 맡아줘."

"윤하 부모님은 아셔?"

"아니."

"알았어, 여기 일은 나한테 맡기고 다녀와. 대신 갔다 와서 얘
기해 줘야 한다."

"그래, 부탁한다."

동생이 아직 퇴근 전인지라 빈집에 현수 혼자 두고 가는 일이
영 미안했다. 하지만 전우일이라는 괘씸한 남자를 생각하면, 한
시도 지체할 수 없는 일이었다.

사사건건 왜 그렇게 바보 같은 짓을 하느냐며 나무라지 않았
다. 정신 나간 짓을 하고 다닌다며 화를 내지도 않았다. 오히려
모든 잘못이 상대방에게 있는 양, 난생처음 보는 모습으로 우일
에게 불처럼 화를 냈다.

조수석에 앉아 그를 기다리는 내내 윤하는 조금 전에 있었던
일들을 하나씩 떠올렸다.

"별일 아니니까 넌 나만 믿어."

안절부절해하는 자신에게 준후는 그렇게 말했었다. 정말 별
일 아니라는 눈빛으로.

"배 안 고파?"

운전석의 문을 열고 차에 올라타며 그가 물어왔다.

"아니."

"가면서 뭐라고 먹고 가자."

윤하는 시동을 거는 그를 물끄러미 쳐다보았다. 골목을 빠져 나온 뒤에야 그가 물었다.

"뭘 그렇게 쳐다봐?"

"왜 화 안 내?"

"화?"

그의 눈이 묻고 있었다. 왜 그래야 하는지를.

"그냥…… 내가 잘한 건 없잖아."

"잘한 게 왜 없어."

"……?"

"솔직하게 말해줘서 고마워."

"그, 그게 고마운 일이야?"

"너 세상에서 가장 힘든 일이 뭔지 알아?"

"뭔데?"

"잘못한 거 시인하는 일. 자기 자신한테도 그렇고 남한테도 그렇고."

"휴우……."

"잘했어, 잘한 거야."

준후는 진심 어린 말과 함께 그녀의 머리를 쓰다듬었다.

고마웠다. 힘에 겹고 난감한 순간 자신을 찾은 윤하가. 미안했다. 어젯밤 약속도 없이 불쑥 회사 앞으로 찾아온 그녀에게, 일말의 자존심을 앞세운 자신이.

"집에는 뭐라고 말씀드렸어?"

"두 분 다 가게 나가셔서, 일단은 현수한테 부탁했어."

"말했어?"

"걱정 마, 안 했으니까. 수연이가 아직 퇴근을 안 해서 현수 혼자 있어."

"뻘쭘하겠다."

"현수, 의리있는 놈이야."

"가끔 주책을 부려서 탈이지. 하긴, 나도 주책인데 누굴 흉보나. 에휴……."

준후는 창 쪽을 바라보며 낮게 한숨을 내쉬는 그녀의 모습이, 귀여운 아기 고양이를 닮았다고 생각했다.

17 아뿔싸!

17 아뿔싸!

"이기 무슨 소리고? 둘이서 대구에 갔다꼬?"

사 년 만에 찾아온 현수를 친아들마냥 반갑게 맞이한 은숙 부부는, 그의 입에서 나온 말에 깜짝 놀라지 않을 수 없었다.

잠깐 준후를 만나고 오겠다며 나간 딸은 여태 감감무소식이었다. 밖에서 지들끼리 점심을 먹는가 싶어 부러 전화도 하지 않았는데, 이 무슨 소리란 말인가.

"대구는 와?"

적잖이 놀라기는 태길 역시 마찬가지였다. 하지만 명색이 남자 체면에 호들갑을 떨 수는 없는 일. 그는 차분한 목소리로 현수에게 물었다.

"그야 모르죠."

현수는 너스레를 떨며 접시 위에 놓인 배 한 조각을 집어 들었다.

다가서지 못한 첫사랑의 기억은 두고두고 아련함으로 추억될 테지만, 정도를 넘어선 감정이 눈에 보이는 두 사람을 위해서는, 멍석을 깔아주는 것이 친구 된 도리였다.

"현수야, 혹 준후하고 우리 윤하하고 무슨 일 있나?"

"아이, 어머님도. 남녀 사이의 일을 누가 알겠어요. 시쳇말로 귀신도 모른다고 하잖아요."

"어마야!"

모른다는 현수의 말속에 담긴 묘한 뉘앙스에 울상을 한 은숙이 한쪽 손을 가슴에 얹었다.

"준후하고 우리 윤하하고 서로 좋아 지내는 사이다, 이거가?"

채근하는 듯한 태길의 말이 채 끝나기도 전에 거실에 놓인 전화벨이 울리기 시작했다. 혹 딸인가 싶은 마음에 은숙은 서둘러 수화기를 집어 들었다.

"여보세요?"

[윤호 엄마가?]

"수림이가?"

[오야, 내다. 혹 현수 거 갔나?]

"휴우……."

[이기 무슨 일이고? 와 우리 준후가 윤하하고 대구를 갔는데?]

"내도 모린다. 안 케도 답답해 죽갔는데 니까정 와 이러는데?"

[니 잘 들어라. 내는 말이다, 윤하 우리 준후 짝으로 생각해 본 적 없데이. 앞으로도 그칼 거고.]

"니 무슨 말을 그래 하노? 우리 윤하가 어때서? 하, 듣고 보니 참말 어이가 없네. 그리고 니! 와 그리 생각이 불순하나? 누가 둘이 정분났다 하드나? 와 어른이 돼가 나잇값을 몬하나?"

[현수한테 물어본나. 그 아덜 둘이 정분난 지 오래라 카더라.]

"뭐?"

수화기를 잡은 은숙의 손이 부들부들 떨렸다.

[니 잘 들어라, 내는 니하고 형제맨치로 지내온 세월이 중한 사람이데이. 자슥들 정분나서 그 오만꼴 다 보면서, 니하고 얼굴 붉히기 싫다, 이거다.]

"그건 내도 매한가지다!"

[준후 이놈아가 지금 전화를 안 받는 기라, 내가 열불이 나겠노, 안 나겠노?]

"야야, 넘겨짚지 마라. 이거 우리가 거 머가, 그래 오바하는 건지도 모른데이. 일단은 아덜이 올 때까지 기다려 보자."

[머, 현수가 그카는데 서울서도 오만 낯을 굳히고 지들끼리 다투고 그랬다 안 카드나.]

"와? 지들이 머 한다고 쌈박질을 하는데?"

[우리 준후가 윤하 마음 떠본다고 바람을 피웠다 안 카나.]

"뭐어!"

[니 잘 들어라, 내사 윤하가 싫어서 이카는 것도 아니고 아가 부족해서 이카는 것도 절대 아니다. 알제?]

"니, 시방 바람이라 켓나?"

[윤하도 내한테는 딸 같은 아라.]

"바람이라 했나 말이다!"

[니 자꾸 본론에서 비껴갈래? 지금 중요한 거 그게 아이다 말이다.]

"아이다, 내는 중요하다. 준후가 와 우리 윤하 속을 해딱 뒤집는데? 싸웠다고 바람을 피운다꼬? 어마야, 신문에 날 일이세."

[바람을 피운 게 아니고 바람피우는 시늉을 했다 카더라.]

"엎어치나 매치나 머가 다른데?"

[야야, 내 지금 청심환 먹고 한참 생각하고 니한테 전화한 거다. 우리, 쪼매 더 있음 사십 년 지기다, 사십 년 지기. 형제보다 친하게 지낸 사이에 와 우리가 다 늙어가 서로 얼굴을 붉히겠노, 안 그카나? 내 우리 바깥양반 알까 봐, 얼마나 가슴을 졸이는 줄 아나? 윤하 아버지도 아시나?]

"지금 얼굴 벌게가 있다. 마, 니 말 알아들었으니까 일단 끊자."

사십 년 우정 운운하는 그녀의 말이 진심이라는 걸 모르지 않는다. 하지만 그 말속에 윤하에 대한 떨떠름함이 자리하고 있다는 사실 또한 은숙은 모르지 않았다.

빠지는 구석 하나 없는 준후에 비하면, 딸은 허술하기 그지없었다. 배꼽을 떼기 전부터 딸을 보아온 교순이, 그 사실을 모를 리 없었다.

길게 이어온 우정이 자식들로 인해 흔들리는 걸 보기 싫다는 그녀의 말속엔, 영 부족한 구석이 많은 윤하를 며느릿감으로 생각하기 싫다는 뜻 또한 포함되어 있었다.

'이 망할 놈의 가스나!'

그녀의 말처럼 어떻게 보면 친형제보다 가깝게 지내온 이웃지기에게, 그런 말을 듣고 난 은숙은 자존심이 상할 대로 상했다.

"누고?"

"현수, 니 준후 엄마 만나고 오는 길이가?"

"예, 나오는데 열쇠를 맡길 데가 없어서 잠깐 가게에 들렀었어요. 수연이가 일찍 온다고 하더니, 준후 대구 갔다니까 볼일을 보고 오겠다고 해서요."

"현수야, 니도 그렇제, 그딴 말을 머 하러 거가서 하노. 내한테만 살짜쿵 하고 말제."

은숙은 한껏 상한 속을 감추지 않았다.

"무슨 일인데 이카냐니까? 제수씨가 우리 윤하 싫다 카더나?"

"지는 생각해 본 적 없다 하네예."

"누군!"

화가 났는지 태길이 등을 돌리고 앉았다. 은숙이 그런 남편에게 물었다.

"당신 양심 없나?"

"내가 와? 니, 나맨치로 선량하게 사는 사람 봤나?"

"근데 와 당신 딸내미가 부족한 걸 모르는데?"

"우리 윤하가 뭐가 부족한데?"

"준후한테 대바라, 맨 부족한 것 투성이제. 내가 교순이라 케도 그런 말 나온다! 망할 놈의 가스나, 설까지 올라갔으면 설 놈을 사귈 일이지, 와 하필 준후고!"

"어머니, 고정하세요. 사람 일이라는 게 생각처럼 되는 게 아니잖습니까."

이런 상황을 염두에 두고 벌인 일은 아닌데, 일이 묘하게 돌아가고 있었다.

아비가 누군지도 모르는 사생아……

자그마한 시골 도시와 어울리지 않는 모습을 한 여자가 홀로 키우는 아들……

아무리 몸부림을 쳐도 벗겨낼 수 없는 숙명의 허울을 뒤집어쓴 채, 감히 윤하를 좋아해도 되는 걸까 하는 자책에 시달리던 날들이 떠올랐다.

지금이야 웃으면서 추억할 수 있는 옛일이지만, 열 몇 살 그 무렵엔 온통 세상이 원망스럽기만 했었다.

자신이 가지지 못한, 해서 누릴 수 없는 '평범함'을 지닌 준후를 늘 부러워했었다. 시샘이 난다기보다 그런 친구가 곁에 있다는 사실이 다행스럽게 여겨지곤 했었다.

준후와 윤하가 아무런 어려움이나 난관없이 맺어질 거라 여긴 건, 그런 결핍에서 비롯된 '속단'이었는지 모른다는 생각이 들었다.

"내 이놈의 가스나를……."

"전화해서 무슨 소릴 할라꼬?"

은숙은 다짜고짜 휴대폰을 꺼내는 남편의 손을 잡았다.

"놔라!"

"현수한테 앞뒤 사정 다 듣고 전화해도 안 늦는다! 와 이래 급하노? 윤하가 당신 닮아서 그러는 거 아니가!"

남편의 휴대폰을 빼앗은 은숙이 답답한 얼굴로 현수를 바라보았다.

"현수야, 니 아는 대로 다 말해봐라."

"어머님, 제가 아는 건 거기까지입니다."

"친구라고 역성들 때가 아니다, 지금. 와 준후가 바람을 피웠는데?"

"머, 바람?"

"여보, 당신은 제발 좀 가만히 있어. 현수 말 좀 들어보자."

"그게 저……."

멍석을 살살살 깔면 알아서 모든 일이 잘 해결될 줄 알았던 현수는, 머릿속으로 다양한 상황들을 떠올렸다.

첫째, 첫사랑의 그녀인 윤하가 다른 남자를 만나는 것보다는, 준후처럼 믿음직한 남자와 짝을 이루는 것이 다행스러웠다.

둘째, 해봐서 알지만 사랑을 하면서도 정작 자신이 누군가를 사랑하고 있다는 사실을 깨닫지 못할 때가 있다. 지금의 준후와 윤하처럼. 두 사람은 서로가 당연히 곁에 있는 사람이라는 믿어 의심치 않는 우를 범할 수가 있었다. 그럴 땐 누군가 나서서 멍석을 깔아줌이 옳았다.

셋째, 기왕 벌인 일. 우왕좌왕하다 실없는 놈이 되기보다는 갈 데까지 가보는 게 사내다운 짓이었다. 당사자인 두 사람이야 기함을 하겠지만.

"와 뜸을 들이노? 내 속이 타 죽겠는데. 둘이 언제부터 좋아 지내는 건데?"

"제가 보기엔 오래된 것 같아요."

"오래? 얼마나 된 긴데?"

"원래 정이 무서운 거라고 하잖아요."

"맞다, 그노무 정 때문에 몬 헤어지고 사는 사람이 한둘이가. 철천지웬수 소리를 하면서도 몬 갈라서는 게 다 정 때문 아니가."

"그렇죠. 두 사람, 부모님께서 아무리 반대를 하셔도 그 정 때문에 못 헤어질 겁니다."

"어마야, 이 일을 우야믄 좋노. 일찌감치 말을 해주지!"

"저도 계속 긴가민가했었거든요. 두 분은 준후가 마음에 안 드세요?"

현수는 은근슬쩍 어른들의 마음을 떠보았다.

"안 들기는 와 안 드노. 넘치게 맘에 들어 탈이제."

"아버님은요?"

"내 이라고 있을 때가 아니다."

"어데 가게요?"

은숙은 벌떡 자리에서 일어서는 남편을 향해 고개를 들었다.

"갈 데가 있다 안 카나."

"어데 가는데예?"

"니는 몰라도 된다."

벗어둔 점퍼를 집어 든 그는 쏜살같은 걸음으로 현관을 나섰다.

"저 양반이 어데 가는데 저라노…… 현수야!"

윤하에 대한 일로 정신이 달아난 은숙은 현수에게 바짝 다가 앉았다.

"왜요, 어머니?"

"니 속이는 거 없이 시원하게 말 좀 해보래이. 우리 윤하가 준 후를 아주 많이 좋아하는 기가?"

"그런 것 같아요."

"맹물 같은 노무 가스나, 누울 자리 보고 발을 뻗어야제."

표정을 보아하니 속이 상해 죽을 지경인 듯했다.

"어머니, 윤하가 어디가 어때서요."

"아 빠지는 구석이야 없제, 하지만 준후한테 대면…… 가스
나, 어려서부터 눈이 높드만 기어코 일을 치네. 미친데이, 증말.
이 일을 우얄끼고."

"어머니 세상에 완벽한 사람이 어디 있어요, 준후나 윤하나
다 거기서 거기예요."

"아이다, 입을 비뚤어져도 말은 바로 하라 안 했나. 가스나가
이론에만 밝지, 맹물인기라, 맹물. 공부 빼고 잘하는 게 없다 아
이가."

"어머니, 여자는요, 남자 요리 잘하면 돼요. 다른 거 아무것도
필요없어요."

걱정으로 한숨을 푹푹 내쉬는 은숙의 손을 꼭 잡은 현수가 말
했다.

"그게 얼마나 어려븐 일인데. 현수야!"

"말씀하세요, 어머니."

"준후도 우리 윤하를 많이 좋아하나?"

"그럼요! 얼마나 윤하를 좋아하면 질투 작전까지 동원했겠어
요."

"질투?"

걱정을 내려놓지 못하는 은숙의 손을 꼭 잡은 채 그는 두 사
람 사이에 있었던 모종의 사건에 대해 털어놓았다.

"그러니까 바람을 피운 게 아니고, 피운 것맨치로 윤하 속을

해딱 뒤집었다 그거가?"

"윤하가 고집이 원체 세잖아요."

"그거 하나 믿고 사는 가스나 아이가. 내 그거 가졌을 때 저 뒷산만한 호랑이 한 마리가 치마폭으로 덥석 뛰어드는 꿈을 꿨다 아이가. 호랑이 고집도 윤하보담은 몬할 기다. 그건 그렇고 대구는 와 간 기가?"

"그건 저도 잘 모르겠어요, 급한 일이 생겼다는 말만 들었거든요."

"몬 믿을 기 자슥이라더만, 이래 뒤통수를 치면 우짜자는 기가. 참말로. 준후 엄마는 벌써부터 안 된다고 못을 박는데, 내 우야믄 좋노?"

"어머니께서 그러세요?"

"니 같으믄 그래 잘난 아들, 우리 윤하한테 주고 싶나? 나라도 싫데이!"

웃자니 윤하 어머니의 말에 동조하는 것 같고, 아니라고 부인하자니 옳고 그름이 확실한(?) 어른에게 거짓말을 하는 것 같고……. 이래저래 난처한 그는 잡은 윤하 어머니의 손을 만지작거렸다.

"어머니, 아무 걱정 마세요. 될 일은 산으로 막아도 되고, 안될 일은 장정 백이 따라붙어도 안 된다고 하잖아요."

"암만 그래도 이건 진짜……."

까맣게 속이 타 들어가는 소리가 들리는 것 같았다.

제아무리 금쪽같은 딸이지만 상대가 준후라니, 양심에 털이 나지 않은 이상 잘했다고 딸의 등을 두드려 줄 수 있는 상황이 아니었다.

노파심이란 현실 너머의 또 다른 현실을 내다보게 하는 법.

은숙은 행여 자신이 전화를 걸어 아는 척을 했다가는, 딸이 준후와 함께 무슨 일을 저지를지 모른다는 생각을 하며, 부들부들 떨리는 손을 내려다보았다.

바람을 피해 누군가의 등 뒤로 숨은 기분이랄까.

약속 시간보다 이르게 대구에 도착한 윤하는, 몇 시간 전과 달리 차분하게 가라앉은 자신을 발견할 수 있었다.

혹 전우일이라는 남자가 막무가내 식으로 나온다고 해도, 냉정하게 대꾸할 자신이 있었다.

기차 역 근처에서 순두부 백반을 사먹고, 역내에 있는 자동판매기에서 뽑은 커피를 마시는 내내, 윤하는 준후에 대한 고마움을 떠올렸다.

한 마디쯤 나무랄 법도 한데 그는 아무런 일도 없었던 것처럼 자신을 대해주었다. 더욱이 우일에 대한 말은 단 한 마디도 꺼내지 않았다.

우일이 기차표를 구하지 못해 조금 늦을 것 같다는 전화를 해왔을 때에도, 준후는 그에 대한 이야기를 더 이상 하지 않았다.

오히려 여유있는 농담을 하기까지 했다.

"사람, 늦으면 처음부터 늦을 거 같다고 말을 하지, 그럼 영화라도 한 편 봤을 거 아니야."

"무료하지?"

언제 도착할지 모를 우일 덕분에 역 근처를 배회하느라 이젠 슬슬 다리가 아파올 지경이었다. 윤하는 호기심 어린 눈으로 이곳저곳을 둘러보는 그에게 물었다.

"어디 들어가서 쉴까?"

"응."

"출출하지 않아?"

"약간."

"근처 어디에 소문난 떡볶이집이 있다고 하던데, 우리 거기 찾아가 볼래?"

"떡볶이집?"

"대단한가 봐, 외국으로 배달도 된대."

"정말?"

"비약인지 정말인지 모르는데 아무튼 그 정도로 맛이 있대. 일명 마약 떡볶이."

"중독된다?"

"그렇지."

윤하는 고개를 끄덕이는 그와 함께 역사를 빠져나왔다.

여섯 시가 조금 넘었을 뿐인데 거리엔 묵직한 어둠이 내려앉고 있었다.

크게 다를 것 없는 사람들이 크게 다를 것 없는 모습으로 살고 있는 곳일 뿐인데, 낯선 지명이 가져다주는 느낌은 사뭇 생소했다.

반 걸음쯤 앞서 걷는 준후의 어깨가 여느 때보다 더욱 넓게 느껴지는 건, 그가 자신과 함께 낯선 도시를 찾은 동행(同行)인 까닭이라고 윤하는 생각했다.

그녀는 검은색 파카 위로 나온 진한 회색 후드를 가만히 잡아당겼다. 혹 떡볶이집 간판이 보이나 싶어 좌우를 둘러보던 그가 고개를 돌렸다.

"왜?"

한없이 나직하면서 자상한 목소리에 윤하는 왈칵 눈물이 솟구쳤다. 아궁이에 쏘시개를 넣고 불을 붙인 듯, 싸하니 목이 아려왔다.

닦아낼 사이도 없이 말간 눈물이 뺨을 타고 흘러내렸다. 손바닥으로 눈물을 훔쳐 낸 윤하는 아무 일 아니라는 듯 그를 향해 미소를 지었다.

준후는 눈물을 닦아내는 그녀의 손을 잡았다. 움찔하는 것 같던 윤하가 손을 빼내는 대신 고개를 숙이자, 그는 잡은 손을 파카 주머니에 넣었다.

"떡볶이집이 어디 있더라······."

한없이 고개를 숙인 윤하의 뺨을 타고 흘러내리는 눈물이 보였다. 자욱한 어둠을 이겨보려는 듯 하나둘 밝히기 시작한 상가의 불빛들과는 비교조차 할 수 없는 투명한 반짝임······.

준후는 그런 그녀와 보폭을 맞추며 따스함이 느껴지는 손을 더욱 꼭 잡았다. 가슴 한복판에 물처럼 고이기 시작한 감정이, 간질이듯 조금씩 차오르는 따사로운 감정이, 묵묵히 눈물을 삼키는 윤하에게도 전해졌으면 좋겠다는 생각을 하며.

무작정 걷기 시작한 길, 막연히 찾아 나선 마음을 아는지 유명무명을 떠나 떡볶이집이라곤 단 한 집도 눈에 띄지 않았다.

"맛없으면 죽어."

여전히 고개를 푹 숙인 윤하의 말에 그가 나직한 웃음소리를 냈다.

"아무래도 안 되겠다, 지나가는 사람한테 물어보든지 해야지."

이름만 대면 누군가 안다는 떡볶이집의 위치를 묻기 위해 신문가판대로 다가서던 그에게 윤하가 말했다.

"휴대폰 운다."

준후는 꼭 잡은 두 개의 손이 들어 있는 주머니에 오른손을 넣어 휴대폰을 꺼냈다. 발신자는 전우일이었다.

"네. 강준후입니다."

[이봐, 차표가 하나도 없어!]

연휴 첫날 차표를 구하느라 서울역을 샅샅이 뒤지고 다녔는지, 아니면 한달음에 달려오지 못하는 상황이 안타까워 그런 건지, 그의 목소리는 숨이 가빴다.

"이래저래 대책 안 서는 분이군요."

[이봐!]

"보자보자 하니 계속 싸래기 말을 하시는데, 일단 서울에 가서 봅시다."

[뭐, 뭐라고?]

"환한 불빛 아래에서 그쪽 얼굴을 보고 싶은 건 오히려 나니까, 서둘러 올라가죠. 역 근처에 계십시오, 도착하는 대로 전화할 테니."

씩씩거리는 그의 숨소리를 들으며 준후는 휴대폰의 종료 버튼을 눌렀다.

"서울 가려고?"

윤하가 놀란 목소리로 물었다.

"골치 아픈 일은 빨리 해결할수록 좋아. 떡볶이는 나중에 먹고 일단 올라가자."

"집에다는 뭐라고 하고?"

"아, 그게 문제구나. 윤하야, 일단 부모님께 전화드려서 갑자기 연구실에 일이 생겨서 서울에 올라갔다 온다고 말씀드려. 여차하면 교수님 핑계 대고."

"믿을까?"

"물론 안 믿으시지."

"……?"

"그래도 그렇게 말씀드리는 게 그냥 올라가는 것보다 나아. 늦어도 내일 아침에는 집에 들어갈 거라고 말씀드려."

당연히 안 믿을 걸 알면서도 전화를 하라는 그의 말에, 윤하는 자신도 모르게 고개를 끄덕이고 있었다. 포개진 그의 손이 아무 염려 말라는 듯 자신의 손을 꼭 쥐는 게 느껴졌다.

"준후야……."

"어?"

"문자 보내면 안 될까?"

"그렇게 해. 일단 차 있는 곳으로 가자."

준후의 귓불에 살며시 붉은빛이 감돌았다. 전화를 하느라 윤하가 잡은 손을 놓게 될까 봐 조마조마해하는 자신을 깨달은 때문이었다.

차에 오르고 나면 놓게 될 손…….

따스하고 보드라운 윤하의 손이 자신의 손 안에 있다는 사실이 새삼 신비하게 느껴졌다. 시간을 아껴야 한다는 생각과 달리, 느리게 걷는 두 발을 내려다보며 그는 머쓱한 미소를 지었다.

밤바람에 스러진 윤하의 가늘고 긴 머리카락이 물결처럼 날리며, 그의 후각에 흐드러진 꽃잎을 닮은 달콤한 잔향을 선사했다.

쿵.쾅. 쿵.쾅……

계속해서 느려지는 걸음 위로 선명한 심장 고동 소리가 들려
왔다.

『연인이 되기까지』 2권으로…